MOMENTOS DE SEDUÇÃO

Kristi Gold
Elizabeth Lane

MOMENTOS DE SEDUÇÃO

Tradução
Leandro Santos

HARLEQUIN®

2017

Título original: ONE HOT DESERT NIGHT

Originalmente publicado em 2015 por Harlequin Desire

Título original: IN HIS BROTHER'S PLACE

Originalmente publicado em 2013 por Harlequin Desire

Publisher: Omar de Souza
Gerente editorial: Mariana Rolier
Assistente editorial: Tábata Mendes

Arte-final de capa:
Ô de Casa

Editoração Eletrônica:
ABREU'S SYSTEM

Impressão:
RR DONNELLEY
www.rrdonnelley.com.br

Distribuição para bancas de jornais e revistas de todo o Brasil:
Dinap Ltda. – Distribuidora Nacional de Publicações
Rua Dr. Kenkiti Shimomoto, nº 1678
CEP 06045-390 – Osasco – SP

Editora HR Ltda.
Rua da Quitanda, 86, sala 218 – Centro – 20091-005
Rio de Janeiro – RJ – Brasil
Tel.: (21) 3175-1030

Contato:
virginia.rivera@harlequinbooks.com.br

SUMÁRIO

Kristi Gold

UMA NOITE QUENTE

Tradução
Leandro Santos

Querida leitora,

Uma das melhores partes de ser autora é construir um mundo – criar lugares fictícios e interessantes – que tenham um clima especial. Nessa história em particular, eu queria que meu herói e minha heroina fossem forçados a passar um tempo juntos, em um ambiente fechado. Eu sabia que uma forma de fazer isso seria com uma tempestade de areia. Acima de tudo, queria que fosse um lugar especial. É claro que Rayad Rostam é um sheik extremamente rico, então um palácio exuberante seria o lugar que faria mais sentido. Mas não queria que fizesse sentido. Queria que fosse incomum. Queria que fosse mágico. Obviamente, eu decidi que seria em uma caverna.

Eu não tinha a menor ideia se esse elemento seria crível para o cenário do deserto até que, durante a pesquisa, eu descobri a gruta Jeita, no Líbano, um conjunto incrível de cavernas. As fotos do lugar me convenceram, seria mesmo na caverna. Um lugar místico seria o suficiente para criar uma atmosfera na qual duas pessoas magoadas poderiam redescobrir o que é criar conexões. Um santuário propício para a sedução e o romance.

Esse é o meu primeiro romance "das cavernas", mas sem os morcegos. Espero que você goste desse cenário incomum e da jornada de Rayad e Sunny. E que você termine a leitura acreditando que se apaixonar quando menos se espera é realmente mágico.

Boa leitura!
Kristi Gold

CAPÍTULO 1

O SHEIK Rayad Rostam tinha sangue nas mãos, estava com a cabeça a prêmio e carregava um fardo havia anos.

Embora, às vezes, ele ansiasse pela paz, vinha vivendo no limite fazia tanto tempo que não conhecia outra vida. Agora, ao olhar pela janela do palácio para as montanhas acima de Bajul, a dor na lateral de seu corpo fazia-o se recordar de seu recente duelo com a morte, sua eterna missão urgia-o a prosseguir.

– Você não pode retomar suas responsabilidades antes de receber alta médica, Rayad.

Uma ordem dada pelo rei, que, por acaso, era seu primo. Ele detestava que tentassem ditar suas escolhas, em uma vida na qual a lealdade à família e decretos reais prevaleciam. Contendo a raiva, Rayad optou por focar sua atenção na conhecida paisagem para evitar os olhos observadores de Rafiq.

– Não entendo por que não posso retornar imediatamente. Já sofri coisas muito piores do que costelas quebras e, provavelmente, sofrerei outra vez.

– E, da próxima vez, é possível que você sofra ferimentos que não vão se curar, especialmente se o seu disfarce tiver sido comprometido.

Aquilo o fez se virar para Rafiq, lutando para conter sua fúria ao se recordar de sua ruína. Um trágico acontecimento que determinara o curso de sua vida.

– Aprendi com meu erro há muitos anos. Desde então, ninguém ficou sabendo da minha identidade. Em relação à minha segurança, estou disposto a correr esse risco para cumprir meu dever com este país.

Rafiq recostou-se na cadeira atrás de sua imensa mesa e passou a mão por seu cavanhaque, aparentemente inabalado pela ira no tom de Rayad.

– Você vai além dos limites do risco em sua caçada fútil por assassinos sorrateiros que, provavelmente, você jamais encontrará, primo.

Prestes a perder o controle, Rayad apoiou as mãos na beira da mesa e se curvou à frente.

– Não vou parar de procurar até encontrar e punir os responsáveis.

Rafiq ergueu uma das sobrancelhas.

– E se não encontrá-los?

Ele endireitou o corpo, os punhos cerrados ao lado do corpo.

– Morrerei tentando.

– Isso, Rayad, é exatamente o que temo que vá acontecer se você não reavaliar seus objetivos. Já aceitei que jamais saberei as circunstâncias por trás da morte de minha mãe. Também já aceitei que a morte de Rima não foi culpa minha.

– Minha situação é muito diferente, Rafiq. Você fala de um possível acidente ou suicídio. Eu falo de assassinato.

– Certas respostas não foram feitas para serem conhecidas, mas a vida foi feita para ser vivida. Você devia reconstruir a sua, como eu fiz. Devia honrar sua herança real dando continuidade ao legado com um herdeiro.

Uma ideia que não era viável, dada a tragédia que dominava a mente dele.

– Ao contrário de você e seus irmãos, Rafiq, minhas responsabilidades me impedem de pensar numa esposa e filhos.

– Sou governante do nosso país – disse Rafiq. – Zain estabeleceu um sistema de conservação hídrica que garantirá o futuro de Bajul. Adan é comandante de nossas forças armadas. Todos tivemos sucesso em nossa busca por ter filhos e manter nossas esposas satisfeitas.

Desde a recente chegada de Rayad ao palácio real, tudo indicava esse sucesso durante as refeições noturnas, quando ele via diversos integrantes da nova geração dos Mehdi e Maysa, a esposa grávida do rei.

– Uma conquista louvável, Rafiq. No entanto, pessoalmente, não estou interessado nessa tranquilidade doméstica.

Rafiq o observou.

– Você se perdeu tanto em sua sede de vingança a ponto de não desejar mais a companhia de uma mulher?

– Não sou celibatário, mas há poucas mulheres em quem confio o suficiente para levar para a cama.

– Quanto tempo faz desde a última vez que você teve uma mulher, Rayad?

Tempo demais para que ele admitisse.

– Passei os últimos oito meses me infiltrando em vários acampamentos de insurgentes, ou não se lembra de ter me dado essa ordem?

Rafiq suspirou.

– Talvez você deva aproveitar essa oportunidade para encontrar uma parceira adequada.

Ele ouvira a mesma sugestão de seus pais, como se eles esperassem que ele descartasse a dor e o pesar. Claramente, ninguém entendia que ele queria apenas saciar seu desejo natural, não se estabelecer numa vida comum.

– Mesmo que eu aceitasse me casar, noivas adequadas são raridade em Bajul, Rafiq.

– Você precisa dificultar tanto? Você tem liberdade para viajar para outra região caso seja necessário. Tenho certeza de que seu pai consegue encontrar pretendentes em Dubai.

Tentando abafar o assunto, Rayad retornou à janela, de onde viu a limusine blindada oficial chegando. Quando o motorista contornou o carro e abriu a porta, uma esbelta mulher saiu, o sol da tarde refletindo-se em seu comprido cabelo loiro. Suas roupas eram um tanto conservadoras e discretas; contudo, ela se movimentava com a elegância de uma gazela. Quando ela tirou os óculos escuros e ergueu o olhar para a janela onde ele estava, Rayad sentiu o impacto da beleza dela, recordando-se imediatamente de sua indesejável abstinência.

Ele olhou para Rafiq por cima do ombro.

– Está esperando uma convidada?

– Exatamente. Ela ficará aqui por tempo indeterminado.

Rayad pôs as mãos nos bolsos e começou a andar de um lado para o outro.

– Ela é casada?

– Não, mas aconselho que fique longe dela, Rayad.

Ele parou.

– Por quê? Está interessado em levá-la para a cama?

– Claro que não. Se não se lembra, tenho uma noiva.

Ele não conseguiu resistir à vontade de provocar o rei.

– Verdade, mas talvez você tenha resolvido restabelecer costumes antigos e montar um harém.

O olhar de Rafiq mostrou que ele não apreciou a piada.

– A mulher é cunhada de Adan. Se brincar com ela, terá que se entender com ele, seu comandante, e também com Piper, a esposa dele.

Aquilo não impediu Rayad de explorar todas as possibilidades.

– Essa mulher tem nome?

– Sunny McAdams. Ela é correspondente internacional, e duvido seriamente de que ela vá se interessar por um caso temporário com você. Pelo que sei, ela desmanchou recentemente um relacionamento com um colega.

E havia maneira melhor de superar a perda do que com uma paixão mútua?

– Agradeço pelo conselho, primo – disse ele, rumando para a porta. – Eu lhe garanto que vou pensar nele. – *E ignorá-lo em seguida.*

– Seria prudente, Rayad, e sugiro que...

Rayad fechou a porta antes que o rei tivesse oportunidade de terminar seu sermão. No momento, ele pretendia receber adequadamente a hóspede do palácio.

Ele prosperava na caça, vivia pelos desafios da vida e, por vezes, desejava um descanso de sua missão de vingança. Fantasias eróticas eram sua especialidade; sexo, seu outro talento.

Se ele e a mulher do cabelo dourado concluíssem que não serviam um para o outro, não haveria problema. Caso contrário, porém, haveria muitas possibilidades, incluindo uma jornada de puro prazer... e uma breve fuga dos pecados de seu passado.

Embora o terreno montanhoso fosse de tirar o fôlego e o majestoso palácio fosse digno de um conto de fadas, Sunny McAdams não estava apreciando a paisagem encantadora. Ela buscava apenas um refúgio onde recuperar sua coragem e voltar a ser a mulher de outrora.

Alguns meses atrás, ela fora até aquele obscuro país do Oriente Médio, chamado Bajul, para visitar sua amada irmã gêmea, Piper, que se casara com um bem-humorado príncipe árabe. Naquele dia, ela estivera feliz com a vida, segura em seu trabalho de jornalista e confortavelmente assentada num relacionamento casual com um bom homem. Duas semanas depois, tudo desmoronara. Contudo, ela jamais seria vencida.

Por mais que detestasse admitir isso, precisava de sua família, especialmente Piper. As diferenças de personalidade delas nunca haviam interferido quando o assunto eram necessidades emocionais. E essa conexão levara a irmã a convidá-la para passar ali o tempo de que Sunny precisasse para se recompor.

Quando o motorista gesticulou na direção da entrada do palácio, dois robustos seguranças abriram as pesadas portas duplas de madeira, dando a Sunny acesso ao ornamentado palácio de Mehdi. Quando entrou, seus passos ecoaram no foyer de três andares enquanto ela seguia o homem que carregava sua bolsa de viagem.

Ele parou diante de uma imensa escadaria, virou-se e colocou a bolsa no chão, perto dos pés de Sunny.

– Se tiver a bondade de esperar aqui, convocarei sua irmã – disse ele com um forte sotaque.

– Claro – respondeu ela educadamente, embora não soubesse por que tinha que esperar. Ela não conseguia imaginar que Piper tivesse se esquecido da chegada dela. Por outro lado, levando-se em consideração que a irmã dela assumira o papel de mãe do bebê do sheik, ela podia ter se atrasado por causa de uma fralda suja.

Sunny passou o tempo observando vários retratos de nobres nas paredes de pedra, incluindo o atual rei, o estoico e lindo Rafiq Mehdi e seu encantador irmão Zain. Então, ela parou ao ver uma pintura que mostrava Adan, o mais jovem dos Mehdi e novo cunhado dela. Ela precisava admitir que Piper conquistara um lindo príncipe e piloto.

Quando Sunny se aproximou para ver a assinatura do maravilhoso artista que capturara tantos detalhes, ela ficou chocada ao ver a caligrafia de sua irmã. Ela recuou e olhou as outras, descobrindo que todas haviam sido criadas por Piper. A irmã dela finalmente realizara seu antigo sonho de ser artista. E ainda virara princesa. Incrível!

– Já estava na hora de você se desvencilhar das garras do nosso avô – murmurou ela.

– A influência familiar pode ser um desafio.

Sunny se virou, procurando o dono daquela voz soturnamente máscula... e encontrou os olhos mais escuros que ela já vira. Desde seu cabelo preto cortado curto até suas botas de combate, ele tinha todas as características de um militar. Entretanto, sua barba estava por fazer. A calça bege camuflada e a camiseta preta, justa em seu peito extremamente definido, as mangas curtas revelando vários músculos, foram uma distração e tanto.

Enquanto ele a analisava ousadamente da cabeça aos pés, o instinto de jornalista de Sunny entrou em ação, dando-lhe vários adjetivos. Sorrateiro. Misterioso. Absurdamente sexy.

O impacto deste último a fez sentir um calor, deixando-a com vontade de fugir. Sunny se recusou a ceder a esse ímpeto.

Ela estendeu a mão.

– Sou Sunny McAdams. Você é...?

Ele avançou e tomou a mão dela em sua grande palma.

– Um homem muito satisfeito por conhecê-la.

Outras duas palavras surgiram na mente dela: conquistador experiente.

– Você tem nome?

– Rayad – respondeu ele sem nem mesmo esboçar um sorriso. Seu olhar, porém, não vacilou. Ah, não. Ele não parava de olhá-la como se estivesse tentando ler a mente dela. Com sorte, ele não conseguiria, pois Sunny tinha muitos segredos, que jamais revelaria a um desconhecido.

– Ah, um homem de poucas palavras que, aparentemente, não tem sobrenome.

– Você veio!

Ela desviou a atenção do estranho e a voltou para sua espevitada irmã, que, com seu cabelo escuro e seus olhos azuis, descia a escadaria praticamente aos saltos. Antes que Piper chegasse ao final dos degraus, Sunny arriscou um olhar de esguelha e descobriu que o hipnotizante Rayad desaparecera.

Piper puxou-a para um voraz abraço.

– Estou tão feliz por você ter vindo!

– Também estou. E nem sei como agradecer por você ter me deixado passar um tempo aqui.

– Pode ficar quanto tempo quiser – disse Piper, observando o rosto de Sunny. – Você está péssima.

Isso podia explicar por que aquele homem misterioso não parara de olhá-la.

– Nossa, obrigada, mana. Eu não sabia que ofensas estavam inclusas no convite.

Piper revirou os olhos.

– Quis dizer que você parece exausta. Seria impossível você ficar feia.

Ah, mas ela ficava, sim. Sabia perfeitamente bem que seu cabelo precisava de um corte e que sua pele estava pálida.

– Preciso muito de um pouco de sol e sono, sem dúvida. Um spa também não seria nada ruim.

Piper sorriu.

– Então, você veio ao lugar certo.

Sunny se sentiu transportada para um lugar melhor, uma época melhor, quando ela e sua irmã não tinham uma única preocupação, apesar de não terem tido uma mãe carinhosa.

Piper deu o braço a ela.

– Agora, vou acompanhar você até seus aposentos. Escolhi os aposentos de hóspedes do primeiro andar, que são reservados para hóspedes muito especiais. Muita privacidade.

Sunny realmente precisava de privacidade, de um lugar onde se esconder.

– Só preciso de um banho e uma cama.

– Ah, você vai ter as duas coisas. E seu próprio jardim particular.

– Contanto que eu não precise cuidar dele, parece ótimo.

Depois de percorrerem um estreito corredor, Piper parou diante de uma reluzente porta dupla de madeira, abrindo-a.

– Aposentos dignos de uma princesa. Ou da irmã de uma princesa.

Sunny entrou e observou o imenso quarto, maravilhada com a grandiosidade de tudo; uma cabeceira detalhadamente entalhada, uma colcha de cetim vermelho e várias cadeiras vermelhas e douradas. Ela se virou para Piper e sorriu.

– Onde está minha tiara?

– Vou mandar trazerem – respondeu Piper. – O banheiro fica à direita, com uma banheira imensa e um chuveiro que mais parece um lava a jato, caso você queira fazer uma festa com um companheiro... ou dez.

Ela não tinha nem mesmo um companheiro... Quando a imagem do absurdamente sensual e sorrateiro Rayad surgiu na mente dela, Sunny a deixou de lado. Contudo, não conseguiu se livrar das sufocantes recordações do cárcere nas mãos de um criminoso. Ela não conseguia deixar de lado a preocupação de que talvez nunca mais fosse a mulher sensual e normal que fora no passado.

– Você tem uns minutinhos para ficar comigo, ou precisa resolver assuntos da realeza e do bebê?

Piper desabou no divã dourado.

– Claro que tenho. Ainda vai levar uma meia hora para Sam acordar.

– Como vai meu sobrinho?

A irmã dela abriu um sorriso materno.

– Um bebê de 8 meses gorducho e espevitado. Começou a engatinhar bem cedo. Agora, fica se apoiando nos móveis, pronto para decolar com as próprias pernas a qualquer momento.

– Imagino que a supermodelo não tenha criado nenhuma dificuldade para você e Adan desde a adoção.

– Nadinha. No que depender do povo do reino, Sam é meu filho.

Sunny pegou a mão dela.

– Ele é seu filho em todos os aspectos que importam.

– Tem razão. E, além de mãe, virei a artista oficial do palácio.

Sunny sorriu.

– Eu vi as pinturas. São lindas, Piper. Estou tão feliz por você ter se libertado da empresa do nosso avô para finalmente fazer o que sempre quis.

Piper deu de ombros.

– Se eu não tivesse conhecido Adan, provavelmente ainda seria a embaixadora beneficente da empresa. Mas esse cargo me levou diretamente ao meu marido.

Sunny conteve uma pontada de inveja.

Piper ficou séria.

– Mas chega de falar de mim. Como você está?

Sunny vinha temendo aquela parte da visita; relembrar os detalhes do que levara ao fim do relacionamento dela com Cameron. Detalhes horríveis que ela revivera todos os dias desde aquela traumática experiência.

– Muito melhor do que da última vez que conversamos. Já superei a raiva e estou começando a aceitar. – No entanto, ela jamais aceitaria o fato de seu ex-amante tê-la abandonado no momento em que mais precisara dele.

– A culpa não é sua – disse Piper, como se conseguisse ler os pensamentos dela. – Ele não servia para você se não conseguiu enfrentar o que aconteceu.

– Ele tentou, Piper. Fiquei arrasada.

– Ele não se esforçou o suficiente, e isso faz dele um babaca.

– Ele estava lidando com a própria culpa por não ter me seguido naquele dia. Por isso, não pôde aparecer para me salvar.

– Pare de inventar desculpas para ele, Sunny. Você foi brutalmente atacada e raptada, e ninguém supera isso em alguns dias. Se eu tivesse passado por isso, tenho certeza de que Adan teria ficado do meu lado.

Subitamente, algo ocorreu a ela.

– Você não falou do ataque para Adan, falou?

Piper balançou a cabeça.

– Não. Ele acha que você está aqui por causa do fim do relacionamento. Não gosto de esconder coisas dele, mas prometi a você que não diria nada.

– Obrigada. O canal decidiu abafar o caso.

Piper franziu o cenho.

– Por quê? Medo de que você os processe?

– Não. Estão respeitando minha privacidade. Sabem que, se essa história vazar, eu vou virar manchete. – Ela suspirou. – Não paro de dizer a mim mesma que sabíamos no que estávamos nos metendo nos últimos três anos. Ganância gera criminosos, mas você nunca sabe quem eles são até encontrar um deles num beco escuro. E, num momento de descuido, toda a sua perspectiva de vida muda quando você encara a possibilidade de morrer.

Piper a abraçou.

– Espero que você pense na possibilidade de ficar nos Estados Unidos quando retomar sua carreira.

Ela pensara nisso, mas deixara a ideia de lado, um fato que optara por esconder de sua irmã por ora.

– Isso vai depender do canal, se eles quiserem me manter depois dessa folga de dois meses.

– O canal adora você, Sunny. Tenho certeza de que vão receber você de volta de braços abertos. – Ela se levantou. – Você precisa pôr o sono em dia. Fique à vontade para dormir bastante.

Se ao menos fosse simples assim... O sono não vinha facilmente, ao menos não sem pesadelos.

– Boa ideia, mas não falta muito para a hora de dormir.

– Verdade, mas não pense duas vezes antes de experimentar aquela banheira gigante antes do jantar.

Sunny se levantou e esticou os braços acima da cabeça.

– Falando em jantar, quem vai comer conosco?

– Todo mundo – respondeu Piper. – Meu marido, claro. Zain, Madison e os filhos deles, já que eles voltaram recentemente de Los Angeles. O rei Rafiq e uma rainha Maysa bastante grávida. Ah, e um primo, Rayad Rostam, que apareceu há dois dias.

Finalmente, o homem misterioso já não era mais tão misterioso assim.

– Se o sobrenome dele não é Mehdi, qual é o parentesco entre eles?

– O pai dele e a antiga rainha eram irmãos, eu acho, mas não sei nada além disso. Faz três dias que não tenho chance de falar com meu marido, graças a uma missão altamente secreta que o obriga a pilotar um avião na velocidade da luz. Mas vou apresentar você a Rayad hoje à noite, e você pode entrevistá-lo.

– Já o conheci enquanto te esperava no foyer. Mas ele só disse algumas palavras.

O sorriso de Piper veio com tudo.

– Ele é lindo, não é?

Infelizmente.

– Não reparei, e você também não devia reparar, já que é casada.

– Mas não sou cega. E nem você.

A irmã dela a conhecia bem demais.

– Certo, ele é lindo. Satisfeita?

– Talvez você devesse conhecê-lo melhor. Pelo que sei, no momento, ele não tem ninguém.

Sunny levantou as mãos.

– Pode parar. Não estou procurando homem.

– Mas uma diversão faria bem depois que aquele idiota te deixou na rua da amargura.

– É cedo demais, Piper. Não faz tanto tempo que Cameron e eu nos separamos. – E as feridas internas resultantes do ataque ainda não haviam se curado. Feridas que ela ainda não revelara à sua irmã gêmea.

– E, pelo que você mesma admitiu, Sunny, você amava Cameron, mas não estava mais *apaixonada* por ele. Talvez seja hora de você fazer um esforço para voltar ao mundo dos vivos. Não estou sugerindo que você durma com Rayad, só que você use suas habilidades para descobrir quem ele é e que deixe as opções em aberto. Uma espécie de desafio para manter sua cabeça longe dos problemas. Para a sua sorte, ele está no quarto bem aqui ao lado.

Sunny achou aquilo um tanto estranho e desconcertante.

– Ele não tem casa?

– Como ele deve ser podre de rico como o resto da família, imagino que tenha. Mas Maysa me disse que Rafiq insistiu para que ele ficasse aqui enquanto se recupera de um ferimento que sofreu durante algum tipo de incidente.

Para Sunny, ele parecia perfeitamente saudável. Até demais.

– Que parte do corpo ele feriu?

Piper sorriu.

– Não sei. Por que não pergunta a ele? Melhor ainda, por que não pede para ele te mostrar?

– Não estou interessada – respondeu ela, preocupando-se com a possibilidade de que talvez nunca mais voltasse a vivenciar uma intimidade verdadeira. – Além do mais, o tipo forte, machão e silencioso nunca me atraiu.

Piper gargalhou enquanto ia à porta.

– Claro, Sunshine. A não ser por Cameron, esse sempre foi o único tipo que atraía seu interesse.

Irritada com a verdade, Sunny foi atrás de sua irmã, preparando--se para discutir.

– Não ouse fazer algo idiota como armar para cima de mim, Pookie.

Piper se virou, de cara feia.

– Você sabe que detesto quando me chamam assim.

– Você também sabe que detesto quando me chamam de Sunshine, mesmo sendo meu nome.

– Está bem. Nada de Pookie e Sunshine.

– Fechado.

– E também prometo não bancar o cupido. Mas Madison me disse que Rayad é um ótimo homem quando você enxerga além do comportamento de machão dele. Pense nisso até a hora do jantar.

Depois que Piper saiu, Sunny se sentou na beira do colchão. Ela já concluíra que Rayad Rostam era um militar cheio de testosterona, e isso devia ser tudo que ela precisava saber. Contudo, sua curiosidade inata a urgia a saber mais sobre ele. Ela queria se aprofundar naquelas camadas de personalidade para revelar o homem que havia por baixo de tudo. Precisava mesmo investigá-lo, de um ponto de vista unicamente jornalístico, claro. Mesmo que se sentisse atraída por ele num nível físico, um homem viril como Rayad não iria querer a mulher fechada e temerosa que ela se tornara. Nem mesmo um bom homem aguentava isso, como fora o caso de Cameron.

E ela duvidava de que Rayad Rostam fosse um bom homem.

CAPÍTULO 2

O MACHÃO estava com uma criança inquieta no colo e não parecia se importar.

Sentada de frente para Rayad à comprida mesa de jantar, Sunny já testemunhara nos últimos dez minutos a incrível paciência dele com Cala, a filha de 2 anos de idade de Zain Mehdi, ex-príncipe playboy, e Madison, a esposa dele. O paciente sheik não parecia preocupado com o fato de que a menininha havia sujado sua camisa com farelo de biscoito. Também não parecia se importar quando ela cutucava sua boca, como se houvesse algum tipo de feitiço ali. Sunny suspeitava de que houvesse mesmo.

Ela realmente não tinha como pensar mal de um homem que, aparentemente, tinha afinidade com crianças. Também não conseguia ignorar os furtivos olhares que ele vinha lançando para ela. Felizmente, ninguém mais percebeu isso.

Quando Cala saiu do colo de Rayad, Sunny notou um desconforto no rosto dele quando sua mão foi até a parte superior do lado direito de seu corpo. Aparentemente, o ferimento que Piper mencionara envolvia a clavícula dele. Outro mistério resolvido, com vários ainda por resolver, incluindo o toque de tristeza nos olhos dele quando Cala se virou e acenou para ele antes de se sentar no colo de seu pai.

Quando o rei e a rainha se levantaram e pediram licença, seguidos por Zain e Madison, juntamente com os gêmeos deles, Sunny viu sua desculpa para fugir.

Ela se levantou e olhou para Piper, que estava sentada ao lado do silencioso Rayad.

– O jantar estava ótimo, mas preciso mesmo me recolher antes que eu desmaie em cima da sobremesa.

Piper se levantou e tirou Sam de sua cadeirinha. Em seguida, virou-se para Sunny.

– Dê boa-noite à titia, querido. – O bebê respondeu balançando os braços e fazendo sons.

– Espero que seus aposentos sejam satisfatórios, Sunny – disse Adan, sorrindo ao se levantar. Rayad fez o mesmo.

– Mais do que satisfatórios – respondeu ela ao contornar a mesa para dar um beijo de boa-noite em seu sobrinho, plenamente ciente do olhar de Rayad acompanhando seus movimentos. – Tenho certeza de que vou dormir muito bem assim que eu fizer minha caminhada noturna. Alguma sugestão de onde posso fazer isso?

Adan indicou as portas abertas do salão de jantar.

– Ao sair, vire à direita. É a entrada do pátio.

– Mas tome cuidado – avisou Piper. – O jardim parece um labirinto.

– Tenho um bom senso de direção. Não se preocupe.

Depois de dar boa-noite a todos, Sunny saiu imediatamente para o imenso jardim. Ela seguiu o labirinto de caminhos de pedra usando a lua como guia. Quando o caminho terminou num muro baixo, ela parou para observar as luzes que pontilhavam o vale lá embaixo. Uma quente brisa de novembro ergueu o cabelo dela, trazendo consigo o perfume de flores exóticas. Nos Estados Unidos, o clima estaria muito mais frio, com boa parte da folhagem tendo desaparecido até a primavera. Mas não ali. A maioria dos dias tinha um clima agradável, segundo os anfitriões dela. Contudo, havia previsão de chuva para os próximos dias.

Sentindo-se surpreendentemente serena, ela observou o céu, acolhendo a sensação de paz vivenciada pela primeira vez depois de um bom tempo...

– Está perdida?

Pela segunda vez naquele dia, o coração de Sunny saltou para sua garganta. Ela se virou para o já conhecido homem que estava nas sombras atrás dela.

– Não. E você tem alguma necessidade bizarra de sempre me matar de susto?

– Não. Estava apenas preocupado com seu bem-estar.

– Olhe, sr... Sheik... Qual é o seu título oficial exatamente?

Ele deu um passo na direção dela, seu belo rosto revelado apenas parcialmente pela luz fraca.

– Pode me chamar de Rayad.

Naquele momento, ela gostaria de chamá-lo de várias coisas nada agradáveis.

– Olhe, Rayad, já viajei para alguns dos lugares mais remotos do mundo e percorri territórios bem traiçoeiros. Consigo me virar no jardim de um palácio.

– Um jardim que todos sabem que tem insetos e serpentes mortíferos.

Justo quando o coração dela voltara para o lugar, ele mencionava o maior medo dela. Correção. O segundo maior medo.

– Sério? Cobras?

– Sim. Pessoalmente, nunca as encontrei neste jardim. Porém, fui condicionado a proteger mulheres. Portanto, sinto que é necessário garantir seu retorno em segurança.

A oportunidade perfeita de conhecê-lo melhor, mas ele estragara tudo com sua postura machista. Agora, ela estava determinada a escapar rapidamente e provar que era capaz de voltar sozinha em segurança. Sunny já sobrevivera a situações muito, muito piores.

– Nem todas as mulheres precisam de proteção, sheik Rostam. Tenha uma boa noite.

Quando Sunny passou por ele, ela parou para analisar suas quatro opções de direção, cruzou os dedos e escolheu o caminho da direita.

– Está indo para o lado errado.

Um tanto incomodada com a interferência dele e sua própria reação feminina ao sensual timbre de voz dele, ela se virou novamente para Rayad.

– Tenho certeza de que todos os caminhos acabam levando de volta ao palácio.

Ele se aproximou.

– Não necessariamente. Se continuar nesse, chegará à estrada que leva ao vilarejo. E, se não tiver cuidado, pode rolar pelo barranco se perder o equilíbrio.

Se ela recusasse a proposta dele, Sunny estaria permitindo que o orgulho sobrepujasse a segurança, um erro que ela já cometera, com consequências severas. Se ela aceitasse a ajuda dele, poderia descobrir como ele funcionava e evitar morrer rolando um barranco. A opção dois parecia a mais favorável, embora não completamente isenta de risco.

– Certo. Vá na frente.

Depois que Rayad escolheu a trilha que ia na direção oposta, Sunny se posicionou ao lado dele, olhando fixamente à frente.

– Piper disse que você tinha sofrido um ferimento recentemente durante o treinamento militar.

– Fratura nas costelas.

– Você trombou com alguma coisa?

– Um punho.

Sem dúvida, um homem de poucas palavras.

– Deve ter sido um combate corpo a corpo bem duro. Treinar soldados é a sua responsabilidade principal?

– Não. Inteligência.

– Quer dizer que você é um espião?

– De certa forma.

– Aposto que você tem um codinome, tipo Escorpião, ou talvez Serpente.

– Essa informação é confidencial.

Sunny se perguntou se ele nunca baixava a guarda, se nunca sorria.

– Há quanto tempo você está nas forças armadas?

– Doze anos. Entrei aos 21.

Progresso. Agora, ela sabia a idade dele, apenas seis anos a mais do que ela. Não que isso importasse...

– Você é casado? – E por que ela fizera essa pergunta se já sabia a resposta?

– Não, não sou.

– Já foi?

A longa hesitação dele foi um tanto reveladora, ou talvez Sunny estivesse interpretando demais as coisas. Então, subitamente, se deu conta de que ele podia achar que ela estava interessada nele.

– Perguntei porque já conheci alguns militares que têm dificuldades de manter um casamento. O que é compreensível, já que eles passam tanto tempo longe. E me identifico com isso no meu trabalho. Cobrir notícias globais não faz muito bem para um relacionamento sério.

Ele parou, pegou uma pluméria num arbusto e a ofereceu a Sunny.

– Você já foi casada? – perguntou ele enquanto eles continuavam.

Tanto a pergunta quanto o gesto a pegaram desprevenida.

– Obrigada. Não, nunca fui casada.

– Está envolvido com alguém no momento?

Por algum motivo, a entrevistadora se tornara a entrevistada.

– Tive um envolvimento curto com um colega, mas isso já acabou faz algum tempo.

– O homem que, aparentemente, fez você procurar sua irmã.

Ele apresentou o comentário como uma afirmação, não uma pergunta, o que levou Sunny a acreditar que ele sabia muito mais sobre ela do que Sunny sabia sobre ele.

– De certa forma, sim. Como sabe disso?

– Rafiq mencionou isso quando perguntei sobre você.

Ela imaginara que tivesse sido sua irmã quem tivesse contado a ele, não o rei.

– O que mais ele disse?

– Ele me avisou para ficar longe de você.

– Sério? Ele acha que tenho alguma doença contagiosa ou alguma tendência homicida voltada contra homens?

Ele quase sorriu.

– Você tem?

– Não, não tenho, e acho difícil acreditar que Rafiq pense isso.

Um curto silêncio se passou antes de ele falar novamente.

– O rei acredita que você é uma tentação grande demais para um homem como eu.

– Ah, entendo. Ele acha que, se você tentar me seduzir, eu estaria vulnerável demais para resistir. Claramente, ele não me conhece. – Ao menos não conhecia a mulher que ela costumava ser.

– Talvez ele acredite nisso, mas não vejo você como uma mulher vulnerável.

O elogio e a flor o tinham feito ganhar alguns pontos, embora Sunny se sentisse inexplicavelmente indefesa perto dele. Sua aura de mistério e poder a deixavam abalada.

– Fico feliz por termos deixado claro que não sou nenhuma donzela frágil que precisa ser salva.

– Porém, acredito que você seja uma mulher altamente sensual.

– O que levou você a essa conclusão?

– Você é apaixonada pelo trabalho. Já se colocou em perigo muitas vezes pela sua carreira.

Com esforço, Sunny expulsou de sua mente as repentinas e aterrorizantes imagens que vieram.

– Rafiq também falou do meu trabalho?

– Não. Acessei o site do seu canal.

Provavelmente, ela devia ficar preocupada por ele ter feito uma pesquisa na internet, mas Sunny ficou curiosa.

– Por que foi me pesquisar?

– Quando falamos no foyer hoje, fiquei intrigado com você.

Sunny não podia culpá-lo, já que ela sentira o mesmo por ele.

– Talvez seja melhor eu fazer uma pesquisa na internet para saber mais sobre você.

– Você não encontrará nada.

Aparentemente, o trabalho dele era muito secreto mesmo.

– Sendo assim, fale de você. Do homem, não do soldado.

Ele passou a mão pela própria nuca.

– Sou filho único de um sultão que mora em Dubai com minha mãe.

– A julgar pela maneira como você cuidou de Cala hoje, tem certeza de que você não tem nenhum bebê secreto escondido, como o seu primo Adan?

Quando ele a olhou, uma emoção indefinível se refletiu em seus olhos. Então, desapareceu rapidamente.

– Não tenho filhos.

– Então, você tem um dom.

Ele continuou olhando fixamente para o caminho, não para ela.

– É frequente usarem crianças como objetos durante a guerra.

Sendo soldado, provavelmente, ele já testemunhara coisas indescritíveis. Isso podia explicar por que ele parecera tão triste depois que Cala voltara para Zain. Sunny achava estranho o fato de, com sua linhagem real, ele ter escolhido a vida de militar, servindo a um país que não era a terra natal dele.

– Como veio parar em Bajul?

– Adan e eu frequentamos a mesma academia militar no Reino Unido. Depois que me formei, ele me incentivou a entrar para as forças armadas com ele. Meu pai também deu sua bênção.

– Claramente, você não tem o sotaque britânico de Adan. Aliás, parece não ter sotaque nenhum.

– Preciso conhecer muitos idiomas.

– Quantos?

– Dez.

Incrível.

– Você também pilota aviões?

Ele balançou a cabeça.

– Não.

Sunny inspirou o maravilhoso perfume da flor.

– Se eu fosse das forças armadas e pudesse escolher, sem dúvida, iria querer aprender a pilotar. Piper, por outro lado, odeia aviões. Que ironia ela ter se casado com um piloto.

– Nem sempre a razão está presente quando há emoções humanas envolvidas.

Ela sabia perfeitamente bem disso.

– Como tenho certeza de que você não deve passar a vida inteira só trabalhando, tem algum hobby? Algum interesse além do trabalho?

– Tenho um fraco por mulheres bonitas como você.

Se ela soubesse que cairia na típica armadilha de um playboy, Sunny não teria perguntado.

– Você não costuma sair muito, não é?

– Não questione minha capacidade de reconhecer a beleza. No entanto, considero a humildade muito atraente.

Falsos elogios não o levariam a lugar nenhum, especialmente com o fato de que fazia muito tempo que ela não se sentia atraente.

– Particularmente, eu acho a arrogância muito repulsiva.

Finalmente, ele sorriu. Um sorriso pequeno, mas, ainda assim, um sorriso.

– Você acredita que eu seja arrogante?

– Acredito que você seja do tipo de homem que usa elogios em proveito próprio.

Quando eles se aproximaram da entrada do palácio, Rayad parou sob uma das luzes que iluminavam o caminho, permitindo que Sunny visse muito bem suas belas feições.

– Sou apenas um homem que diz a verdade.

– O tempo inteiro, ou só quando convém?

– Sou forçado a reter certas informações por motivos de segurança. Contudo, quando o assunto é minha atração por uma mulher, não tenho nada a esconder. E me sinto extremamente atraído por você.

Sunny suspeitava de que muitas mulheres já tinham se submetido a ele apenas por causa daquele olhar. Mas ela não tinha a menor intenção de fazer isso, por diversos motivos.

– Por favor, explique como você pode me achar atraente se acabou de me conhecer.

– Às vezes, a atração é imediata. Com frequência, inexplicável.

Sunny não teve como contestar, pois ela precisava admitir que também o achava ilogicamente atraente. E isso podia ser perigoso.

– Está se referindo à atração *física*.

– Essa é a isca que incentiva duas pessoas a explorarem as possibilidades.

Enquanto Rayad observava o rosto dela, seu olhar repousando sobre a boca de Sunny antes de retornar para seus olhos, ela conseguiu imaginar várias possibilidades. Possibilidades tentadoras. Possibilidades nada aconselháveis, inalcançáveis à luz de seu passado recente.

– Já que está ficando bem tarde, é melhor encerrarmos a noite. Durma bem.

Ele semicerrou os olhos.

– Você dorme bem ou é atormentada por pesadelos?

Todo o corpo de Sunny ficou tenso com o medo de que ele soubesse mais sobre ela do que imaginara.

– Por que acha que tenho pesadelos?

Ele se recostou no muro de pedra atrás de si e cruzou os braços.

– Sei que você já testemunhou carnificinas no seu trabalho. E, com essa carnificina, vêm imagens que a atormentam no escuro e também à luz do dia.

Percebendo que Rayad era especialista em decifrar pessoas, ela optou por uma meia mentira.

– Já tive pesadelos, mas isso não acontece toda noite.

– Então, você tem sorte.

Ela avançou um passo na direção dele, num esforço para entender melhor a reação dele.

– Imagino que você esteja falando por experiência própria.

Ele deu de ombros.

– Não sou imune a sonhos que perturbam meu sono.

– Então, você já viu seus próprios horrores.

– Muitos no passado. E espero muito mais no futuro.

A curiosidade de dissecar aquele enigmático homem a levou até o lado dele.

– Mesmo correndo o risco de parecer idealista e ilógica, não entendo por que o mundo precisa ser assim.

– É o mal – disse ele, um forte toque de raiva em seu tom. – Já vi atos indescritíveis serem perpetrados com inocentes por aqueles que não têm consciência.

– Também já vi. – Ela própria fora vítima disso, embora se recusasse a se considerar como tal. – Isso me fez repensar minha escolha de carreira. Estou pensando em voltar para os Estados Unidos quando voltar a trabalhar.

– Você jamais será feliz.

Ela o olhou fixamente.

– É muita ousadia da sua parte fazer essa afirmação.

Finalmente, ele se virou para ela, fazendo contato visual.

– Conheço o seu tipo. Você vive pela aventura, pela emoção de buscar a reportagem. Em sua biografia, você disse que opta por ignorar o perigo para buscar a verdade.

Maldita fosse a internet!

– Sim, mas não sei se continuo pensando assim.

Ele a olhou com surpresa e um toque de desconfiança.

– Aconteceu algo para mudar sua atitude?

Se ela não tomasse cuidado, poderia acabar confessando tudo.

– Digamos que cansei. Sem dúvida, está na hora de me recolher. Com sorte, este passeio pelo jardim das cobras me cansou o suficiente para me fazer pegar no sono bem rápido. Muito obrigada pela companhia. Gostei de verdade.

Quando Sunny se virou e começou a se afastar, ele pegou rapidamente a mão dela. A repentina ação a fez se desvencilhar e se virar na direção dele, uma reação instintiva que Sunny desenvolvera desde o ataque.

– Não é minha intenção lhe fazer mal – disse ele, tranquilo.

Ela estremeceu.

– Eu sei. Peço desculpas por ter sido tão arisca. É inerente ao trabalho. Aprendi a ficar sempre em guarda.

Ele se aproximou sem aviso, estendeu a mão para afastar uma mecha de cabelo do rosto dela.

– Acho você muito cativante, Sunny McAdams, e espero ter o prazer de conversarmos novamente.

– Sem dúvida, é uma possibilidade. Mas, se eu não descansar um pouco, da próxima vez que você me vir, vou estar resmungando feito uma maluca.

Ele sorriu novamente. Um sorriso completo que abrandou a intensidade de seus olhos, mas não sua sensualidade.

– Caso precise de ajuda durante a noite, estou no quarto ao lado do seu.

Definitivamente, esse fato não ajudaria a curar a insônia dela.

– Obrigada, mas vou ficar bem. Tenho certeza de que vamos nos ver amanhã.

– Seria um prazer.

A maneira como ele disse *prazer*, com um tom profundo e sensual, despertou imagens muito sexuais na mente confusa de Sunny.

E, já acomodada na cama, ela permitiu que essas imagens se formassem por completo... apenas para ver recordações horrendas interrompendo aquelas boas sensações.

Sunny perguntou a si mesma se algum dia conseguiria superar seus medos e retomar uma vida normal. Se seria capaz de confiar novamente num homem.

Por algum motivo, ela queria muito confiar em Rayad Rostam. Entretanto, não sabia se conseguiria fazer isso.

CAPÍTULO 3

Ele nunca conhecera uma mulher que recuasse de um toque inocente... até aquela noite. Rayad pensara na reação de Sunny enquanto tirava a roupa e se deitava nu na cama.

Ele quisera beijá-la. Teria tentando fazer isso se a reação dela tivesse sido outra. O que ela sentira não parecera repulsa, mas medo. Suspeitava de que esse medo advinha de uma experiência recente. Ele vira isso nos olhos dela, ouvira a preocupação em sua voz quando lhe perguntara sobre a decisão de voltar para casa. Contudo, ele acreditava que Sunny não lhe revelaria a verdade. Nesse aspecto, eles eram muito parecidos, escondendo detalhes por não confiar. Entretanto, sabia que uma pessoa saberia as respostas que ele buscava.

Embora fosse melhor esperar até de manhã para perguntar a Piper, a sede de Rayad pela verdade o tirou da cama. Vestiu um roupão, saiu para o corredor e subiu rapidamente a escadaria. Ao chegar ao segundo andar, ele parou, tentando discernir qual dos quartos pertencia a Adan e sua esposa. Felizmente, uma mulher de cabelos escuros saiu por uma porta à direita dele.

Quando ela o reconheceu, baixou a cabeça levemente e mur murou:

– Alteza.

– Preciso encontrar o quarto do sheik Adan.

– Ao final do corredor. Mas eles não querem ser incomodados. É por isso que estou cuidando do jovem príncipe esta noite.

O decoro ditava que ele fosse embora. Porém, aquela missão era importante demais.

– Eu me certificarei de que você não seja responsabilizada pelo incômodo.

Ele foi até o quarto indicado pela mulher. Ao chegar, bateu duas vezes à porta e esperou. Rayad já quase desistira quando a porta se abriu para revelar seu desgrenhado primo, também de roupão.

– Que inferno, Rayad – resmungou Adan. – Espero que você me diga que estamos em guerra, porque essa é a única desculpa que vou aceitar para você ter aparecido aqui em plena madrugada.

– Não há nenhuma guerra, mas preciso falar com sua esposa.

– *Minha* esposa não está apresentável no momento. E por que precisa falar com ela?

– Preciso consultá-la a respeito da irmã.

Adan semicerrou os olhos.

– Se está pensando em obter permissão para seduzir Sunny, esqueça. Ela não precisa de você a perseguindo nas circunstâncias atuais.

– E que circunstâncias seriam?

– Ela foi dispensada por um canalha e ficou de coração partido. Essas foram as palavras da minha esposa.

– E você tem certeza de que Piper não está escondendo outros detalhes relativos à irmã?

– Não tenho nenhum motivo para não acreditar no que ela me contou. Agora, diga o que você quer.

– Senti que o motivo desse retiro de Sunny é maior do que o fim de um relacionamento quando estive com ela esta noite.

Adan fez uma expressão irritada.

– Como assim *quando estive com ela*?

– Caminhamos juntos no jardim.

– E onde essa caminhada terminou, Rayad?

Rayad entendeu perfeitamente o que seu primo estava insinuando.

– Encerramos a caminhada no jardim. Foi quando me dei conta de que ela tem medos não explicados.

– Do quê? De você?

– Indiretamente, sim. Quando tentei tocá-la...

– *Onde* você tentou tocá-la?

– Na mão.

– Tem certeza absoluta de que não tentou algo um pouco mais acima?

A pergunta de Adan ecoou pelo corredor e, aparentemente, incomodou sua esposa, que apareceu subitamente na porta.

– Se vocês não baixarem a voz, vão acordar o palácio inteiro, incluindo nosso filho e os gêmeos. Por que diabos vocês estão tão exaltados?

Adan apontou para Rayad.

– Este tonto tentou conquistar sua irmã.

A esposa de Adan pareceu surpreendentemente tranquila.

– Ela é uma mulher atraente, querido.

Rayad sentiu a necessidade de defender sua honra.

– Tentei apenas pegar a mão dela. Porém, sua reação a esse gesto inocente me levou a acreditar que talvez ela tenha sofrido um trauma recente.

– Eu disse a ele que foi um fim de relacionamento traumatizante – disse Adan. – Com o técnico de som.

– Ele é cinegrafista, Adan. E de que tipo de reação você está falando?

– Ela se assusta facilmente – respondeu Rayad. – Como se tivesse medo de muitas coisas.

O olhar de Piper vacilou.

– Isso é compreensível, já que ela se mete em situações bem perigosas por causa do trabalho.

A ausência de contato visual e o leve tremor na voz de Piper serviram para corroborar as suspeitas de Rayad.

– Já vi esse comportamento em pessoas que sofreram algum tipo de violência. Pode indicar um transtorno de estresse pós-traumático.

Adan ergueu uma das sobrancelhas.

– Provavelmente, indica a sua tendência a tentar conquistar mulheres que não esperam isso.

– Jamais me insinuo para mulheres que não deem abertura, Adan. E você não tem motivo para fazer acusações. No passado, você foi muito pior do que isso em termos de se insinuar para mulheres.

– Sempre fui nobre em relação ao sexo frágil, primo.

– Assim como eu, *primo*.

– Rayad tem razão – interveio Piper.

Adan observou sua esposa com uma expressão confusa.

– Perdão, Piper, mas você não conhece Rayad tempo suficiente para fazer esse julgamento de caráter.

Ela balançou a cabeça.

– Ele tem razão a respeito de Sunny. Aconteceu algo há alguns meses.

– Por que não me contou isso antes? – perguntou Adan.

– Porque ela me fez prometer não contar. Mas, francamente, estou preocupada com ela. Ainda mais agora.

Exatamente como ele previra. Agora, Rayad precisava de todos os detalhes que a irmã de Sunny pudesse lhe dar.

– O que exatamente aconteceu com ela?

– Ela estava num vilarejo em Angola – disse Piper. – Tarde da noite, ela saiu para caminhar nas ruas. Foi emboscada e atacada por agressores desconhecidos. Eles a mantiveram em cativeiro durante algumas horas antes que ela conseguisse fugir.

– Ela foi atacada sexualmente? – perguntou Adan.

– Não – respondeu Piper, determinada. – Ela deixou isso bem claro. Felizmente, o único dano causado foi ao espírito dela. Segundo a própria Sunny, ela demorou um pouco para se recuperar. Na minha opinião, ela ainda não se recuperou.

Duas perguntas pesaram fortemente na mente dele: por que o ex-amante dela não a procurara e alguém fora responsabilizado?

– Prenderam os agressores?

– Nunca – respondeu Piper. – Sunny me disse que muitas pessoas viajam até lá para minerar diamantes. Então, pode ter sido qualquer pessoa de qualquer lugar do mundo. Ela não acha que vai descobrir a identidade dos responsáveis.

Rayad também convivera com seu próprio mistério durante muitos anos e vivia pela vingança.

– Obrigado pela informação, Piper. Isso explica o comportamento dela de fato. Agora, sei como devo lidar com a situação.

– Deixe-a em paz, Rayad – exigiu Adan. – Ela veio até aqui para ficar sozinha e se recuperar das feridas.

Os avisos de seu primo não o demoveriam de seu objetivo.

– E ela não tem como cuidar disso por conta própria. Posso fornecer o apoio de que ela precisa durante a visita a Bajul.

– O que me preocupa é o que você considera apoio.

– Talvez a ajuda de Rayad seja exatamente do que Sunny precisa – interveio Piper. – Ela não quer me dar ouvidos. Se ele conseguir se comunicar com ela, tem minha aprovação.

Adan apontou para ele.

– Não faça nada que não seja aconselhável, Rayad.

Ele assentiu.

– Tratarei a situação com o máximo de cuidado.

E trataria de fato, apesar de seu desejo pela linda e atormentada Sunny McAdams. Talvez aquela fosse sua oportunidade de se envolver num ato honrado. Uma oportunidade de provar que ele não perdera totalmente sua alma. Talvez pudesse salvar aquela mulher, depois de ter falhado com outra no passado. Talvez ele pudesse provar a si mesmo que ele era um homem digno de salvação... E não o soldado sem esperanças de redenção.

– ACORDE, DORMINHOCA.

Assustada e desorientada, Sunny levantou a cabeça do travesseiro, tentando focar na silhueta diante dela. Felizmente, aquele conhecido sorriso ajudou a acalmar os nervos dela, trazendo-a de volta à realidade. Não que ela estivesse muito feliz com o repentino surgimento de sua irmã, nem com o fato de ela estar com os braços cheios de bolsas com roupas.

Sunny se levantou e suspirou.

– Você podia ter batido à porta, Piper.

– Eu bati. Duas vezes. E desculpe se te assustei.

– Não fiquei assustada. – O leve tremor em sua voz contradizia essa confiança.

– Está tudo bem, Sunny. Sei que tem sido difícil superar os efeitos do que você sofreu.

A irmã gêmea dela sequer conseguiria imaginar tudo pelo que ela passara.

– Que horas são? Você assaltou a lavanderia mais próxima?

Piper baixou o olhar para as bolsas.

– Já é quase meio-dia. E não, não assaltei nenhuma lavanderia. Mas fui a uma butique hoje mais cedo para encontrar algo adequado para você vestir.

Maravilha. Justamente do que ela precisava depois de uma noite insone: críticas ao seu guarda-roupa.

– Você me mandou trazer as roupas que costumo usar.

– Sim, mas, hoje à noite, vamos a um evento que exige algo mais formal que camiseta e calça cáqui.

– Que evento?

Com a clara intenção de evitar a pergunta, Piper colocou as bolsas na beira da cama e abriu o zíper da primeira.

– Este é o meu preferido – disse ela ao retirar um vestido longo preto.

O profundo decote não daria certo, não quando ela precisava esconder os resquícios de seu recente tormento.

– Espalhafatoso demais, e você não me respondeu.

– Não é nada de mais. Só um jantar oficial simples que Madison marcou há uns meses. Umas autoridades que querem agradar ao rei, um pouco de puxação de saco...

– E eu tenho que ir?

– Não, mas a comida vai ser ótima. – Piper pegou outro vestido e o ergueu. – O que acha deste?

Ela olhou o vestido longo de cetim que mais parecia um tomate.

– Você sabe que fico péssima de vermelho, e já comi comida chique antes. É só me trazer uma quentinha depois. Ou posso ir à cozinha depois do evento se tiver fome.

– Você pode ir ao banquete e sair cedo se quiser. – Piper pegou o último vestido. – Tenho certeza de que Rayad não acharia nada ruim ver você usando este.

– É perfeito. – Sunny foi pega desprevenida pela aprovação que saiu de sua própria boca sem pensar. Bastara tocar no nome do misterioso sheik, e ela já estava pronta para cair na gandaia. O que diabos havia de errado com ela? – Quero dizer, esse serviria se eu resolvesse ir, e não me importa se Rayad vai ou não.

A irmã dela suspirou.

– Pare de ser tão teimosa, Sunny. Você precisa sair e se socializar um pouco. Conhecer gente nova. Conhecer melhor as que já conhece.

Ela precisava era ficar ali e lamber suas feridas.

– Acredite, eu me socializei o suficiente para uma vida inteira quando era mais nova. No nosso baile de debutante, eu jurei que nunca mais colocaria outro vestido de festa.

Piper riu.

– Eu lembro que você odiou ser debutante.

– E eu lembro que você adorou aquela atenção toda, só não sei por quê. Deve ser a tradição mais antiquada do mundo.

– Valeu a pena ver você com aquela saia rodada. Agora, prometa que vai hoje. Senão, vou publicar fotos daquela festa na internet.

Sunny pegou o vestido das mãos de Piper.

– Certo, vou colocar esta droga de vestido e desfilar por lá durante 15 minutos. No máximo, trinta.

Piper franziu o cenho.

– Engraçado... Achei que este azul-marinho seria o último da sua lista. E sei que você detesta gola alta.

Não com aquela cicatriz para esconder. Ela não ousaria permitir que sua irmã visse o ferimento. E Sunny ainda não estava preparada para revelar os detalhes. Talvez jamais estivesse.

– Gosto do corte do vestido em geral. Sem mangas, de cetim. Simples, mas elegante.

– E também bem folgado – disse Piper. – Você não vai poder exibir essa silhueta que me deixa com inveja desde a nossa adolescência.

– Não tem problema, Piper. E eu passei anos com inveja das suas curvas. E do fato de você ter olhos azuis, enquanto eu fiquei com os verdes. Além do mais, tenho certeza de que ninguém vai reparar em mim.

Piper gargalhou.

– Claro, Sunny. Até parece... Tenho certeza de que conheço ao menos um homem que vai passar a noite inteira olhando para você, como ele fez no jantar de ontem.

Droga, a irmã dela percebera.

– Não faço ideia de quem você está falando.

– Rayad. Ele ficou olhando para você como se fosse a sobremesa.

– Não ficou nada.

– Ficou, sim.

Sunny estava com sono demais para se envolver naquela discussão.

– Vá cuidar do seu filho.

– Não vai experimentar o vestido?

Só em total privacidade.

– Preciso tomar banho antes, mas tenho certeza de que vai caber.

– Ainda precisamos falar dos seus sapatos.

– Eu tenho.

– De salto?

– Isso importa? O vestido vai até o chão. Ninguém vai ver meus pés. E juro que não vou de tênis e nem de botas de caminhada.

– Ou você pode usar isto aqui. – De uma das bolsas, Piper retirou um par de sandálias prateadas com salto. – O toque final perfeito. E vão aumentar um pouco a sua altura. Se bem que, com 1,68m, você não precisa.

Sunny pegou aqueles instrumentos de tortura e os deixou ao pé da cama.

– Ótimo. Tudo pronto. Agora, se não se importa, preciso tomar banho.

Piper recolheu os vestidos restantes e suspirou.

– Se estiver com fome, o chef está com o seu almoço preparado na cozinha. Use um pouco mais de maquiagem hoje e, se precisar fazer o cabelo, Kira é mestre nisso.

– Eu cuido do meu cabelo. Então, se já tiver terminado de me dar ordens, pode ir embora.

Piper recuou na direção da porta, sorrindo.

– Você vai deixar Rayad louco.

A irmã dela saiu rapidamente do quarto antes que Sunny pudesse insistir na ideia de que não precisava impressionar ninguém, muito menos um homem que era basicamente um desconhecido. O que ela precisava fazer era seguir com seu dia e ignorar os pensamentos nesse homem que tanto haviam ocupado sua mente na noite anterior.

Sunny saiu do chuveiro se sentindo um tanto mais humana. Então, ela viu a marca horizontal em alto relevo acima de sua clavícula e fez uma expressão de sofrimento. Eles tinham lhe dito que, eventualmente, ela poderia fazer uma cirurgia plástica para removê-la. Com o tempo, porém, Sunny esperava ser corajosa o suficiente para tê-la como uma medalha de honra. Um lembrete de que a vida podia acabar num piscar de olhos com um movimento de uma navalha.

Deixando as lembranças de lado, ela vestiu uma camiseta azul que ocultava aquela evidência e um short de algodão branco e calçou chinelos. Próximo passo: encontrar comida.

Depois de prender seu cabelo molhado num coque, Sunny saiu e percorreu o longo corredor, pensando no sheik pecaminosamente sexy, até se dar conta de que não sabia aonde estava indo quando se deparou com o fim de um corredor. Ela poderia virar à direita ou à esquerda e acabou optando pela direita, apenas para encontrar Rayad vindo em sua direção, como se ela o tivesse conjurado.

Ele continuou andando, concentrado num documento em sua mão, o que deu a Sunny uma ótima oportunidade de observá-lo sem que ele soubesse. Desde o passo confiante, passando por seu largo peito e de cima a baixo, ele era um homem digno de um feitiço do amor. O tipo de homem que chamava atenção no instante em que entrava num recinto. Então, Sunny se recordou de sua aparência naquele momento: cabelo molhado, sem maquiagem... e o calor subindo por suas faces.

E quem se importava se ela não estava vestida como a rainha do baile? Não importava o que ele pensava. Ela não daria a mínima se ele a olhasse, desse meia-volta e fugisse correndo.

Contudo, quando ele ergueu os olhos e encontrou os dela, continuou vindo em sua direção, um esboço de um sorriso curvando os cantos de sua boca sensual. Ele parou diante dela.

– Boa tarde, Sunny.

O som do nome dela nos lábios dele a fez pensar em brisas quentes do deserto, no sussurro da voz dele em seu ouvido, num ato de amor à meia-noite sob as estrelas...

Que os céus a ajudassem, ela estava mesmo idealizando algo romântico?

Ela conseguiu pigarrear, mas não expulsar de sua mente a ridícula ideia de que ele apareceria para salvar o dia, com espada, cavalo e tudo mais.

– Boa tarde para você também, Rayad. E, antes que você pergunte, sim, estou perdida. Onde fica a cozinha?

Ele apontou para trás de si.

– Mantenha seu curso atual e vire à esquerda imediatamente antes da escadaria. Em seguida, siga o aroma.

O único cheiro que ela sentia naquele momento era o dele. Um perfume terroso e exótico.

– Imagino que você já tenha almoçado.

– Sim, e tomei café já faz muito tempo.

– Dormi demais.

– Ao que parece. Mas isso é bom. Descansou bem?

Até onde era possível sendo atormentada por vilões mascarados.

– Consideravelmente. E você?

– Não descansei tanto quanto deveria, mas preciso de pouco sono.

– Ah. – E agora? Ela lhe perguntaria o que ele estava lendo? O que ele planejara para o dia? Se ela poderia ir junto? – Acho que vou pegar algo para comer.

No instante em que Sunny disse aquilo, um homem de cabelos grisalhos e pele dourada, usando vestes muçulmanas brancas, veio na direção deles às pressas, uma bandeja apoiada numa das mãos. Sunny abriu espaço para ele passar, mas ele parou e a olhou rapidamente antes de se dirigir a Rayad. Sunny conhecia algumas palavras em árabe, mas a conversa foi tão rápida que nada fez muito sentido. Então, aparentemente, Rayad deu uma ordem antes de apontar para o fim do corredor.

O homem a olhou de forma estranhamente apologética, baixou a cabeça e seguiu em seu caminho.

– Sobre o que foi a conversa? – perguntou ela depois que ele desapareceu.

– Sua refeição. Instruí que ele pusesse a bandeja imediatamente no seu quarto depois que ele me perguntou se eu a tinha visto. Eu disse a ele que você estava bem diante de mim.

Sunny deu de ombros.

– É compreensível. Ele não teria mesmo como saber quem eu sou. Espero que você não tenha dado uma bronca muito pesada nele.

– Apenas depois que ele cometeu o erro de presumir que você era minha amante, não a irmã de uma princesa.

Ela engoliu em seco para vencer a vergonha.

– Ele achou que eu era sua amante?

– Exatamente. Contudo, pediu desculpas quando esclareci sua identidade, embora tenha sido tentador permitir que ele acreditasse que estamos envolvidos.

Sunny apoiou um dos ombros na parede quando a necessidade de ser um tanto recatada, até mesmo difícil, dominou-a.

– Nem nos seus sonhos.

Ele se aproximou, fixando-a com aqueles olhos escuros.

– Tive de fato sonhos com isso na noite de ontem.

De forma brincalhona, ela bateu no braço dele como se fosse uma menina de 14 anos apaixonada.

– Mentira.

Ele abriu um meio-sorriso.

– É verdade. Não se pode controlar o subconsciente.

Claramente, ela estava tendo dificuldades de se controlar na presença dele, pois, no momento, Sunny queria muito beijá-lo.

– Com isso eu concordo. Mas sei que você e eu não temos nada que ficar sonhando um com o outro.

Ele a observou por um instante.

– Teve sonhos comigo?

Se ao menos aquilo fosse verdade... Se ao menos ela fosse uma mulher normal...

– Na realidade, não. Mas não se ofenda. Eu estava extremamente cansada e peguei no sono assim que deitei. – Uma mentira colossal.

– Meus sonhos com você foram muito interessantes – disse ele com uma voz baixa e atraente.

– Interessantes como?

Ele desceu com a ponta do dedo pelo rosto dela, um gesto delicado, quase reconfortante, como se sentisse que ela precisava disso.

– Você estava muito determinada dentro da minha mente. Creio que você seja assim em tudo que faz.

O passado recente dela a atingiu com tudo.

– Acho que já fui assim, mas não ultimamente.

– Isso se deve à falta de confiança por causa da falta de consideração do seu amante, ou foi algum outro evento que a fez mudar?

A intuição dele a surpreendeu. Entretanto, pela primeira vez, ela se sentiu muito tentada a confessar.

– Não, é porque... – Ela não tinha nenhum motivo para contar nada a ele, mas Sunny sentia que ele entenderia. – Digamos que coisas acontecem quando você menos espera. Algumas, não tão boas.

Depois de um curto silêncio, Rayad recuou.

– Caso queira falar dessas *coisas* comigo, seria uma honra ouvir. E tenha confiança de que o que você disser permanecerá entre nós.

Como ela queria acreditar nele! Mas não podia. Ainda não.

– Obrigada pela proposta. Fico agradecida.

Ele abriu um terno sorriso.

– Suponho que seja interessante você retornar ao seu quarto antes que sua refeição esfrie.

– Tem razão – respondeu ela, afastando-se da parede, uma clara decepção em seu tom. – Tenha um dia produtivo.

– Eu a verei esta noite na reunião?

– Infelizmente, vou ser obrigada a aparecer lá. Mas só pretendo ficar o tempo necessário e me socializar bem pouco.

– Se for do seu interesse, gostaria de se socializar comigo?

Aquilo não seria um trabalho nada difícil.

– Acho que posso colocar você na minha lista de danças.

Ele franziu o cenho.

– Não acredito que haverá dança nesse evento.

Sunny gargalhou.

– Eu sei. Foi só força de... Deixe para lá.

Surpreendentemente, ele pegou a mão dela e a levou aos lábios para um leve beijo.

– Aguardarei ansiosamente nosso reencontro.

Depois de soltá-la, Rayad se virou e seguiu na direção oposta, deixando a mente de Sunny muito confusa. Ela começara a discernir um lado mais brando daquele homem rígido, mas talvez a consideração dele servisse apenas a seu objetivo: sedução. Ela se recusava a cair na armadilha de mulher frágil. Ou talvez ela tivesse se tornado cínica demais para acreditar na motivação de um homem. Afinal, ela pensara que conhecia Cameron bem e se enganara terrivelmente. Que amigo e amante verdadeiro daria as costas a alguém num momento de necessidade? Um homem cuja própria culpa vencia sua solidariedade. Um homem em busca de uma saída fácil de um relacionamento que ficara estático por causa dos objetivos opostos e das grandes diferenças entre as partes. De certa forma, Sunny também fora culpada pelo fim do relacionamento ao repeli-lo.

Sunny jurara que, se ela resolvesse ter outro relacionamento sério com alguém, escolheria um homem que acreditasse na comunicação franca e honesta. E ela duvidava de que Rayad Rostam fosse esse homem, pois, no fundo, suspeitava que ele tinha seus próprios defeitos e segredos seríssimos.

Naquela noite, ela se socializaria com ele, seria cordial e se esforçaria ao máximo para ignorar seus encantos. Isso não seria difícil, seria?

CAPÍTULO 4

DESDE O engavetamento de vinte carros em Los Angeles em que ela se envolvera, Sunny não via tantas pessoas virando a cabeça para olhar alguma coisa.

A majestosa entrada de Rayad Rostam fez quase todas as mulheres do salão de festas se virarem para ele, percebendo imediatamente aquele lindo moreno de smoking. Ela tentou de verdade não dar atenção, mas era extremamente difícil não olhá-lo.

Quando Sunny encontrou o olhar dele, recusou-se a se incluir entre as admiradoras dele, mesmo que tudo que quisesse fosse ir até ele e lhe pedir que a levasse para longe daquela multidão. Justamente por isso, ela voltou sua atenção novamente para Maysa Mehdi, que estava linda com seu vestido azul-piscina, seu cabelo, que ia até a cintura, preso numa trança frouxa. Ela parecia que daria à luz a qualquer momento.

– Precisa se sentar?

A rainha pôs a mão na base das próprias costas.

– O que eu *preciso* é entrar em trabalho de parto.

– Espero que não agora.

Maysa sorriu.

– Isso tornaria a noite muito mais interessante.

Sunny não podia discordar.

– Qual é a data esperada?

– Daqui a duas semanas. Como médica, sei que o melhor é concluir o período de gestação. Como mulher de tornozelos inchados, queria que isso acontecesse logo amanhã.

De bom humor, Maysa franziu o cenho, algo que ela raramente fazia.

– Creio que você esteja sendo convocada, Sunny.

Sunny acompanhou o olhar da rainha até Rayad, que estava perto da porta, assomando acima de várias pessoas ao seu redor. Quando ele fez um movimento com o dedo, chamando-a, ela pôs a mão no peito e falou apenas com o movimento dos lábios:

– Eu?

Ele assentiu.

Ela podia não acatar o pedido... ou podia ver o que ele queria. No mínimo, ela deveria esperar um pouco, para não parecer ansiosa demais. Entretanto, como se ele tivesse se transformado num ímã de alta potência, Rayad a atraiu para si apenas com um sorriso sensual.

Enquanto Sunny tentava atravessar a multidão, Piper segurou o braço dela, fazendo-a parar.

– Já vai tão cedo? Ainda nem sentamos para jantar.

Comida não era tão atraente quanto um homem lindo de smoking. E lá se ia a ideia dela de ignorar Rayad.

– Vou só tomar um pouco de ar. Está meio quente aqui.

– Vai demorar?

– Volto antes do primeiro prato.

Assim que ela chegou a Rayad, ele pegou a mão dela e a levou para um canto afastado da multidão.

– Posso dizer que você está muito bonita esta noite?

Ela não conseguiu resistir a revirar os olhos.

– Pode, sim, e já ouvi essa antes.

– Certamente, merece ser repetida. Com frequência.

Ele sabia todas as coisas certas a se dizer, e Sunny sentiu necessidade de retribuir esse favor.

– Você também está bastante bonito, alteza.

– Quando se trata de alguém com quem tenho uma conexão pessoal, prefiro que meu título oficial não seja usado.

Sem dúvida, eles estavam numa situação muito íntima naquele momento, graças a uma mulher de meia-idade que estava atrás de Sunny, praticamente empurrando-a para cima do sheik.

– Certo, Rayad. Para um militar tão machão, você fica muito bem com esse ar sofisticado.

Ele pareceu entretido.

– Agradeço pelo seu elogio um tanto dúbio. Agora, se quiser ter a bondade de vir comigo, tenho algo a lhe mostrar.

Todos os tipos de possibilidades passaram pela mente de Sunny. E nenhuma dessas possibilidades poderia ser revelada num ambiente social.

O senso de curiosidade de Sunny ditou sua resposta, e ela não tinha como deixar de lado os benefícios de passar algum tempo com ele. Afinal, ainda não descobrira totalmente quem era Rayad.

– Acho que vou aceitar, já que o barulho aqui dentro está sufocante. Mas você sabe que, se alguém nos vir saindo juntos, os boatos vão se espalhar bem rápido.

– As pessoas simplesmente irão sentir inveja da minha sorte de ter sua companhia – respondeu ele, seguido por um sorriso que levaria uma mulher a escrever um poema para elogiar a perfeição dele.

Mas não Sunny. Jamais. Ela não era tão afetada por ele assim.

– Sendo assim, vamos.

Enquanto Sunny seguia Rayad para o foyer, ela amaldiçoou sua aparente fraqueza quando o assunto era ele. Ela repassou em sua mente uma lista de todos os motivos pelos quais ela não poderia se envolver com ele, nem mesmo temporariamente. Motivos que não haviam existido até pouco tempo atrás. Motivos que ela desejava que simplesmente desaparecessem, permitindo que voltasse a ser uma mulher despreocupada.

Juntos, eles percorreram um labirinto de corredores até chegarem a uma íngreme e estreita escadaria que descia.

– A masmorra é por aqui? – perguntou ela quando Rayad a deixou ir na frente.

– Não. É um lugar de grande interesse histórico.

Aquilo devia tê-la feito se sentir melhor. Porém, quando ela começou a descer os degraus de pedra com aqueles saltos idiotas, a claustrofobia começou a lhe tirar o fôlego. Sunny chegou ao final da escadaria, e Rayad se juntou a ela para abrir uma pesada porta de madeira, permitindo que entrassem num grande salão que parecia um museu, com vitrines de vidro.

– O que é isso? – perguntou ela por cima do ombro.

– Artefatos – respondeu ele, indo até a vitrine à direita. – A história do passado de Bajul.

Sunny se aproximou dele e observou as cerâmicas primitivas, as pedras reluzentes e os pergaminhos antigos.

– Não sou nenhuma historiadora, mas tudo parece um tanto antigo.

– Porque é. A maior parte destas relíquias foi desenterrada na região desértica ao sul das montanhas.

– Devem ter levado vários anos.

– Levou algum tempo de fato, mas foi digno dos meus esforços.

Ela o olhou, surpresa.

– Foi você quem encontrou isto?

– Sim. Nas terras que possuo a aproximadamente 80 km daqui.

– Interessante. É uma região montanhosa?

– Não. O terreno é plano, e o clima, muito mais árido.

– Você prefere o deserto?

Ele se aproximou lentamente dela.

– Sim. Ele tem uma certa magia, especialmente ao anoitecer.

As fantasias de amor à meia-noite retornaram com tudo.

– Tem mesmo. Não há nada como uma brisa quente no rosto enquanto você olha as estrelas. Eu me lembro disso de uma viagem ao Saara.

– Deseja ter novamente essa experiência?

– Qual experiência? – perguntou ela, a rouquidão de sua voz indicando sua recente tendência a ter pensamentos maliciosos.

– O deserto, minhas terras.

– Agora?

– Talvez amanhã fosse melhor.

Ela usou seu bom humor para acobertar sua desconcertante empolgação.

– Nós iríamos de camelo?

Ele soltou uma grave e sensual risada que serviu como um potente afrodisíaco para Sunny.

– Quadriciclo. Podemos ir até lá durante o dia e retornar à noite.

Ela seria uma completa idiota se aceitasse.

– Talvez não fosse prudente.

Segurando-a pelos ombros, ele a virou para si.

– Seria muito prudente. O lugar aonde desejo levá-la é um santuário de cura.

Foi a vez de Sunny rir. Cinicamente.

– Honestamente, meu coração não está tão partido assim.

– Talvez sua alma esteja.

Aquela conversa não estava fazendo muito sentido, a menos que...

– Piper disse alguma coisa sobre o motivo de eu estar aqui?

– Sim, mas você não deve direcionar sua raiva para ela.

Ah, mas ela direcionaria, sim.

– Piper não tinha nenhum direito de contar a você sobre o... – Mesmo agora, ela ainda tinha dificuldades de dizer. – Sobre o que sofri.

Ternamente, ele prendeu uma mecha do cabelo de Sunny atrás da orelha dela.

– Se achar necessário culpar alguém, culpe a mim. Fui eu que a procurei para confirmar o que suspeitei depois do tempo que passamos no jardim.

Ela era tão transparente assim?

– Não sei como isso é possível.

– Conheço os sinais do trauma. Você os demonstrou várias vezes, embora tenha tentado escondê-los de mim.

Ela suspirou.

– Certo, admito que tenho estado arisca desde o incidente. Mas vou ficar bem. Só preciso de mais um tempo.

Ele ergueu uma das sobrancelhas.

– Tem certeza?

Não exatamente.

– Já me disseram que essas lembranças vão acabar ficando no passado.

– Permita que eu ajude – pediu ele, segurando o queixo dela. – Permita que eu a leve para esse refúgio. Não espero nada além da sua companhia.

Se ao menos ela pudesse acreditar que ele tinha intenções honoráveis. Se ao menos ela não estivesse travando sua própria guerra entre aceitar a amizade dele e querer se sentir plena novamente. Recuperar sua sensualidade inerente. Sua confiança.

– Prometo que vou pensar e respondo amanhã.

Ele pareceu resoluto.

– Você irá.

– Você é confiante demais.

– Eu a conheço melhor do que você imagina, Sunny. No passado, você ansiava pela aventura. No entanto, seu compreensível medo a impede de buscar aquilo que deseja. Deixe que essa jornada a faça voltar a ser o que era.

Que objetivo ambicioso!

– Você acredita mesmo que isso vai acontecer em um dia?

– Com fé, grandes recompensas vêm se você estiver aberta a todas as possibilidades.

Ela estava aberta a muitas coisas, especialmente a um beijo. Contudo, Sunny não sabia como reagiria a isso. Pela maneira como ele estava observando sua boca, talvez ela descobrisse. Rayad, porém, recuou e pôs as mãos nos bolsos.

– Devemos retornar à festa – disse ele. – Do contrário, o que estou pensando pode acabar por ofendê-la.

– E o que é?

– Desejo beijá-la. Entretanto, não quero contribuir para o seu desconforto por causa de meus próprios desejos.

Aquelas palavras derreteram a determinação dela de se manter forte e não sucumbir aos encantos dele.

– Eu não ficaria exatamente desconfortável. Certamente, não me ofenderia. Mas talvez possa me arrepender.

Ele abriu um meio-sorriso.

– Não confia em minha habilidade?

– Ah, confio. Mas como vou saber que você não é do tipo que sai espalhando a notícia depois?

– O que acontecer entre nós permanecerá entre nós.

Oh, céus, ela iria mesmo fazer aquilo... Precisava saber qual seria a sensação, como se sentiria.

– Nesse caso, pode me mostrar sua habilidade.

Mantendo os braços dos lados do corpo, ele se curvou à frente para pressionar seus lábios nos dela, tocando-os levemente uma, duas vezes, como se estivesse testando o terreno. Então, como se ela tivesse se tornado outra pessoa, Sunny segurou o pescoço dele, mostrando que precisava de mais. Ele reagiu a essa necessidade mergulhando na boca de Sunny com sua língua.

Habilidoso era pouco. Aquele homem era um especialista, um prodígio dos beijos. Ela queria ficar mais perto dele, sentir seus braços em torno dela. Contudo, quando ele a tomou num abraço, Rayad despertou inadvertidamente uma série de imagens assustadoras bem dentro da mente dela; recordações sufocantes que a fizeram interromper o beijo e se desvencilhar.

– Eu sinto muito – murmurou ela, arfante. Quando percebeu a decepção na expressão dele, Sunny sentiu necessidade de explicar. – Não tem nada a ver com você. O problema sou eu.

Ele a olhou com seriedade.

– O que seus raptores lhe fizeram?

– Não é o que você está pensando. – Mas podia ter sido se ela não tivesse tido a sorte de escapar. – É o confinamento.

– Peço desculpas por ultrapassar um limite que não devia ter ultrapassado.

A sinceridade no tom dele a tocou profundamente, levando-a a acreditar que ele era mesmo um "bom homem".

– Rayad, eu queria que você me beijasse, mas tenho sérios problemas por causa do sequestro. Talvez eu te conte alguns detalhes amanhã.

Ele não conseguiu mascarar sua perplexidade.

– Quer dizer que você irá comigo?

– Certo. Você venceu. Eu vou.

Ele pareceu satisfeito demais. E lindo demais.

– Partiremos antes da alvorada, para termos tempo o bastante de aproveitarmos nosso dia juntos.

Passar até mesmo algumas horas na companhia dele já parecia uma ideia extremamente atraente.

– Sendo assim, acho que é melhor nos despedirmos agora, para eu poder jantar com a minha irmã e ir para a cama mais cedo do que o planejado.

– Por mais que eu queira passar mais um tempo com você, vou acompanhá-la de volta ao evento.

Quando eles retornaram em silêncio ao corredor, Rayad pegou delicadamente a mão dela, virou-a e a beijou.

– Você não se arrependerá de sua decisão de passar o dia comigo.

Ela esperava sinceramente que não.

– Vejo você de manhã.

– O prazer será meu.

Ele se virou e começou a se afastar. Então, parou, voltando-se novamente para ela.

– Leve roupa de banho.

Aquilo podia ser um problema em vários aspectos.

– E se eu não tiver trazido?

Ele abriu seu melhor sorriso. Tão bom!

– Sendo assim, acho que teremos que improvisar.

Com aquilo, Rayad foi embora.

Sunny trouxera roupa de banho de fato. Entretanto, também trouxera consigo uma cicatriz que ela se esforçava muito para ocultar. Para a maioria das pessoas, a cicatriz não seria tão feia assim, mas ela podia levar a perguntas difíceis. E, no dia seguinte, precisaria decidir se contaria tudo a Rayad Rostam.

PELA SEGUNDA vez em dois dias, a querida irmã de Sunny chegara à suíte dela para lhe dar bom-dia. Desta vez, porém, ela não estava sozinha.

Piper estava no corredor do lado de fora da suíte de hóspedes com um bebê adormecido no colo.

– Estou surpresa por você estar acordada a esta hora – disse ela ao entrar no quarto. – Eu estava passeando com este mocinho e pensei ter ouvido você se mexendo aqui dentro.

Sunny não se importava com o fato de Piper ter passado ali. Contudo, ela estava preocupada com o que sua irmã gêmea poderia ver. E, depois que visse, com as perguntas que viriam. Muitas perguntas.

– Pensei em começar o dia cedo.

Quando Piper colocou o pequeno Sam na cama bagunçada, o bebê rolou de barriga para baixo e pôs o polegar na boca.

Tão fofinho, pensou Sunny. Mas uma responsabilidade tão grande. Uma responsabilidade que ela não podia ter naquele momento de sua vida. Talvez mudasse de ideia um dia, sem a pressão daqueles que acreditavam que já estava mais do que na hora de ela se assentar.

Quando Piper se virou para ela na cama, Sunny deixou de lado as lembranças indesejadas de sua última discussão com Cameron. No entanto, sabia que sua irmã veria as evidências dos planos dela.

E foi o que aconteceu quando Piper olhou fixamente para a bolsa de viagem aberta sobre o divã. Ela voltou sua atenção novamente para Sunny, surpresa.

– Vai a algum lugar?

Ela podia mentir. Ou podia tentar se esquivar da pergunta.

– Não vou embora de vez, se é isso que está perguntando.

– Vai sair em alguma missão?

– De certa forma, mas não tem a ver com o trabalho.

– Você está sendo intencionalmente vaga?

Totalmente.

– Se precisa tanto saber, vou passear pelo interior.

– Sozinha?

Sunny passou por Piper e pôs algumas camisas, uma roupa de banho e dois shorts na bolsa.

– Não, mãe. Tenho companhia.

– Eu conheço essa companhia?

– Talvez.

– Você vai com Rayad, não vai?

Sunny fechou a bolsa, colocou-a no chão e se virou para sua intrometida irmã.

– Talvez seja melhor falar baixo para não acordar o bebê.

– Ele dorme com qualquer barulho. E você não me respondeu.

– Como imagino que você vai acabar descobrindo mesmo, Rayad me convidou para passar o dia explorando as terras dele.

Piper gargalhou.

– Tenho certeza de que ele não quer explorar só isso.

Por mais que Sunny tentasse resistir, algumas imagens maliciosas invadiram sua mente.

– Olhe, por mais que eu deteste admitir, você tinha razão. Ele é um bom homem. O cavalheiro perfeito. – E beijava muito bem. – Além do mais, foi você quem me incentivou a conhecê-lo melhor.

– Verdade, mas achei que, se vocês gostassem um do outro, fossem começar com um jantar e um filme. Não esperava que você fosse rodar por Bajul com ele sabe-se lá por quanto tempo.

– Era por isso que eu não queria contar a você, Piper. Você está exagerando. É só um dia fora.

– Então, por que você está levando roupas extras?

Boa pergunta.

– Porque gosto de estar preparada, só por precaução.

– Para o caso de ele querer te manter em cativeiro? – O remorso surgiu na expressão de Piper no momento em que a sarcástica pergunta saiu de sua boca. – Desculpe. Escolhi muito mal as palavras.

Sunny detestava que sentissem pena dela, mas deixaria aquela passar.

– Você não precisa avaliar tudo que diz para mim, Piper. O sequestro aconteceu. E acabou. Aproveitando o assunto, por que contou a Rayad sobre isso?

– Porque ele me procurou. Sentiu que havia algo mais acontecendo com você além do fim do relacionamento com Cameron. Ele quer ajudar você a se recuperar.

Agora, Sunny passou a se perguntar se o convite de Rayad tinha mais a ver com solidariedade do que com o desejo pela companhia dela. Uma pergunta que, sem dúvida, ela faria a ele.

– Como eu disse, ele é um homem decente e marcou de me encontrar lá embaixo daqui a menos de vinte minutos. Então, se você não se importar, preciso me vestir.

Sem dizer mais nada, Piper pegou seu filho novamente no colo.

– Só tome cuidado, Sunny. Eu detestaria que você partisse novamente seu coração.

Engraçado... A separação de Cameron ferira mais o orgulho dela do que seu coração.

– Como não tenho nenhuma intenção de me envolver com Rayad, a não ser num relacionamento casual, você não precisa se preocupar.

Piper atravessou o quarto.

– Também não era minha intenção me apaixonar por Adan. – Ela parou na porta e sorriu. – Quero um relatório completo quando você voltar à noite. Divirta-se. Só não muito.

Com aquilo, ela foi embora, deixando Sunny sozinha para se aprontar para o passeio com Rayad.

A ideia da aventura a deixava empolgadíssima. Com sorte, ela teria uma experiência que não esqueceria tão cedo, com um homem que, possivelmente, jamais esqueceria.

CAPÍTULO 5

– QUER TER a bondade de me dizer aonde vai levar minha cunhada?

Recostado à porta do carona de um utilitário esportivo de luxo, Rayad manteve a calma com o tom irritado de Adan.

– Quer ter a bondade de me informar por que isso lhe diz respeito?

– Ela é irmã da minha esposa e merece ser tratada com respeito.

A própria raiva de Rayad começou a crescer. Contudo, se recusou a revelá-la.

– Fique tranquilo, pois ela receberá o máximo de respeito.

Adan apontou para ele.

– Se você fizer qualquer investida inadequada, vai se ver comigo.

Como fora comum quando eles eram mais jovens, Rayad estava se divertindo muito atormentando seu primo mais novo.

– Então, devo presumir que posso fazer uma investida *adequada*?

A expressão de Adan ficou feroz.

– Você sabe perfeitamente bem do que estou falando, Rayad. Nenhum tipo de investida. Ela está muito frágil.

Ele não usaria a palavra frágil para descrever Sunny. Ferida, sim. Frágil, jamais.

– Se isso lhe trouxer mais paz, Rafiq me avisou para tomar cuidado desde o instante em que ela chegou.

– Meu irmão é um homem sábio. E, se você acha desconcertante que nós dois ataquemos você verbalmente, acredite que não vai gostar nada de ter que se ver com a minha esposa.

Aquilo inspirou mais medo em Rayad do que todas as forças armadas de Bajul apontando suas armas para ele.

Novamente, não precisa se preocupar. Passaremos apenas o dia fora.

– Espero não ter trazido coisas demais.

Rayad voltou sua atenção para Sunny, que estava parada atrás de Adan, uma grande bolsa verde-oliva em seus braços.

Adan o olhou com desconfiança e falou:

– Creio que você tenha dito que o passeio seria apenas ao longo do dia.

– E é – respondeu Sunny, corando levemente. – Eu me preparo para todas as situações possíveis.

– Estar preparado nunca é demais. – Rayad abriu a porta e ofereceu a mão para ajudá-la. – Vamos partir.

Adan o olhou com irritação.

– Quero que você a traga de volta antes de escurecer.

Depois de ajudar Sunny a entrar no carro, Rayad fechou a porta e olhou novamente para seu primo.

– Minha época de receber avisos paternos já passou, Adan. Retornaremos quando eu considerar adequado.

Sem esperar resposta, Rayad contornou o veículo, entrou e deu a partida. Ele partiu com o carro acelerando, olhando no retrovisor para ver Adan ainda parado sob o pórtico do palácio, como se quisesse correr atrás deles de roupão.

– Belo carro – disse Sunny, passando sua fina mão pelo console que dividia os assentos deles.

O gesto, embora inocente, fez Rayad sentir um leve desconforto na virilha.

– É adequado.

– Eu diria que o rádio via satélite, os bancos de couro e o teto solar vão além do adequado. Meu carro é minúsculo. Mas também não dirijo muito.

Ele a acompanharia de bom grado aonde ela quisesse ir, especialmente no sentido carnal. Contudo, Rayad precisava avançar lentamente e aceitar que a intimidade entre eles poderia não acontecer.

Acomodando-se no silêncio, Rayad se concentrou em guiar o carro pela íngreme descida do palácio. Entretanto, quando o suspiro de Sunny desviou seu olhar, ele a viu conter um bocejo.

– Você está claramente cansada.

– Bem, como o sol ainda não nasceu – começou ela – e eu só fui dormir depois de meia-noite, ainda estou com um pouco de sono. Mas vou despertar assim que chegarmos. Seja lá aonde estejamos indo.

Ele sentiu a necessidade de prepará-la para a primeira etapa da jornada deles.

– O lugar onde a levarei envolverá escalada, caso esteja disposta.

– Muita escalada?

– Bem pouca. E eu ajudarei.

– Contanto que não seja o Everest, eu aguento.

Ele não tinha dúvidas disso.

Quando Rayad percebeu que o céu começara a clarear, ele acelerou, tomando cuidado para se manter longe do penhasco enquanto eles subiam até seu destino antes de chegarem ao vilarejo.

– Precisamos ir tão rápido? – perguntou Sunny, um toque de preocupação em sua voz.

– Só mais alguns minutos.

E, depois que esses minutos passaram, ele parou numa curva e puxou o freio de mão.

– Chegamos.

Rayad saiu do carro e o contornou pela frente, apenas para descobrir que Sunny já saíra sem a ajuda dele. Sabia que não devia discutir seu dever como cavalheiro. Ela era ferozmente independente, um dos muitos aspectos que haviam conquistado a admiração dele, embora conflitasse com sua natureza protetora.

Quando Sunny esticou os braços acima da cabeça, sua camisa subiu acima da cintura de seu short cargo bege, expondo a pele nua que atraiu imediatamente a atenção dele.

– E agora?

Ele pensou em diversas respostas àquela pergunta. Contudo, o que ele desejava fazer e o que devia fazer contrastavam fortemente.

– Escalaremos o precipício à sua direita.

Ela se virou para analisar a superfície da rocha antes de olhá-lo de forma nada satisfeita.

– Parece bem íngreme.

– Apenas deste ponto. Quando começarmos a subir, você verá que não é tão difícil.

– Se você diz... Pode ir na frente. Eu vou logo atrás.

Não fora o que ele planejara. No entanto, evitaria discutir com ela por ora.

– Ficarei feliz em ajudar, caso haja necessidade.

– Agradeço pela preocupação, mas já escalei bastante durante a minha vida.

– Sendo assim, talvez seja hora de testar sua habilidade.

Ela abriu um sorriso que iluminou seus olhos de esmeralda.

– Estou sempre disposta a aceitar um desafio.

Por acaso, Rayad estava disposto a aceitar vários desafios, embora não se sentisse muito atraído por um deles: resistir aos encantos femininos dela. Porém, precisara resistir para provar que ainda tinha certa honra, apesar de sua profissão ocasionalmente desonrosa... Embora necessária.

Quando o céu começou a ficar azul-claro, Rayad percebeu que eles precisariam se apressar para desfrutar da alvorada.

– Talvez seja melhor se você for primeiro – disse ele, caminhando até a base da parede rochosa. – Estarei logo atrás.

Ela se posicionou ao lado dele e franziu o cenho.

– Para ficar olhando meu bumbum, sem dúvida.

Rayad pensara apenas na segurança dela. Porém, agora que mencionara aquilo...

– Desejo permanecer atrás para o caso de você perder o equilíbrio.

– E, se isso acontecer, significa que vou cair em cima de você, e nós dois podemos despencar e morrer.

– O pico não é tão alto quanto você pode acreditar. Se cairmos, poderemos...

– Precisar engessar o corpo inteiro?

– Sofrer alguns arranhões e hematomas. Talvez quebrar algum osso.

– Ou o pescoço. – Ela deu de ombros. – Mas, se você está disposto a amortecer minha queda, quem sou eu para discutir?

Ela sorriu para ele por cima de um dos ombros antes de começar a escalar a rocha, escolhendo cautelosamente os pontos de apoio, como se tivesse experiência naquilo, o que não era nenhuma surpresa para Rayad.

Ela o fascinava. Fazia-o sentir emoções que aprendera a enterrar havia muito. Sunny o fazia se sentir novamente um homem completo. Muitos anos haviam se passado desde a última vez que ele vivenciara emoções tão fortes e indesejadas.

Ela alcançou o cume do penhasco rapidamente e, ao chegar lá, virou-se e o agraciou com um sorriso.

– Você parece uma lesma.

O insulto o fez se juntar a ela em questão de segundos.

– Você é claramente uma alpinista habilidosa.

– Já tive que ir a regiões bem difíceis. Aparentemente, você também.

Se ela soubesse onde ele já estivera e o que fora obrigado a fazer algumas vezes, Sunny desceria às pressas dali e voltaria correndo para o palácio.

– Sim. Contudo, não costumo ter uma companhia tão bela.

O sorriso dela retornou, suave e absurdamente sensual.

– E eu nunca tinha conhecido alguém que fizesse elogios tão facilmente.

– Não duvide da minha sinceridade, Sunny, pois, como eu já disse, conheço a beleza verdadeira.

Com aquilo em mente, ele segurou os ombros dela e a fez se virar para o leste. Os primeiros raios de sol haviam começado a se revelar acima da cadeia montanhosa, tingindo o céu de laranja.

– É por isso que estamos aqui.

Ele permaneceu ao lado dela para testemunhar em primeira mão sua reação ao que, com frequência, já considerava parte de seu cotidiano. Sem falar ou se mexer, ela olhou fixamente o sol, que ascendia ao longe. Uma quente brisa ergueu o cabelo loiro dela. Contudo, Sunny parecia alheia a tudo à sua volta, a ele. Embora Rayad não devesse ficar preocupado com a falta de atenção dela, por algum motivo, ficou.

– É de tirar o fôlego – disse ela por fim. – Ver a alvorada de um novo dia te dá esperança de que o mundo não seja um lugar tão ruim afinal.

O mundo dele, porém, podia ser constantemente um lugar terrível.

– Esta paisagem também me dá um senso de paz.

Ela suspirou.

– Às vezes, é difícil conseguir paz. Por isso, você a procura em todos os lugares.

Ele sabia perfeitamente bem como aquilo era verdade.

– Você terá paz novamente, Sunny. É uma sobrevivente.

– Na realidade, você tem razão. E, como eu disse ontem à noite, vou ficar bem. – Um leve tremor na voz dela traía sua confiança.

– Você ainda não está *bem*, mas ficará assim que sua alma começar a se curar.

Ela voltou seu olhar para ele, um toque de frustração em seus olhos verdes.

– Não tem problema, de verdade. O fim do meu relacionamento com meu ex-namorado já devia ter acontecido muito tempo antes.

– Estou me referindo ao seu rapto.

Pela maneira como o corpo dela ficou rígido, Rayad percebeu que ela se utilizava da negação para abafar as lembranças.

– Eu tento não pensar muito nisso, pelo bem da minha sanidade.

Sentindo que ela precisava de conforto, ele pôs a mão na base das costas dela, sentindo-se aliviado quando Sunny não se afastou do toque.

– Há determinadas experiências na vida que nos atormentam por muitos anos. Circunstâncias que podem ter seu impacto reduzido, mas que jamais serão inteiramente esquecidas. Felizmente, a passagem do tempo ajuda a obter perspectiva.

– Que acontecimentos atormentam você, Rayad?

Como fora sua tentativa de aconselhar que levara àquela transparência, ele lhe contaria apenas uma meia-verdade.

– Sirvo às forças armadas. Com frequência e tristeza, isso envolve testemunhar atos revoltantes cometidos por homens a outros homens. Infelizmente, não tenho liberdade para dar detalhes. – E ele também não revelaria sua própria tragédia pessoal.

– Entendo. – Depois de um curto silêncio, ela perguntou: – Aquela é a montanha que gera bebês?

Aquilo o fez sorrir.

– *Mabrú'uk.* E, sim, se você acreditar na lenda, ela tem o poder de deixar mulheres férteis dentro de um raio de 150 km.

– Não estou dizendo que acredito na lenda, mas você se importaria de ficarmos longe? Só por precaução. – Ela acompanhou o comentário com um sorriso tímido.

Rayad não se importaria de manter distância e também não queria admitir que acreditava no folclore.

– Não acredito que os poderes de *Mabrú'uk* me possibilitariam engravidá-la apenas com o toque da minha mão.

– Acho que isso seria milagroso.

– E levaria embora todo o prazer do processo de procriação.

Ela corou e baixou o olhar.

– Verdade. Mas esse processo não precisa ser só para procriar, precisa?

– Não, não precisa. – Se eles continuassem aquela conversa, talvez ele tentasse dar início ao processo. Contudo, quando o assunto era Sunny, a vigilância precisava ser prioridade.

Quando ela não falou, Rayad sentiu que precisava se desculpar.

– Lamento se a deixei chateada com minha conversa sobre procriação.

– Nem um pouco. Na verdade, pela primeira vez depois de muito tempo, estou começando a voltar a ser quem eu era. Aquele beijo de ontem ajudou.

Ele inclinou o queixo dela para cima, obrigando-a a olhá-lo.

– Ainda que você não acredite em mais nada a meu respeito, acredite nisso. Eu jamais faria intencionalmente algo que a deixasse desconfortável.

– Sei disso. Do contrário, não estaria com você. Mas tem uma coisa que você pode fazer por mim.

– O que você quiser.

– Pode me dar um beijo de bom-dia.

Rayad precisou travar um duelo interno com o que ele queria e o que ela precisava. O que ele precisava fazer para conquistar a confiança de Sunny, para poder guiá-la através daquela crise. Entretanto, recusar o pedido de um beijo de uma bela mulher seria algo estranho para ele. Mesmo assim, jurou proceder com cautela dali em diante, optando por um beijo inocente nos lábios dela.

Sunny não pareceu nada satisfeita.

– Muito meigo. Não era o que eu esperava, mas foi bom.

Ele segurou o rosto dela.

– Se eu a tivesse beijado como desejo beijá-la, poderíamos acabar passando o dia inteiro aqui. E, embora isso pudesse ser prazeroso, precisamos continuar nossa aventura antes que a tempestade chegue.

Sunny virou o rosto para o céu.

– Não estou vendo nuvem no céu.

– O dilúvio está vindo. Mas você não verá chuva aonde a levarei. – Um destino ao qual ele jamais levara uma mulher desde... Rayad expulsou de sua mente a amarga realidade para se concentrar em sua companhia.

– Pode me dar uma dica de aonde você vai me levar, além do fato de que são suas terras?

– Você logo verá por conta própria. Mas lhe direi que é diferente de tudo que você já viu.

– Já fui a muitos lugares.

– Confie em mim.

– Veremos.

Apesar de ela ter dito aquilo com um toque de brincadeira, Rayad percebeu que precisaria conquistar a confiança de Sunny. E, se alguém descobrisse onde ele a levaria, poderia perder seu posto, sua honra e ainda mais.

Sunny McAdams valia o risco.

RAYAD NÃO estivera brincando quando dissera que não choveria. Durante os últimos vinte minutos, Sunny ainda não vira uma gota de água sequer. A paisagem se transformara num deserto que ia até onde os olhos podiam enxergar. A não ser por um único trecho de grama que sustentava um pequeno rebanho de ovelhas, a rota que eles estavam seguindo exibia poucos sinais de população.

Ela se acomodou no banco para observar melhor Rayad e ficou maravilhada com a perfeição do perfil dele, com a maneira como sua camiseta verde-escura se ajustava a ele. Sunny até mesmo deu uma espiada nas pernas extremamente másculas que, naquele dia, estavam expostas, pois ele estava com uma bermuda cargo cáqui e botas de caminhada. Também não conseguiu evitar pensar na possibilidade de um beijo de verdade mais tarde naquele dia... Contanto que ele cooperasse. Sunny jurara para si mesma que, no mínimo, convenceria Rayad de que ela não era uma mulher traumatizada e carente que precisava ser tratada com cuidado. Certo, talvez ela fosse um pouco traumatizada, mas sentia que estava se recuperando, graças a ele.

– Então, onde exatamente suas terras começam? – perguntou ela.

– Passamos pelos limites da propriedade faz 30 km.

– Uau. Claramente, você é dono de metade de Bajul.

– Não exatamente metade.

– Como conseguiu tirar essas terras da família real?

– Uma parte delas foi deixada para mim com a morte de minha tia. O resto, comprei, já que a área não é propícia ao desenvolvimento.

– Entendo. A maioria das pessoas não gosta de morar no meio do nada.

– Não me incluo nessa maioria.

Aquela avaliação pessoal era indiscutível.

– Foi por isso que você não construiu seu próprio palácio?

– Não necessito de um palácio – disse ele, seu tom surpreendentemente sério. – Passo muito tempo viajando.

– Imagino que você também não precise de uma esposa e filhos.

– No momento, não.

Sunny podia jurar ter ouvido um toque de melancolia na voz dele.

– Quanto tempo falta para chegarmos?

Uma fração de segundo depois de Sunny ter feito a pergunta, Rayad fez uma curva fechada à direita e parou o carro diante de uma entrada que mais parecia a de uma fortaleza. Ele pegou um controle remoto e o apontou para o pesado portão de aço, que se abriu para permitir a entrada deles.

Ela se sentiu entrando numa prisão, e isso despertou memórias que Sunny não conseguiu ignorar.

– O que é este lugar? Algum tipo de complexo militar, ou talvez a comuna de um sheik?

– Você logo verá – disse ele ao avançar com o carro.

Se ela não fosse tão curiosa, talvez tivesse exigido uma explicação melhor antes de permitir que ele seguisse em frente. Contudo, por mais louco que isso pudesse parecer, ela não o considerava ameaçador.

– Estou ansiosa.

Eles percorreram uma estrada de terra que se estreitava entre duas grandes formações rochosas. Depois de passarem, finalmente chegaram a um ponto mais largo ao lado de uma das imensas rochas.

Rayad desligou o carro e se virou para ela.

– Antes de entrarmos, você precisa prometer que jamais falará deste lugar a ninguém.

Sunny fez uma rápida análise visual, mas não encontrou nada que sequer se parecesse com uma estrutura.

– Não estou nem vendo um *lugar*.

– Prometa.

O tom de Rayad dizia que ele estava falando sério.

– Certo – aceitou ela. – Prometo ficar de boca fechada, como faço quando estou protegendo uma fonte anônima. Mas, se quiser que eu escale essa muralha, saiba que não trouxe nenhum equipamento de rapel.

– Não precisaremos escalar. – Ele abriu a porta do carro. – Venha comigo.

Quando Rayad foi até a parte de trás do utilitário esportivo e pegou o que parecia ser um cooler, Sunny pegou sua própria bolsa. Ela a tirou do carro e o seguiu, sua mente presa numa teia de confusão que se transformou numa franca curiosidade quando ele pôs o cooler no chão e abriu um painel oculto na face da rocha, revelando um teclado de alta tecnologia. Rayad digitou uma série de números e, subitamente, a rocha se abriu. Definitivamente, algo saído de um filme de espionagem. Ela não ficaria nada surpresa se fosse recebida por um mordomo com uma bandeja com martínis.

Quando Rayad abriu caminho para ela, Sunny avançou e não encontrou nenhum empregado, mas outra escadaria, descendo até a escuridão. Felizmente, desta vez, ela estava de tênis, não de sandálias de salto. Infelizmente, seu coração acelerou quando percebeu as paredes estreitas.

– Quer mesmo que entre ali?

– Prometo que é seguro.

– Não tem morcego?

– Não. Nem serpentes.

– Graças a Deus.

Rayad baixou novamente o cooler, pegou uma tocha encostada na parede, retirou um isqueiro de seu bolso e transferiu a chama para um par de arandelas na parede. Então, virou-se e apertou um botão à esquerda, fechando a porta.

– Venha comigo. E cuidado onde pisa.

Enquanto ela o seguia, Rayad acendeu mais arandelas ao longo da descida. O cheiro de terra e um leve frio a atingiram. Felizmente, ela não sentiu nenhum cheiro de fogo e enxofre, pois não ficaria nem um pouco surpresa se eles acabassem encontrando Hades por ali.

Para o alívio de Sunny, eles chegaram a uma última escadaria, onde ela suspirou lentamente quando seus pés tocaram o chão de terra.

Rayad parou e acionou um interruptor que iluminou várias lâmpadas, revelando um extenso corredor.

– Um gerador fornece eletricidade, mas eu a uso com parcimônia.

Sunny se juntou a ele, observando rapidamente o recinto à sua direita, que não continha nenhuma mobília de fato, mas muitos aparelhos eletrônicos.

– O que é tudo isso?

– Meu meio de comunicação com o mundo lá fora.

A ficha começou a cair.

– É uma instalação militar secreta?

– De certa forma. É um bunker natural disponível para a família real caso Bajul seja atacada. Eu o descobri há vários anos.

– Quando você encontrou os artefatos.

– Sim. Passei muitos dias aqui explorando o ambiente e modificando as cavernas para abrigar ocupantes. Venho com frequência quando não estou em serviço.

Agora, tudo fazia sentido.

– Então, aqui também é seu esconderijo pessoal.

– Talvez algumas pessoas o considerassem assim.

Sunny não conseguiu deixar de se perguntar do que ele se escondia. Claro, Rayad dizia estar envolvido com inteligência militar, mas sentia que podia haver mais coisas naquela história.

– Isso é tudo?

– Não. Eu lhe mostrarei o resto.

E ele cumpriu a promessa, começando com uma sala que continha diversos catres e o que parecia ser uma latrina anexa.

– É imenso. Você dorme aqui?

– Tenho meus aposentos particulares que você logo verá. Pode deixar sua bolsa aqui.

Sunny realmente não estava vendo muita coisa além de um corredor longo e estreito.

– Mal posso esperar – disse ela ao pôr a bolsa de viagem no chão de terra ao lado da porta.

Eles seguiram para um estoque com fileiras de prateleiras contendo o que pareciam ser rações militares. Um albergue autossuficiente e primitivo.

– Imagino que você não tenha geladeira.

Ele pôs o cooler numa mesa no canto. Em seguida, voltou-se novamente para ela.

– Não, mas, como a caverna mantém uma temperatura constante de 15°C, as frutas que peço para trazerem não estragam.

– Até aqui? Deve custar uma fortuna.

– Dinheiro não é problema quando o assunto é conforto.

Claro que não era. Provavelmente, aquele homem tinha uma fortuna escondida em algum lugar.

– Você trouxe frutas hoje?

– Sim, e outros suprimentos – disse ele ao retornar para junto dela no corredor. – Caso precisemos de mais, há vários vilarejos próximos.

– Como só vamos ficar aqui hoje, tenho certeza de que temos o suficiente para o dia.

– Talvez – respondeu ele. – Vamos continuar o tour.

Depois de percorrerem mais alguns metros, o corredor terminou em outra parede de pedra. Sunny imaginou que o passeio tivesse terminado até que, mais uma vez, Rayad revelou um teclado, bem parecido com o da entrada.

– O que você viu até agora foi projetado unicamente para segurança – disse ele. – O que verá em breve foi projetado unicamente para o prazer.

Ele digitou outro código, e as paredes se abriram como um proverbial Mar Vermelho. A imagem que ele revelou a deixou totalmente sem fôlego, mas não porque a área parecia confinada. Pelo contrário, o lugar era imenso... e místico. A caverna de tamanho palaciano, com pedras cintilantes pontilhando as paredes naturais, podia ser descrita como uma terra fantástica e natural. Estalactites pendiam do alto teto, enquanto estalagmites despontavam do chão. E o centro da laguna azul era iluminado por um facho de luz que descia de uma grande abertura circular na parte superior da caverna.

Alguns momentos se passaram antes que ela se recuperasse o suficiente para falar.

– É incrível. Parece a gruta de Jeita, no Líbano.

– Mas não tão grande – disse Rayad de trás dela. – E é praticamente intocada pelo homem.

Ela não conseguia desviar o olhar daquela incrível imagem.

– É mesmo um oásis no deserto. De onde vem essa água?

– De um aquífero alimentado pelas montanhas. Outro dos tesouros ocultos de Bajul.

Maravilhoso.

– Sem dúvida, a água é escassa na região.

– É por isso que Zain deu início a esforços de conservação. Eventualmente, eles serão exportados e, assim, garantirão o futuro do país, além de salvar vidas. Zain já viu o que a falta de água pode fazer com as pessoas. Assim como eu.

Ela ouviu passos e sentiu a presença de Rayad antes mesmo de ele dizer:

– Não está curiosa em relação aos meus aposentos pessoais?

Sunny se virou e descobriu que ele estava a poucos centímetros dela.

– Na realidade, estou.

– Então, olhe atrás da mim, à minha esquerda.

Foi apenas então que Sunny viu o quarto improvisado esculpido na rocha. E, numa plataforma elevada, uma imensa cama com dossel coberta por cetim azul-escuro. Sem dúvida, digna de um príncipe.

– Incrível. Você também tem um banheiro? Talvez um chuveiro com água quente e uma hidromassagem?

Ele sorriu.

– Quem precisa desses luxos quando se tem a própria laguna?

– Você toma banho na laguna?

– Por vezes, sim.

Aquilo despertou imagens bastante maliciosas envolvendo um corpo muito másculo e definido, molhado e ensaboado...

– Acho que isso faz de você um homem das cavernas moderno.

A risada grave e sensual dele ecoou pelas paredes da caverna.

– Creio que seja uma descrição precisa.

Ela cruzou os braços para se proteger da onda de calafrios que resultou tanto da temperatura amena quanto da sensualidade escancarada dele.

– Bem, contanto que você não me bata com uma clava e não me arraste pelo cabelo, por mim, tudo bem.

A expressão dele ficou repentinamente soturna.

– Eu jamais faria algo assim.

– É brincadeira, Rayad.

– Peço desculpas, mas não enxergo graça no comportamento abusivo com mulheres.

Evidentemente, ele não trouxera seu bom humor consigo. Sunny suspeitou também de que houvesse uma história por trás daquela atitude dele.

– Fico agradecida de verdade por isso. E, caso eu ainda não tenha dito isso, eu me sinto muito segura com você.

Rayad a surpreendeu ao puxá-la para um leve abraço. Então, passou delicadamente a palma pelas costas dela, subindo e descendo. Engraçado... Ela sequer esboçou reação, o que demonstrava como sua confiança nele crescera.

Alguns instantes depois, ele tomou o rosto de Sunny nas mãos e beijou sua testa.

– Sua fé significa muito para mim.

Ela sorriu.

– Não há de quê. Agora que você me trouxe para cá, o que vamos fazer?

– Ainda temos muito a explorar – disse ele, ainda mantendo os braços em torno dela.

– É mesmo? O que vamos explorar?

– A caverna, é claro.

– Que pena... – O rosto dela se esquentou com seu próprio comentário espontâneo. – Desculpe. Quis dizer que eu estava começando a ficar com fome.

Ele acariciou o rosto dela com o dorso da mão.

– Faremos um breve passeio. Em seguida, almoçaremos.

– Não aquela comida que tem no estoque, espero.

– Não. Trouxe algo especial do palácio. – Ele observou os olhos dela. – Estou muito feliz por você estar aqui.

– Também estou.

E era verdade. E Sunny esperava que isso continuasse sendo verdade até o fim do dia.

CAPÍTULO 6

ELE JÁ percorrera aqueles túneis muitas vezes antes. Contudo, ver a caverna através dos olhos de Sunny tornava a experiência nova para Rayad. No entanto, nas muitas vezes em que eles haviam ficado em locais apertados, ela roçara seu corpo nele inadvertidamente, despertando o desejo e as fantasias dele.

Mesmo agora, com ele caminhando atrás dela, observando o suave balanço de seus quadris, ele a desejava demais. Suas fantasias ganharam asas quando ele imaginou Sunny nua, suas longas pernas envolvendo a cintura dele. Ele queria conhecer a sensação da carne nua dela em suas mãos, a sensação dela a envolvê-lo, enquanto se enterrava bem dentro dela.

Expulsando de sua mente as imagens, Rayad se lembrou de sua promessa de ir com calma. Ele precisava aceitar que, possivelmente, seu desejo por ela não resultaria em nada.

– Para que lado eu vou? – perguntou ela quando eles chegaram a uma encruzilhada.

– Para a direita.

Quando eles saíram da passagem, ela se virou para ele e sorriu.

– Voltamos até o ponto de onde saímos.

– Sim, voltamos.

Ela desligou a lanterna.

– Podemos almoçar agora? Estou com muita fome mesmo.

Assim como ele, mas seu desejo não era por comida.

– Creio que eu possa fazer sua vontade.

– Ora, obrigada. Eu detestaria ter que sair por aí colhendo frutas silvestres, já que duvido que eu fosse encontrar alguma.

– Na realidade, frutas silvestres são uma possibilidade.

Ela revirou os olhos.

– Por favor, não me diga que vamos andar pelo deserto colhendo frutinhas.

Ele abriu aquele sorriso que surgia com mais frequência na presença dela.

– Não há necessidade disso. Agora, se puder me acompanhar, trarei nossa refeição.

– Com prazer.

Ele a guiou em torno da laguna até a pequena ponte de madeira que ele construíra com as próprias mãos. Ao chegarem aos aposentos particulares dele, Rayad lhe disse:

– Espere aqui. Retornarei em breve.

– Rápido – disse ela quando ele entrou no bunker. – Senão, vou atacar as barras de granola que eu trouxe.

Ele entrou a passos largos no estoque para pegar o recipiente que continha a refeição deles. Depois de retornar até Sunny, Rayad indicou com um movimento de cabeça um par de grandes almofadas vermelhas ao lado da cama.

– Nós nos sentaremos aqui para comer.

Sunny se acomodou na almofada e cruzou as pernas.

– Já ouvi falar de café na cama, mas nunca em almoço ao lado da cama. Então, o que temos no cardápio?

Depois de assumir seu lugar na almofada diante dela, Rayad abriu o cooler, retirou o prato, colocou-o diante deles e o descobriu.

– É a especialidade do chef do palácio. *Shawarma* no pão árabe coberto com *homus* e azeitonas.

Ela pegou o sanduíche, observou-o por um instante e, em seguida, deu uma mordida.

– Está delicioso – disse Sunny. – E mal posso esperar para atacar as frutas secas e o queijo.

Talvez Rayad precisasse mergulhar na laguna se continuasse a observar a boca de Sunny enquanto ela comia, imaginando a sensação daquela adorável boca em seu corpo. Em vez disso, ele lhe entregou uma garrafa de água mineral, um pequeno prato de prata e um guardanapo de pano.

– Por favor, coma o quanto quiser. Temos outra bandeja para o jantar, se esta não for suficiente.

Ela parou no meio de uma mordida e franziu o cenho.

– Achei que fôssemos voltar antes do jantar.

Rayad conteve sua decepção. Com esforço.

– Eu havia planejado fazermos a refeição da noite aqui, sob as estrelas.

Sunny pensou naquilo por um instante antes de se dirigir novamente a ele.

– Preciso admitir que parece tentador, contanto que você me leve para casa antes da meia-noite, para eu não virar uma abóbora.

– Abóbora?

Ela baixou o sanduíche e limpou a boca.

– Você conhece a história. Fada madrinha. Príncipe lindo. Uma jovem com irmãs adotivas más... Ah, deixe para lá. Tendo a esquecer que não viemos da mesma cultura.

– Na realidade, conheço esse conto de fadas. Contudo, se não me falha a memória, o vestido da jovem se transforma em trapos à meia-noite. Não me lembro da ameaça de se tornar uma abóbora.

A gargalhada de Sunny deu a Rayad uma surpreendente alegria.

– Aparentemente, você pode ser bem literal na sua interpretação do folclore.

– Você acredita nesses contos de fadas?

– Se está falando do "felizes para sempre", não sei bem. Meus avós são casados há mais de cinquenta anos e ainda parecem apaixonados. Mas minha mãe, e eu uso esse termo de forma bem vaga, saía de um homem para o outro. Então, obviamente, ela nunca encontrou o que estava procurando num relacionamento.

– E o seu pai?

Subitamente, ela pareceu triste.

– Não faço ideia de quem seja. Investiguei um pouco alguns anos atrás e, depois de ver as possibilidades, desisti da busca. É melhor ficarmos sem saber certas coisas.

No tocante ao passado dele, Rayad precisava concordar com aquilo.

– Meus pais estão casados há mais de trinta anos, embora o casamento deles tenha sido arranjado. No entanto, eles parecem gostar de verdade um do outro.

– Gostar não é o mesmo que amar. Pelo bem de Piper, espero sinceramente que amor eterno exista. Mas, definitivamente, não estou procurando nenhum príncipe encantando para aparecer e me salvar.

– Você não me parece uma mulher que precisa ser salva.

– Tem certeza de que não é por isso que você está fazendo essas coisas? O nobre sheik tentando me salvar?

Ele seria tolo de acreditar que podia salvá-la quando já falhara com outra. Porém, de certa forma, ele precisava dedicar um esforço para compensar suas transgressões.

– Sou um homem comum passando algum tempo com uma mulher fora do comum que precisa de um descanso.

– Definitivamente, você não é comum, e eu não sou nada especial. Mas agradeço pelo elogio e por você estar preocupado com meu bem-estar.

Ele tocou o rosto dela.

– Como eu já disse antes, aprecio uma mulher bonita cuja humildade a impede de perceber seu verdadeiro valor. Contudo, beleza não se refere apenas a características físicas. Envolve a alma, até mesmo uma alma ferida. A sua pode estar assim, mas isso não a deixa menos atraente.

– Antes de tomarmos essa direção – começou ela –, eu preferiria falar de coisas mais agradáveis.

Em algum momento, ele esperava que ela conversasse sobre sua experiência. Como isso não aconteceria de imediato, Rayad optou por uma sugestão que não envolvia nenhuma conversa. Talvez não fosse a primeira opção dele, mas era a mais adequada à situação dela.

– Gostaria de nadar?

Ela desviou o olhar.

– Não sei bem se estou preparada para isso.

– Não trouxe sua roupa de banho como sugeri?

– Trouxe. – Ela finalmente ergueu o olhar para ele. – E também trouxe comigo um lembrete da minha experiência recente. Uma cicatriz não muito bonita.

– Mostre para mim.

– Talvez depois.

Precisando incentivá-la, Rayad tirou a camiseta e a jogou para longe, revelando suas próprias cicatrizes.

– Ganhei esta há seis anos – disse ele ao apontar para a linha sinuosa em sua lateral direita. – O hematoma da direita é das costelas quebradas. Nas minhas costas, você encontrará marcas aleatórias de cortes, cortesias de um insurgente ensandecido que me manteve como refém e tentou me surrar para arrancar informações.

Os olhos verdes dela se arregalaram.

– Como você escapou?

Quase sem vida.

– Meu raptor cometeu o erro de libertar minhas mãos para me levar a outra câmara. Por isso, ele ganhou um maxilar quebrado, e consegui fugir sem ser detectado.

– Sei tudo sobre lutar pela liberdade. – O tom dela indicava um medo muito real.

– Cada cicatriz que conquistamos em nossa vida tem uma história, Sunny. Cada ferimento marca um desafio que superamos. Se não quiser me mostrar sua cicatriz, imploro para que ao menos me conte sua história.

Ela inspirou fundo e expirou lentamente.

– Se eu fizer isso, você promete não contar os detalhes a Piper?

Ele ficou preocupado, achando que os detalhes seriam muito piores do que ele presumira inicialmente.

– Como eu já disse, o que for compartilhado entre nós ficará entre nós.

– Vou tentar não me estender demais.

– Demore o tempo que for necessário.

Quando um longo silêncio se estendeu, Rayad achou que ela tivesse pensando melhor. Então, Sunny finalmente começou a falar.

– Estávamos num pequeno vilarejo em Angola, fazendo uma matéria com um grupo beneficente. Quando fomos para lá, sabíamos que a região atraía um elemento criminoso perigoso por causa do comércio de diamantes. Acho que só me dei conta do tamanho do perigo naquela noite.

Quando ela hesitou novamente, Rayad pegou as mãos dela.

– Você acredita que seus agressores faziam parte desse elemento?

Ela balançou a cabeça.

– Não sei ao certo. Não cheguei a vê-los. Eles falavam um inglês muito ruim e tinham sotaque espanhol. Mas sei que não estavam falando espanhol, pois conheço o idioma.

– Como você os encontrou?

Ela mudou de posição na almofada, um sinal certeiro de desconforto.

– Cameron e eu estávamos hospedados num pequeno bangalô no centro do vilarejo. Nós tínhamos discutido por causa do nosso futuro. Ele queria se assentar e voltar para os Estados Unidos, queria se casar e ter filhos. Eu não estava pronta para isso, e ele sabia, mas continuou me pressionando. Quando eu disse que seria melhor que nos separássemos, já que não queríamos as mesmas coisas, ele exigiu que eu fosse embora e encontrasse outro lugar onde passar a noite. Insistiu dizendo que não queria passar mais nem um minuto na minha presença. Resolvi sair para caminhar até que ele se acalmasse.

Rayad murmurou um palavrão direcionado à falta de consideração do homem pela segurança de sua parceira.

– Ele não devia ter permitido que você fosse embora. Devia ter sido ele a sair.

Ela suspirou.

– Agora, ele sabe. E se sente muito culpado por todo o incidente.

– E devia se sentir de fato. – Num esforço para retornar à história do rapto, Rayad perguntou: – O que aconteceu quando você saiu para caminhar?

Como se ela não conseguisse tolerar o contato, Sunny recolheu a mão e segurou a almofada.

– Como eu estava chateada, não prestei atenção no que acontecia ao meu redor. Passei por um beco e fui emboscada. Alguém me empurrou para o chão e lacrou a minha boca com fita antes que eu pudesse gritar. Eles me vendaram antes que eu pudesse ver, mas sei que eram pelo menos dois. Um me segurou, e o outro me amarrou.

– Foi lá que eles a mantiveram cativa? – perguntou ele, embora soubesse que, provavelmente, não fora esse o caso.

– Não. Alguém me carregou para uma casinha, mas eu não soube disso na hora. Só sabia que tinha sido colocada num espaço apertado, talvez um armário. Ouvi uma porta se fechar, mas não consegui enxergar nada. E mal conseguia respirar, graças à fita na minha boca. Eu me senti como se tivesse sido enterrada viva.

– E essa é a causa do seu medo de espaços enclausurados.

– É, sim – continuou ela. – Eu ganhava um descanso de vez em quando, quando eles me tiravam de lá para me colocar numa cadeira e me bater por motivos desconhecidos, a não ser o fato de eu ser uma jornalista americana. Ao menos foi o que eu imaginei.

O estômago dele se revirou com a ideia de alguém erguendo a mão para ela. Rayad precisava fazer uma pergunta que, dependendo da resposta, poderia mudar tudo. Uma pergunta que ele fizera a Piper, mas em cuja resposta não pudera acreditar.

– Perdoe-me por perguntar, mas você foi sexualmente violentada?

Ela soltou uma gargalhada que não continha nenhum humor.

– Um deles tentou. Entrou no armário, fechou a porta e pôs as mãos em mim. Sussurrou no ouvido coisas que eu não entendi, mas eu conseguia imaginar o que ele estava dizendo, e não era nada agradável. Ainda me lembro do cheiro dele, de bebida e suor, quando ele subiu em cima de mim e rasgou minhas roupas. Tento não pensar nisso.

Quando a mente de Sunny pareceu perder o foco, Rayad perguntou:

– Deseja parar agora?

– Tem mais – disse ela, como se compartilhar aquele fardo tivesse se tornado uma necessidade. – Na segunda vez em que ele me procurou, veio com mais força, e foi quando comecei a perceber que seria questão de tempo até que ele... Até que aquilo acontecesse. E, depois disso, senti que eles me matariam. O instinto de sobrevivência assumiu o comando, porque eu sabia que precisava encontrar um jeito de fugir.

– Você lutou com ele?

Ela abriu um leve sorriso.

– Não. Depois que ele arrancou a fita da minha boca, eu soube o que iria acontecer se eu não fugisse dele. Comecei a forçar o vômito e disse a ele que ia vomitar quando ele tentou me beijar, o que não foi bem uma mentira. Eu disse que precisava de ar, de um banheiro ou algo assim. Ele me arrastou para fora do cômodo pelos punhos e me colocou de pé. Depois, deu uma ordem ao comparsa dele. Quando dei por mim, eu estava sendo arrastada para outro lugar. Quando senti uma brisa, percebi que estava do lado de fora, mas aterrorizada com o que poderia acontecer em seguida.

– Claramente, você escapou dele. Do contrário, não estaria aqui – disse ele após uma longa pausa na conversa.

Ela inspirou tremulamente antes de continuar.

– Felizmente, o comparsa do meu carrasco desamarrou meus braços e minhas pernas. Foi quando vi a minha chance de dar um chute e fugir. Antes que eu pudesse fazer isso, ouvi uma voz sussurrando no meu ouvido: "Corra." E corri. O mais rápido que pude. Tropecei enquanto tentava tirar a venda, mas me recuperei rápido e continuei correndo. Então, ouvi o som de um tiro e uma bala zumbindo do lado da minha cabeça.

Rayad cerrou os dentes para conter a intensidade de sua fúria.

– Ele lhe deu a liberdade e, depois, tentou matá-la?

– Não era um homem.

Aquilo o deixou temporariamente chocado, em silêncio.

– Seu raptor era uma mulher?

– Sim, e acredito que ela queria que eu fugisse. Também acredito que ela atirou na minha direção para tentar convencer o comparsa de que ela tentou evitar minha fuga.

– Depois de tudo que fizeram com você, ainda acredita na humanidade deles?

– Na humanidade *dela*. Ela podia ter ficado presa numa situação como a de Bonnie e Clyde. Pode até ter ficado com ciúme por eu ter recebido a atenção do comparsa dela. Jamais vou saber os motivos dela, nem por que eu fui a escolhida.

– Acredita que eles possam ter sido amantes?

– Talvez. De qualquer forma, ela me deu a oportunidade de fugir. E, por isso, eu me sinto agradecida.

A atitude de Sunny, embora honorável, deixou Rayad perplexo.

– Infelizmente, não posso compartilhar de seu senso de compaixão. Não há valor numa pessoa, homem ou mulher, que torture sistematicamente outra.

Ela apoiou a mão no antebraço dele.

– Nem consigo imaginar por que você pensa isso trabalhando com o que trabalha. Mas preciso continuar a acreditar que a maioria das pessoas é inerentemente boa, ou ao menos que existe alguma bondade nelas. Do contrário, talvez eu tivesse virado uma completa reclusa, deixando de viver por medo de encontrar gente má em toda esquina. Isso não é vida.

Ele admirou a força dela. Apreciou sua coragem. Contudo, tinha dificuldade de entender a benevolência dela.

– Você é uma mulher corajosa, Sunny McAdams. Mais corajosa do que qualquer homem que eu já tenha conhecido. É corajosa o suficiente para me mostrar sua cicatriz agora?

Ela se levantou e abriu outro sorriso para ele.

– Já que você conhece a história por trás dela, acho que é melhor saber de tudo. E, como vamos nadar, você vai ver tudo. Agora, vou para o bunker vestir minha roupa de banho, se você me disser como abrir aquela porta.

Ele se levantou e retribuiu o sorriso.

– Aperte o botão vermelho. Está destrancada.

– Certo. – Ela se virou, mas parou, voltando-se novamente para ele. – Por acaso, eu amo a vida, Rayad, e isso faz de mim uma sobrevivente. Tenho certeza de que você também é um sobrevivente, e é por isso que nos sentimos atraídos um pelo outro.

Quando ela saiu, Rayad ponderou suas palavras. Ele sobrevivera a algumas das piores situações do mundo, incluindo uma que acontecera vários anos antes. Naquele dia, porém, uma parte de sua alma morrera. Não sabia ao certo se a recuperaria um dia ou se devia interromper sua busca pelas pessoas que haviam assassinado sua esposa e seu filho.

SUNNY FICOU surpresa com a rapidez com a qual ela revelara os detalhes. Surpreendentemente, contar a Rayad a maior parte da história do rapto não fora tão difícil assim depois que ela começara a falar. Mas ficar de roupa de banho diante dele não seria tão fácil. Ele veria os resquícios do único detalhe que ela não mencionara, embora Sunny não soubesse exatamente por quê.

Logo depois de colocar seu biquíni de muito bom gosto, a mão dela foi automaticamente para a marca protuberante localizada logo abaixo de sua clavícula, trazendo consigo as aterrorizantes lembranças da faca dilacerando sua pele, seguido pelo aviso dado pelo terrorista.

Faça o que mando. Senão, da próxima vez, vou cortar mais acima.

Ela deixou de lado as recordações ao se enrolar na toalha que pusera na bolsa, segurando-a acima da cicatriz. Eventualmente, ela precisaria revelá-la, mas apenas depois de estar na segurança da água.

Com esse pensamento, Sunny retornou até Rayad, tomando cuidado para manter a toalha na altura de seu pescoço. No entanto, quando ela chegou, não o encontrou em lugar nenhum.

Subitamente, ele emergiu da laguna como um deslumbrante deus bronzeado, um sorriso sensual curvando os cantos de sua sexy boca. Ele nadou na direção dela até conseguir tocar com o pé no fundo.

– Eu já estava pensando que você havia reconsiderado.

Com os olhos, ela acompanhou uma gotícula que escorreu pelo centro do peito dele, indo até o ponto em que a linha d'água contornava a parte inferior do abdômen dele. Sunny não conseguiu deixar de perceber o início de uma fina linha de pelos que descia abaixo do umbigo dele. Ela não conseguiu evitar imaginar se ele estava de sunga ou não.

– Não demorei tanto assim.

– Pareceu uma eternidade.

Palavras bonitas de um bad boy muito bonito, embora de uma forma um tanto máscula.

– Como está a água?

– Temperada o bastante. Vai entrar, ou deseja ficar aí e admirar minhas habilidades aquáticas?

Ela estivera admirando muito mais do que as habilidades dele um instante antes, imaginando todos os tipos de coisas.

– Se você é *tão* bom assim, talvez eu deva simplesmente desistir e observar.

– Se você não nadar tão bem assim, eu a ajudarei.

O instinto competitivo de Sunny entrou em ação, fazendo-a dizer uma mentira inofensiva, bancando a estereotípica mulher indefesa.

– É muito fundo?

– No momento, estou numa borda estreita que desce bem fundo atrás de mim. Nunca cheguei ao fundo, apesar de já ter tentado.

Dramaticamente, ela pôs a mão acima dos seios.

– Uau. Você tem bem mais de 1,80 m. Isso significa que deve ser *bem* fundo.

– Não tenha medo.

Ela não estava com medo nenhum e planejava mostrar isso a ele. Com isso em mente, Sunny foi até a borda para observar onde Rayad estava e mensurar a profundidade da água atrás dele. Então, num rápido movimento, ela jogou a toalha para longe e mergulhou na laguna.

Depois que Sunny emergiu, a alguns metros de Rayad, ela jogou o cabelo para trás com uma das mãos e quase gargalhou ao ver a expressão confusa no rosto dele. Hora de acabar com aquela farsa.

– Passei quatro anos na equipe de natação do colégio e trabalhei como salva-vidas durante o verão. Nunca tive medo da água.

Sem dizer nada, ele disparou na direção dela, usando suas longas e poderosas pernas para consumir a distância entre eles em questão de segundos.

– Eu suspeitava de que você não estivesse dizendo a verdade – disse ele ao envolvê-la com os braços.

Sunny continuou boiando, perfeitamente ciente de que pouca coisa os separava, tanto em termos de espaço quanto de roupas. No entanto, ela não sentiu nem um pouco de medo. Na realidade, sua reação não teve nada a ver com medo e tudo a ver com um desejo feminino. Ao menos ele vestira uma sunga, para que ela não se sentisse tentada a agir com base nesse desejo... ainda.

– Achei que eu tivesse encenado muito bem.

– Talvez eu a conheça bem o suficiente para enxergar a verdade.

Talvez aquilo não fosse discutível, já que ele demonstrara isso em diversas ocasiões.

– Desculpe. Simplesmente não consegui resistir a brincar com essa sua demonstração de machismo. Caso não tenha percebido, sou bem autossuficiente.

O olhar dele viajou dos olhos para o peito de Sunny, para a cicatriz totalmente visível devido à transparência da água.

– Percebi sua independência. E também isto. – Mantendo um braço em torno dela, ele deslizou as pontas dos dedos pela área protuberante. – Ele usou uma lâmina com você.

Rayad disse aquilo como uma afirmação de um fato, não uma pergunta, mas ainda parecia precisar da confirmação dela. Sunny não viu nenhum motivo para não explicar aquilo desta vez.

– Sim, usou. Ao menos é o que eu imagino, já que não consegui enxergar. Mas, sem dúvida, eu senti. Ele prometeu ser mais preciso da próxima vez se eu não cooperasse.

– A cicatriz não é tão feia quanto você imagina.

– É bem feia, mas estou me acostumando com ela. Além do mais, ela me dá uma boa desculpa para comprar um colar novo.

O sorriso dele indicou que ele talvez apreciasse o sarcasmo dela.

– Talvez eu compre isso para você, embora você deva exibir seu ferimento com orgulho, como um sinal de que teve força para sobreviver.

Exatamente o que ela planejara fazer... eventualmente. Infelizmente, Sunny não estava se sentindo tão forte assim no momento. Não com Rayad tão perto, as mãos dela apoiadas nos largos ombros dele, enquanto seu coração disparava dentro do peito.

– Vamos só ficar flutuando aqui como duas balsas, ou vamos nadar?

Ele deu um leve beijo no rosto dela.

– Como está sua resistência?

– Não sei. Como está a sua?

– Excelente. Também sou capaz de nadar longas distâncias.

Que demônio da sensualidade!

– O que você tem em mente? Em termos de natação.

Ele pareceu totalmente decepcionado.

– Tenho outro lugar para lhe mostrar, mas só podemos vê-lo na água.

– Parece interessante. Vá na frente. Eu te sigo.

Desta vez, ele tocou os lábios diretamente na boca de Sunny, mas não permaneceu muito tempo assim.

– Quando chegarmos à abertura para a caverna, segure a minha perna.

– Isso é mesmo necessário?

– Deseja se perder?

Ele a convencera.

– Não.

– Caso você solte inadvertidamente, estará numa completa escuridão. Continue em frente, que você logo chegará à luz e ao nosso destino. Eu irei devagar.

Ela deu um beijo no queixo dele, que estava com a barba por fazer.

– Não seja cauteloso por minha causa.

Ele respondeu com um franco sorriso.

– Está pronta?

– Estou.

Antes que ela pudesse inspirar novamente, Rayad disparou, nadando rumo à entrada da caverna que eles haviam explorado antes. Ela tentou acompanhar o ritmo dele braçada a braçada. Contudo, ele era rápido demais.

Quando ela chegou ao abismo, ele já a estava esperando, totalmente em forma, pronto para atravessar o Canal da Mancha. Ela, porém, estava um tanto fora de forma.

– Foi empolgante. Ainda falta muito?

– Bem pouco.

– Aparentemente, suas costelas já se recuperaram o suficiente.

– O bastante. Agora, segure-se em mim e não solte.

Sempre bancando o durão. Ela prestou continência a ele.

– Sim, capitão.

Em vez de retardar os movimentos dele segurando sua perna, Sunny deslizou a mão por dentro do elástico na parte de trás da sunga dele. Ela teve apenas um vislumbre das cicatrizes, mas elas não atrapalhavam a atração que ele exercia, por mais feias que fossem. Nada jamais apagaria o fato de que ele era um homem solidário, forte e extremamente desejável.

Enquanto Rayad a guiava pela escuridão, Sunny sentiu uma tensão instintiva por alguns momentos. Entretanto, não demorou muito para que ela se permitisse desfrutar da liberdade, dos sons e cheiros da caverna e do homem que atuava como acompanhante pessoal dela no paraíso. Ela logo tomou ciência do fato de que não estava se sentindo nem um pouco claustrofóbica, apesar de estar completamente cega em relação ao ambiente. Em vez disso, se sentia estranhamente animada, totalmente liberta e tão atraída pelos movimentos controlados de Rayad, o que a fez pensar em outros movimentos dele que ela gostaria de experimentar.

Calma, Sunny, foi o que ela pensou enquanto eles continuavam pelo caminho. Ela precisava ser um pouco mais arisca. Do contrário, acabaria tomando o rumo errado com Rayad. Ou talvez pudesse ser o rumo certo. Apenas o tempo diria.

A escuridão começou a desaparecer quando eles fizeram uma curva, e uma grande abertura revelou uma pequena cascata que fluía por uma pedra, alimentando a bacia logo abaixo, que levava ao aquífero subterrâneo.

Sunny soltou Rayad para avançar nadando. E, quando ela sentiu a areia sob seus pés, apoiou-se neles para admirar o cenário.

– É de tirar o fôlego.

– Sim, é.

Sunny olhou para trás e o encontrou a observá-la fixamente.

– Tenho certeza de que você já viu isso tantas vezes que nem dá mais valor.

Ele foi andando na direção dela e parou a seu lado.

– Ainda aprecio a grandiosidade disso, mas não estava me referindo à cascata.

– Estava falando do sol se refletindo na água? Do céu tão azul?

– Minha admiração é unicamente por você.

Ela se virou para ele e franziu o cenho de forma fingida.

– Você é mesmo um sheik conquistador.

– E você é uma mulher muito bela.

– Esses elogios podem acabar fazendo você conseguir tudo que quer – disse ela, envolvendo o pescoço dele com os braços.

– Tudo?

Hora de reformular aquela frase.

– Certo, tudo que nós dois quisermos mutuamente.

– Tem algo em mente?

Ela se sentiu um tanto empolgada e muito ousada.

– Por que não me beija para descobrirmos?

Ele a obedeceu. Um beijo muito convincente. Rayad passou as mãos pelas laterais do corpo dela, descendo lentamente e subindo novamente em seguida, parando perigosamente perto dos seios de Sunny. Ela poderia lhe dizer para parar, ou poderia incentivá-lo a continuar. Queria que ele continuasse, não que parasse.

Mais ousada do que nunca antes, Sunny levou as mãos às costas e soltou a presilha da parte de cima do biquíni. Em seguida, afrouxou o laço em sua nuca, permitindo que a peça caísse e fosse embora flutuando.

Aparentemente ciente de que ela já estava nua da cintura para cima, Rayad interrompeu o beijou e a agraciou com um sorriso. Ele tomou os seios dela nas mãos, contornando os mamilos com os polegares enquanto parecia analisar todos os detalhes. Ela não era tão dotada quanto sua irmã gêmea, mas, com a maneira delicada como ele a tratava, Sunny não estava dando a mínima para isso.

Ela nunca permitira que um homem que conhecia fazia tão pouco tempo fosse muito longe tão rápido. Isso a tornava mais parecida com sua mãe do que ela gostaria de admitir? Não queria pensar nisso agora. E parou de pensar por completo quando Rayad baixou a cabeça e trocou uma das mãos pelos lábios.

As sensações foram incríveis, desde a sucção da boca dele até o movimento da língua. Ondas de calor a atingiram, acomodando-se entre suas coxas. Quando Rayad percebeu isso, ele envolveu a própria cintura com as pernas dela, trazendo-a para um contato bem íntimo com sua impressionante ereção. Então, começou a fazê-la subir e descer junto à sua virilha, gerando um atrito que a deixou perto do clímax. Se ele continuasse assim, ela começaria a fazer sons primitivos, ou imploraria para que tivesse misericórdia dela. Subitamente, ele teve a audácia de cessar totalmente seus movimentos.

Depois que Rayad a colocou de pé novamente, Sunny mordeu a língua para evitar soltar um palavrão.

– Não há nada como ficar excitada e, de repente, acabarem com isso.

Ele passou a mão pela própria nuca.

– Não era essa a minha intenção. Se dependesse de mim, eu a teria possuído aqui mesmo, sem formalidades.

Para Sunny, aquela parecia uma ótima ideia.

– E por que não fez isso?

– Não estou certo de que seja isso que você quer.

Ela cruzou os braços diante de seus seios nus e suspirou, impaciente.

– Acredite, não sou tão boa em fingir essas coisas.

Ele pegou a parte de cima do biquíni, que flutuava ali perto, e a entregou a ela.

– Quando uma pessoa tem uma experiência de risco ou sofre uma perda, por vezes, ela busca lembrar a si mesma de qualquer forma possível que ainda está viva.

Sunny colocou de volta a parte de cima de seu biquíni e o amarrou, enquanto duelava com a frustração.

– É isso mesmo que você acha que estou fazendo?

– Creio que seja possível.

Ela considerou a preocupação dele uma afronta a seu caráter.

– Para seu governo, não sou do tipo de mulher que sai procurando qualquer um só para satisfazer as necessidades, físicas ou emocionais. Se eu não confiasse em você, jamais teria pensado em ultrapassar o limite da intimidade. Acredite ou não, eu confio em você, Rayad, e quero você mais do que já quis qualquer outro homem, até mesmo Cameron. Se isso é loucura, pode me internar. Mas não consigo evitar sentir o que sinto.

Uma emoção não identificada se refletiu nos olhos dele.

– Aprecio de fato sua fé contínua em mim. Contudo, a confiança é algo que deve ser conquistada.

– Você a conquistou quando interrompeu nosso pequeno interlúdio porque estava preocupado comigo. Mas algo me diz que você não está só preocupado com o fato de eu estar pronta ou não. Talvez seja você quem não esteja pronto.

Ele pegou as mãos dela e a olhou intensamente.

– Já faz algum tempo desde a última vez que estive com uma mulher. No entanto, minha preocupação é unicamente com seu bem-estar. Se decidir que devemos desfrutar um do outro do ponto de vista carnal, tenha certeza de que lhe concederei uma experiência que você não esquecerá tão cedo. Embora eu não me oponha a fazer amor em lugares diferentes, nossa primeira vez deve ser numa cama adequada.

Ela achou a autoconfiança e os ideais tradicionais dele estranhamente atraentes... e plausíveis.

– Então, estamos combinados de que, quando a hora chegar, vamos deixar a natureza seguir seu rumo sem pensarmos demais?

A expressão dele se avivou um pouco.

– Estamos. Basta pedir, e eu realizarei todas as suas fantasias.

Mesmo com o sol atingindo a cabeça dela, Sunny sentiu calafrios ao imaginá-lo entrando na suíte dela naquela noite, quando eles retornassem ao palácio. Falando nisso...

– Acho que é melhor pensarmos em voltar antes de escurecer. Quero voltar a tempo de jantar com Piper.

– Jantaremos aqui antes de retornarmos.

Passar mais algumas horas na presença dele naquele lugar privado não era uma ideia tão ruim assim. Nem um pouco. Talvez ela sequer precisasse esperar para que ele realizasse suas fantasias.

– Podemos ficar. – Ela apontou para ele. – E acho bom você ter mesmo trazido uma bandeja do palácio. Nada de me servir algo de uma daquelas latas do estoque.

O sorriso dele surgiu com tudo.

– Você considerará a comida mais do que adequada.

Ela o achava totalmente irresistível.

– Só por curiosidade, onde vamos jantar exatamente? Ao lado da sua cama?

– Não. – Ele levantou as mãos dela e deu um leve beijo em cada uma, como um nobre cavaleiro árabe. – De acordo com meu plano original, jantaremos sob as estrelas.

Normalmente, Sunny não fazia questão de gestos românticos, mas, com Rayad, ela era uma mulher diferente.

– Parece maravilhoso.

– Tenha certeza de que será – disse ele. – E, depois, eu a acompanharei em segurança de volta ao palácio.

No que dependesse de Sunny, ela não se importava se eles não voltassem cedo, contanto que ele cumprisse a promessa de realizar todas as fantasias dela. Com isso, poderia vivenciar uma noite *ardente* no deserto.

CAPÍTULO 7

ELES NÃO retornariam ao palácio naquela noite.

Rayad não queria dar essa notícia a Sunny, temendo que ela não acreditasse nele. Prolongar o inevitável não mudaria a situação, e essa verdade o fez sair da estação de rádio para procurá-la nas acomodações para onde ela se recolhera duas horas antes.

Quando ele entrou, encontrou-a num catre, deitada de lado, encolhida, os olhos fechados para bloquear a fraca luz do teto. Ela parecia estar em tanta paz que ele detestou ter que acordá-la. Então, Rayad se acomodou na beira da estreita cama ao lado da dela para observá-la durante alguns momentos, sem que ela soubesse.

Ele nunca conhecera ninguém como aquela corajosa jornalista. Raramente fora afetado de forma tão rápida por uma mulher. Seu desejo por ela era algo tão estranho quanto inegável. Mesmo naquele momento, a tentação de se despir e se juntar a ela permanecia forte dentro dele. Rayad, porém, recusava-se a fazer isso por muitos motivos. Embora Sunny tivesse insistido que o acolheria de bom grado em sua cama, ele ainda tinha ressalvas. Se ela descobrisse de que forma ele servia a seu país, ela jamais o olharia da mesma maneira. Sem dúvida, jamais confiaria nele novamente.

Talvez ele devesse repensar a noite deles juntos. Talvez devesse tê-la levado imediatamente de volta ao palácio antes que tivesse se tornado tarde demais para isso.

Contudo, quando Sunny começou a despertar e seus olhos se abriram, todos esses pensamentos desapareceram. E, quando ela o recebeu com um leve sorriso, tudo em que Rayad conseguiu pensar foi seu desejo por ela.

– Há quanto tempo você está sentado aí? – perguntou ela, sua voz rouca de sono.

– Não muito.

Ela esticou os braços acima da cabeça e suspirou.

– Que horas são?

– São 16h.

– Sério? – Ela se sentou, recostada na cabeceira de metal. – Eu não queria dormir tanto. Você devia ter me acordado.

Ele quisera fazer exatamente isso, de formas muito criativas.

– Você estava cansada das atividades do dia.

– Verdade. Então, o que temos na agenda entre agora e a hora do jantar?

– Eu irei ao vilarejo mais próximo, ao sul, para comprar suprimentos. Fique à vontade para continuar seu sono na minha ausência.

– E o jantar que você trouxe?

Chegara a hora de revelar o problema do tempo.

– Recebi notícias recentes de Rafiq que ditaram minha decisão de ir ao vilarejo.

– Vai comprar lembrancinhas?

– Não.

Os olhos verdes dela se arregalaram.

– O bebê está vindo?

– Ele não falou da criança e nem de sua esposa. Portanto, imagino que não.

Ela suspirou, frustrada.

– Não estou no clima para ficar brincando de adivinhar. Então, diga logo o que ele falou e por que precisa ir fazer compras se está claro que você já está com o jantar de hoje.

Ele se curvou à frente, apoiou os braços nas pernas e entrelaçou os dedos entre seus joelhos afastados.

– Parece que as tempestades estão piores do que se havia previsto. As inundações têm sido extensas, o que obrigou as tropas terrestres a evacuarem a população dos vilarejos para terrenos mais elevados.

– O palácio está em perigo? – perguntou ela, seu tom um tanto alarmado.

– O palácio é elevado o suficiente para não sofrer nenhum dos efeitos negativos. No entanto, as estradas que levam ao vilarejo estão bloqueadas no momento.

– Isso significa que estamos ilhados?

Ele não gostou muito da palavra *ilhados*.

– Ficaremos confinados aqui até que a passagem esteja liberada.

Ela desabou novamente no travesseiro e observou o teto de pedra.

– Quanto tempo até podermos voltar?

– No mínimo, três dias. Possivelmente mais.

– Ótimo.

A irritação dela não o agradou.

– Considera passar um período de tempo mais longo comigo algo completamente desagradável?

Ela o olhou de esguelha.

– Eu não disse isso. Só me sinto mal por não ter passado muito tempo com a minha irmã. Sem falar que só trouxe roupa para dois dias. A menos que você tenha uma lavanderia escondida em algum lugar, isso pode ser um problema, já que lavar minhas coisas no aquífero não é muito ecologicamente correto.

O raciocínio dela o fez sentir um certo alívio.

– Comprarei tudo de que você precisar no vilarejo.

Ela pareceu ofendida com a proposta dele.

– Tenho meu próprio dinheiro, Rayad. Claro, se não aceitarem cartão de crédito...

– Não aceitam. Portanto, você precisará que eu a auxilie. Ou talvez queira pegar roupas minhas emprestadas.

– Se suas roupas couberem em mim, vou precisar pensar seriamente em fazer uma dieta.

Na opinião dele, ela era perfeita em todos os aspectos que importavam.

– Minhas camisetas podem ser grandes, mas a cobririam de forma adequada.

– Sim, mas temos o problema das roupas íntimas.

Ele quase sugeriu que ela não as usasse.

– Repito, você encontrará tudo de que precisa no vilarejo. Eu a acompanharei até lá pela manhã.

– Certo, mas isso não alivia minha culpa por abandonar Piper depois de ela ter tido a bondade de me convidar.

Saber que Sunny logo partiria fez Rayad se preocupar, embora ele não soubesse dizer ao certo por quê. Desde o início, ele soubera que a partida dela seria inevitável, assim como seu próprio retorno às suas responsabilidades. Mesmo assim, a separação deles o incomodava de uma maneira que precisaria analisar depois.

– Você terá tempo o bastante para visitar sua irmã, a menos que planeje retornar imediatamente aos Estados Unidos depois de voltarmos ao palácio.

– Vou passar mais umas duas semanas aqui. – Ela se levantou da cama, vasculhou a bolsa que estava no chão e retirou de lá uma escova. – Se você vai às compras, talvez seja melhor eu ir com você agora para comprar o que eu precisar. Além do mais, não quero ficar aqui sozinha, já que ainda não me convenci de que não vou me deparar com algum morcego.

Tudo que ele queria era ter a companhia dela.

– Quer dizer que não está irritada comigo por causa desse atraso?

Ela passou a escova por seu sedoso cabelo loiro várias vezes antes de olhar nos olhos dele.

– Você não tem como controlar o clima, Rayad. Pode ser um cara poderoso, mas não é tão poderoso assim.

Ele sentiu uma poderosa vontade de beijá-la... depois de tirar a camiseta branca e o short marrom dela.

– Prometo que você não terá que se preocupar com meu comportamento durante o restante do nosso tempo juntos. Você continua no controle total.

Ela parou no meio do movimento com a escova e sorriu novamente.

– Não sei bem se posso prometer o mesmo em relação ao meu comportamento. Você tem um jeito de me fazer perder o controle.

Se ele não recuasse logo, não conseguiria disfarçar sua protuberante ereção, o que comprometeria sua dignidade.

– Devemos ir ao vilarejo agora, enquanto ainda temos a luz do dia – disse ele ao se levantar.

Sunny jogou a escova de volta na bolsa de viagem, envolveu a cintura dele com os braços e deu um beijo em seus lábios.

– Estou pronta para ir às compras. E mais do que pronta para nosso jantar sob as estrelas.

Rayad também estava. Só esperava ser capaz de controlar seus ímpetos mais primitivos por tempo suficiente para terminar a refeição. Depois disso, ele não tinha mais como prometer nada.

O MERCADO do pequeno vilarejo estivera supreendentemente cheio, com homens e mulheres usando vestes típicas. Sunny vira apenas um punhado de veículos, mas muitos animais; desde vacas até camelos. Os cheiros de temperos e carnes grelhadas vindos de pequenas tendas montadas por vendedores a deixara com uma fome incrível. Seu acompanhante moreno e lindo também alimentava um apetite que não tinha nada a ver com o jantar.

Por diversas vezes durante a viagem, Sunny quase perdera Rayad em meio à multidão. O obstáculo do idioma prejudicara a capacidade de ela entender as conversas dele com os moradores, e ele conversara bastante. Uma coisa, porém, ela entendera; eles o chamavam de Basil. Mais tarde naquela noite, ela satisfaria essa curiosidade e lhe perguntaria por que eles não se dirigiam a ele por seu nome. Por que eles pareciam tratá-lo como um plebeu comum, e não um nobre do alto escalão.

Naquele momento, ela precisava tirar todos os suprimentos do carro, enquanto Rayad abria a porta secreta. Caverna, doce caverna. Pensar nisso a fez sorrir.

– O que está achando tão engraçado? – perguntou ele quando se juntou a ela na parte de trás do veículo.

– Nada – respondeu ela. – Só estou feliz por estarmos de volta e por ter minha própria mula de carga.

Ele franziu o cenho de forma fingida quando ela lhe entregou duas bolsas de pano.

– Está me chamando de jumento?

– De forma alguma. – Ela complementou o comentário dando um tapa no traseiro dele e rumando na direção da entrada.

Depois de fazerem duas viagens, subindo e descendo a escadaria, tudo que Sunny queria era tomar um banho.

– É para eu me lavar na laguna? – perguntou ela ao colocar as roupas que Rayad comprara para ela num dos catres.

– Você pode fazer isso, ou pode usar um dos chuveiros.

Claramente, ele estivera ocultando informações pertinentes.

– Você disse que não tinha chuveiro.

– Não perto dos meus aposentos. – Ele apontou para um quarto de porta fechada. – Você encontrará um ali dentro. A pressão é adequada, embora a água seja fria.

Ela passou o braço para enxugar a perspiração que pontilhava sua testa.

– Uma ducha gelada parece ótima. Ainda estou tentando me recuperar do calor. – E ele não ajudaria nem um pouco a baixar a temperatura do corpo dela se continuasse parado ali, de braços cruzados, as mangas curtas de sua camiseta preta revelando bíceps que deviam ser registrados como armas letais. Sim, sem dúvida, ela precisava de uma ducha fria.

– Deixarei você tomar banho agora enquanto preparo nossa refeição.

Foi apenas então que Sunny se deu conta de como estava com fome.

– Ótimo. Não devo demorar muito, já que não trouxe o secador.

Ele sorriu antes de começar a se afastar. Então, parou e se virou novamente para ela.

– Talvez, em algum momento durante nosso tempo juntos, eu me junte a você no chuveiro.

Com aquilo, ele saiu do quarto e fechou a porta, deixando Sunny pensando em várias ideias e imagens mentais questionáveis. Ela mal podia esperar para ficar a sós com ele sob o céu noturno. Mal podia esperar para ver o que aconteceria depois do jantar. Por outro lado, ela podia se decepcionar se ele resolvesse ser honrado mais uma vez.

Felizmente, ela tinha maneiras de convencê-lo a dar o próximo passo, começando com um belo banho para ficar apresentável. Ela tomou rapidamente a ducha, que mais parecia uma nascente. Felizmente, trouxera xampu e sabonete em gel. Em seguida, ela pegou uma toalha no armário de metal, secou-se e retornou ao quarto para pegar seu *kaftan* preferido, sem mangas.

Ao erguer a peça, Sunny hesitou ao perceber o largo colar de prata entremeado com contas de cor coral que combinavam perfeitamente com o vestido. Ela o admirara, mas não o comprara por não ter dinheiro, já que a raridade das pedras tornava o preço muito alto. Em vez disso, ela permitira que Rayad lhe comprasse um par de brincos de argola que eram muito mais baratos. E isso depois de ele insistir.

Sem dúvida, o culpado por aquela joia estar ali era ele, e Sunny lhe agradeceria, reclamaria por ser extravagante demais e, depois, talvez demonstrasse sua gratidão com um grande beijo.

Depois de prender seu cabelo molhado numa trança frouxa, ela vestiu uma roupa íntima totalmente branca que parecia uma cueca boxer, só que mais curta. Não exatamente sensual, mas funcional. Por sorte, o vestido não exigia um sutiã. Então, ela aplicou um pouco de rímel e brilho labial usando um espelho compacto, pôs os brincos nas orelhas, prendeu o colar em torno do pescoço e ficou perplexa com o fato de que ela se tornara uma dondoca. Piper ficaria muito orgulhosa. E também detestaria o fato de sua irmã gêmea não ter um par de sandálias de salto à disposição. Graças a Deus.

Sunny achou melhor ficar descalça do que usar tênis, embora se preocupasse com a possibilidade de dar uma topada com o dedão do pé ou pisar numa cobra.

Satisfeita por tudo estar em seu devido lugar, Sunny saiu para o corredor e encontrou Rayad parado ao lado da entrada da caverna. Ele se trocara. Agora, estava com uma camiseta branca lisa e uma calça cargo azul-escura, e também parecia ter feito a barba. Um homem tão deslumbrante à disposição dela. Que sorte!

Ela fez uma tosca mesura.

– Boa noite, alteza. Você até que fica bonito arrumado.

Ele assentiu levemente.

– Você, também. O vestido está perfeito. Mas eu sabia que ficaria.

Sunny imaginou que ele tivesse muita experiência em mensurar o tamanho de uma mulher. Provavelmente, ele tinha muita experiência com muitas mulheres.

– Obrigada – respondeu ela, corando. – Já que está ficando meio tarde, o jantar está pronto?

– Está – disse ele. – Se puder vir comigo, eu lhe mostrarei nossa sala de jantar particular.

Sunny não ficou muito empolgada por ter que subir outro lance de degraus. No entanto, o esforço valeu a pena quando eles saíram no topo da formação rochosa, num platô arenoso. A atenção dela se voltou imediatamente para as diversas estrelas, que mais pareciam diamantes, espalhadas até onde a vista alcançava, e para a lua quase cheia no céu. Uma paisagem incrível, o início perfeito para uma noite igualmente incrível.

– Eu tinha esquecido como era o céu à noite em lugares tão remotos.

Rayad a envolveu com os braços por trás.

– Lamento por termos perdido o pôr do sol, mas talvez o vejamos antes de retornarmos ao palácio.

Ela não queria nem pensar na ideia de ir embora daquele lugar, de deixar Rayad para trás. Recostando-se no peito dele, ela sentiu o que devia ser o cheiro do sabonete, um perfume inebriante que lembrava um incenso exótico. Ele não apenas estava lindo, mas também cheirava muito bem.

– Quem precisa do sol quando temos todas essas estrelas?

– Nós dois precisamos nos alimentar.

Ela se virou nos braços dele e sorriu.

– Provavelmente, seria uma boa ideia. Senão, você vai acabar tendo que me carregar de volta.

Ele deu um leve beijo na testa dela.

– Seria um prazer. Contudo, eu não iria querer parar até chegarmos à minha cama.

– Talvez eu não queira que você pare.

– É bom saber disso, contanto que você tenha certeza de que é isso que deseja.

Ela não conseguia entender ao certo por que ele continuava precisando de reafirmação, a menos que sua reticência se devesse a outros motivos. De qualquer forma, ela lhe daria essa reafirmação.

– Acredite, é exatamente o que desejo.

Ele a beijou; um beijo longo e demorado que fez Sunny esquecer totalmente o jantar. Ela se concentrou na sensação da língua dele, que explorava levemente sua boca, e nas palmas, que subiram e desceram pelas costas dela antes de repousarem em seu bumbum. Sunny se recordou dos sensuais momentos deles na laguna e se deu conta de que, se eles não parassem imediatamente, poderiam incendiar a areia sob os pés deles.

Por mais que Sunny detestasse fazer isso, interrompeu o beijo e falou:

– Acho que é melhor comermos alguma coisa.

Ele a soltou e pigarreou.

– Provavelmente, seria aconselhável.

– Provavelmente.

Pegando a mão dela, ele a levou para uma área iluminada por uma única tocha fincada no chão. Uma manta multicolorida servia de apoio para diversos pratos com queijos, carnes e frutas, juntamente com um cesto de pão.

O apetite de Sunny, que retornou com tudo, fez com que ela o soltasse e se acomodasse numa das almofadas que ladeavam a comida.

Depois que Rayad se juntou ela, sentando-se numa almofada de frente para Sunny, ele lhe entregou um prato.

– Como dizem na América, pode atacar.

Ela riu.

– Sim, é o que dizem mesmo. E vou atacar com prazer.

Cada mordida que Sunny dava era pura felicidade, embora ela não soubesse se estava impelida pela fome ou simplesmente pelo clima. Eles praticamente não disseram nada durante a refeição.

Depois de comerem, Sunny limpou a boca com um guardanapo e colocou seu prato vazio no centro da manta.

– É a melhor refeição que faço há anos.

Rayad afastou a almofada e se deitou de lado, usando a palma para apoiar o rosto.

– Não se acostume demais a este luxo. O que eu trouxe do mercado é simples.

Ela observou o céu da noite, deleitando-se com a brisa quente que soprava em seu rosto.

– Não ligo para o que comemos se comermos aqui. – Quando ela voltou sua atenção mais uma vez para ele, encontrou-o a observá-la intensamente. – O que foi? Tem alguma coisa na minha boca?

– Você tem uma linda boca – disse ele. – E não vejo nada obstruindo minha visão dela.

Sunny deixou a almofada de lado e esticou o corpo para ficar de frente para ele, deixando pouco espaço entre eles.

– Levando em consideração o fato de o nosso dia ter sido bastante movimentado, eu devia estar cansada, mesmo depois do meu cochilo. Mas, incrivelmente, não estou. E isso me lembra que tenho uma pergunta para você sobre a nossa ida ao vilarejo.

– Responderei da melhor maneira que puder.

– Quando estávamos no vilarejo, acho que ouvi pessoas chamando você de Basil. Ouvi errado?

– Não, não ouviu. É assim que eles me conhecem.

– Então, eles não sabem que você é um príncipe?

– Não, e é assim que desejo que seja.

– Por quê?

– Nunca se sabe onde pode haver inimigos à espreita. É melhor se misturar às massas e ocultar sua verdadeira identidade.

Agora, aquilo fazia sentido.

– Ah, é essa história de espião. E, a propósito, você não chegou a me dizer seu codinome.

– Se eu dissesse, teria que...

– ... me matar?

Uma expressão estranha, quase preocupada, surgiu no rosto dele antes de Rayad substituí-la rapidamente por um sorriso.

– Eu preferiria beijá-la. – E foi o que ele fez, de forma suave, lenta e curta demais, antes de perguntar: – O que deseja fazer agora?

Uma pergunta bastante carregada.

– O que você quer fazer?

– Não posso lhe dizer o que quero fazer por medo de que você vá embora.

Ela se aproximou dele.

– Tente.

– Eu preferiria lhe mostrar. Deite-se de costas.

Depois que Sunny obedeceu, Rayad se posicionou acima dela e observou seu rosto durante um longo momento. O próximo beijo que ele lhe deu começou morno, mas se aprofundou, ficando previsivelmente mais ardente.

Ele interrompeu o beijo por tempo suficiente para tirar a camiseta. Em seguida, despiu-a rapidamente do *kaftan*. Quando Rayad a tomou novamente nos braços e a beijou, a sensação do peito nu dele pressionando os seios dela fez Sunny se movimentar, inquieta, ao sentir a umidade entre suas coxas. Tudo que ela queria era que ele aliviasse aquele latejamento, mas Rayad lhe dissera que ela precisaria pedir. Podia fazer isso. Melhor ainda, podia acompanhar o que ele estava fazendo e orientá-lo na direção certa.

Com esse pensamento, Sunny ergueu a mão de Rayad da curva de seu quadril, colocou-a na parte interna de sua coxa e prendeu a respiração enquanto esperava que ele reagisse. Ela não precisou esperar muito até que ele subisse com a palma pela perna dela, parando para brincar com a borda inferior daquela roupa íntima que não a valorizava em nada, como se estivesse determinado a deixá-la louca com a provocação. Um som carente escapou, mesmo com Sunny se esforçando para contê-lo, e essa reação involuntária pareceu fazer Rayad entrar em ação.

Num movimento rápido, ele já baixara a roupa íntima até os joelhos dela, as mãos entre as pernas de Sunny. Ele continuou a beijá-la, sua língua imitando o movimento de seu dedo, que a acariciava, atiçando um fogo que ameaçava engolir todo o autocontrole dela.

Ele afastou sua boca e sussurrou, sem perder o ritmo do toque:

– Você está muito molhada.

Se Sunny conseguisse encontrar sua voz, provavelmente, responderia com "Acha mesmo?", mas ela já estava perdida demais para falar. Não conseguia fazer nada a não ser ceder às sensações e se preparar para o iminente orgasmo. Ele veio veloz e forte, numa série de fortes espasmos que a fizeram estremecer por completo.

Gradualmente, Sunny retornou à realidade quando Rayad deu vários beijos em seu rosto. Contudo, a respiração dela ainda não estava muito estável.

– Uau – conseguiu dizer ela depois de algum tempo.

– Achou satisfatório? – perguntou ele.

– Políticos fazem falcatruas?

A gargalhada dele trovejou dentro de seu peito.

– Foi apenas uma amostra do que farei com você. Há mais por vir, se você assim desejar.

Ah, ela desejava, sim.

– Não sei se aguento muito mais.

Ele passou a ponta do dedo pelo maxilar dela.

– Você aguenta mais do que imagina. Eventualmente, acabará vendo isso.

No momento, tudo que ela estava vendo eram estrelas, e não aquelas que brilhavam no céu.

– Vou acreditar na sua palavra. – Sentindo-se inesperadamente ousada, Sunny rolou de lado para ficar de frente para ele. – Baixe a calça.

A exigência claramente o deixou momentaneamente chocado, em silêncio.

– Deseja que eu permaneça de botas?

Ela se levantou e o empurrou para que se deitasse de barriga para cima.

– Eu mandei baixar a calça, não tirar. Assim, você não precisa se preocupar com os sapatos.

– Mas...

– Nada de mas – disse ela, balançando o dedo para ele. – Como dizem as mulheres de onde venho, faça o que estou mandando, acomode-se e aproveite.

Aquilo o fez abrir um sensual sorriso.

– Longe de mim questionar uma americana determinada.

Enquanto Rayad abria a braguilha da calça, Sunny tirou por completo sua roupa íntima antes de se virar novamente para ele, vendo que ele empurrara a calça até os joelhos.

Incrível. Aquele homem fora agraciado com muitos dotes físicos, e Sunny acabara de descobrir mais um. E ele estava bastante empolgado por vê-la. Bastante empolgado mesmo. E tinha todo o direito de estar.

Depois de apoiar o rosto no peito dele, ela desceu com as unhas pelo centro do abdômen dele e, em seguida, subiu arranhando suas coxas. Ele permaneceu bem imóvel e silencioso, até que Sunny se pôs a explorá-lo da base até a ponta de seu membro. O suspiro ríspido dele indicou que ela devia estar fazendo algo certo. Por isso, Sunny continuou. E, quando ela o envolveu com a mão, Rayad grunhiu. Aquela rachadura em sua armadura a impeliu de continuar a acariciá-lo, sabendo que não precisaria se esforçar muito para fazê-lo chegar ao orgasmo. Contudo, antes que ela pudesse fazer isso, ele segurou seu punho, afastando a mão dela.

– Chega – disse ele, sua voz beirando um rosnado.

Sunny ergueu a cabeça e viu que ele estava de olhos fechados.

– Fiz algo errado?

– Pelo contrário, você fez tudo certo. Foi por isso que a impedi.

– Acho justo que eu retribua o favor.

– Prefiro que você não faça isso.

Subitamente, Sunny se sentiu envergonhada, e um tanto frustrada.

– Você se sente incomodado quando uma mulher assume o comando e faz você perder o controle?

– Minha preocupação não é essa.

Lá vamos nós de novo...

– Olhe, se você vai começar a falar novamente que eu não conheço minha própria cabeça...

– Eu ia dizer que quero estar dentro de você.

Bem, aquilo mudava tudo.

– Eu adoraria isso.

– Contanto que eu saiba que você tem certeza de que deseja prosseguir.

O que restava da paciência dela foi levado pela quente brisa do deserto.

– Estou completamente nua, ainda sentindo as ondas de prazer depois do melhor orgasmo da minha vida. Isso basicamente mostra a minha certeza.

Finalmente, ele a olhou.

– Foi tão bom assim para você?

Sunny não conseguiu conter seu sorriso.

– Numa escala de um a dez, eu daria nota vinte. Mas isso não significa que você deva estufar o peito e contar para o mundo inteiro que você é um mestre nisso. Só depois que você me der tudo.

– Eu lhe darei tudo de que você precisa. E mais.

– Então, dê.

– Prefiro que nos recolhamos à minha cama.

– E eu prefiro não perder todo esse tempo.

– Não se trata de tempo ou conveniência – disse ele. – Trata-se de proteção.

Ah, a conversa sobre preservativos.

– Estou protegida contra a gravidez e não tenho nenhuma doença contagiosa.

– Também não tenho. Passo por um minucioso exame físico a cada seis meses. Portanto, você não precisa se preocupar com isso. Se confiar em mim.

Droga, ela também confiava nele naquele aspecto.

– Confio em você.

– Ótimo. Você precisa saber que eu jamais faria algo que a deixasse em risco.

Mas ele entenderia se ela não conseguisse ir até o final daquilo? Só havia uma maneira de descobrir.

– Então, o que estamos esperando?

Desta vez, ele assumiu o controle, fazendo-a se deitar com as costas para baixo e fixando seu olhar nela.

– Não se preocupe, já estou farto de esperar. Tem certeza de que não preferiria se deitar num colchão adequado?

– Só tenho certeza de uma coisa. De que, se você não fizer amor comigo agora, vou começar a reclamar.

Ele a beijou suavemente antes de olhá-la de forma ardente.

– Certamente não desejo prolongar sua agonia.

Ele a beijou novamente, tocou-a novamente, levando-a à beira de outro clímax, a um lugar onde o passado já não mais existia. Contudo, quando ele afastou as pernas dela e se posicionou sobre Sunny, esse passado retornou com tudo. Ela não conseguiu respirar, não conseguiu se distanciar das recordações de um homem cruel, por mais que ela tentasse. E, independentemente das consequências, ela se contorceu para sair de baixo dele e praticamente berrou:

– Pare!

Trêmula e envergonhada, Sunny se sentou, segurando os joelhos junto ao peito. Ela esperou que alguns momentos de silêncio se passassem antes de explicar.

– A mesma coisa aconteceu na única vez que Cameron tentou fazer amor comigo depois do rapto. Ele foi embora na manhã seguinte, e eu nunca mais o vi. Eu não te culparia se você fizesse o mesmo.

– Não sou seu ex-amante, Sunny – disse ele. – Eu não a abandonaria em seu momento de fraqueza, e também não espero que você faça algo que não é capaz de fazer.

Ela mudou levemente de posição para ver o antebraço dele cobrindo seus olhos.

– Mas eu quero fazer amor com você, Rayad. Só penso nisso desde que você disse que passaríamos um tempo ao ar livre. Você estava realizando minha maior fantasia. Não consigo me imaginar vivendo o resto da minha vida sem voltar a ser uma mulher completa. Só não sei como superar isso.

Ele rolou de lado e fixou seu olhar nela.

– Com a minha ajuda, se estiver disposta a tê-la. No entanto, você precisa ter ciência de que, mesmo que nunca consumemos nossa relação, eu sempre a respeitarei e guardarei nosso tempo juntos com carinho em minha lembrança.

O coração dela deu um pequeno salto dentro do peito.

– Quero mesmo tentar, mas pode demorar e exigir muita paciência.

– Não temos nada melhor para fazer nos próximos dias.

– Verdade.

Ele se levantou e ofereceu a mão a ela.

– Agora, nós nos recolheremos à cama, onde não esperarei nada além de abraçá-la enquanto você dorme. Talvez eu espante os pesadelos esta noite.

Ele tinha uma tendência a dizer todas as coisas certas.

– Parece um bom plano. Eu sugeriria que dormíssemos aqui, mas não quero acordar coberta de areia e com queimaduras de sol.

Quando ela tentou juntar suas roupas, Rayad falou:

– Deixe-as aqui. Retornaremos amanhã para buscá-las. Quero você deitada nua ao meu lado.

Ela sorriu ao ouvir o exigente tom dele.

– Certo. Contanto que você também fique nu.

– Não tenho nenhuma intenção de usar roupas esta noite.

Sunny desceu com Rayad pela escadaria parcamente iluminada, adentrando os aposentos particulares dele. Depois de se acomodarem na cama, ele a trouxe para os braços, e Sunny apoiou o rosto no peito dele, ouvindo as batidas de seu forte coração. Ele acariciou o braço dela com um ritmo constante e tranquilizante, trazendo-lhe uma sensação de paz.

Sunny sentiu a necessidade de expressar sua gratidão pela paciência e compreensão dele. Entretanto, ela não encontrou as palavras certas. E achou isso estranho, levando-se em consideração que seu trabalho dependia de um bom vocabulário. Aquela terminologia, porém, lidava com fatos, não emoções. Naquele momento, as emoções dela estavam abrangendo um espectro que ia da gratidão até sentimentos muito mais profundos.

Em vez de lhe dizer exatamente o que estava dentro de seu coração, ela optou por algo muito menos pesado.

– Você é um homem maravilhoso, Rayad.

Ele deu um leve beijo na testa dela.

– Você é uma mulher notável, Sunny.

Ele a fazia se sentir notável. Fazia com que ela acreditasse que finalmente poderia superar seus medos e esquecer aquela terrível provação. Acima de tudo, ele a fazia acreditar que ela poderia finalmente amar um homem como deveria. Que ela poderia amá-lo de verdade.

CAPÍTULO 8

Ele nunca vira uma mulher com uma aparência tão inocente ao dormir. Rayad não se recordava de já ter sentido uma necessidade de tão feroz de proteger alguém que ele conhecia fazia tão pouco tempo. Ele achou essas desconhecidas emoções indesejadas e nada aconselháveis. Ele precisava demonstrar comedimento e ser paciente. Precisava permitir que ela lhe indicasse quando estivesse pronta para dar prosseguimento à intimidade deles. Acima de tudo, ele precisava aceitar que ela poderia reconsiderar.

Sentindo a necessidade de sair de perto dela antes que deixasse de lado sua promessa de comedimento, Rayad retirou seu braço de baixo de Sunny para juntar os itens de que ele precisava para tomar banho e, depois, nadar. Ele buscou uma atividade para gastar energia e permitir que seu corpo se acalmasse.

Depois de pegar o sabonete que era seguro o suficiente para ser usado na laguna, ele o colocou na beira da água e mergulhou. A água estava muito mais fria do que de costume; provavelmente, por causa das tempestades que abasteciam a fonte na montanha. O frio lhe faria bem. Ao menos foi o que ele pensou ao retornar à borda para dar início ao seu banho matinal. A água fria não seria capaz de livrá-lo de seu desejo, percebeu ele ao erguer o olhar e ver Sunny parada na margem de pedra, totalmente nua. O formato dos seios dela, a curva de seus quadris e a parte mais escura entre as coxas o fizeram ter outra forte ereção que, pelo que Rayad suspeitou, não desapareceria tão cedo.

Ela retirou o elástico que prendia sua trança, balançou o cabelo, entrou na água e caminhou na direção dele.

– Bom dia, cavalheiro – disse ela ao se aproximar.

Rayad manteve as mãos de punhos cerrados dos lados do corpo, embora ansiasse por tocá-la. Em todos os lugares.

– Dormiu bem?

– Como não dormia há muito tempo. – Ela ergueu o olhar para a abertura no teto da caverna antes de voltar os olhos para ele. – Mal amanheceu lá fora. Você deve se levantar muito cedo.

Ela não fazia ideia da verdade que aquela frase continha. No entanto, saberia se chegasse mais perto dele.

– Não quero desperdiçar o dia dormindo demais.

– Eu penso o mesmo, mas preciso tomar uma chuveirada para me ajudar a acordar.

– Não há necessidade. Tudo de que você precisa para se banhar está aqui.

Ela tocou o próprio queixo com a ponta do dedo.

– Ah, é verdade. Esta é sua banheira particular.

– De fato.

– Você usa sabonete?

Ele indicou com a cabeça a barra na margem.

– Uso. É totalmente natural e biodegradável. Uma mulher do vilarejo faz especialmente para mim.

Ela ergueu uma das sobrancelhas.

– É só isso que ela faz por você?

– Ela tem quase 80 anos de idade.

– Ah... Posso dar uma olhada no sabonete?

Ele preferiria que ela desse uma olhada nele.

– Fique à vontade.

Depois que ela pegou o objeto, voltou até ele e o ergueu até seu nariz.

– O cheiro é fantástico. Isso explica por que você estava com um cheiro tão bom ontem à noite.

– Deseja experimentar?

– A menos que você queira usá-lo primeiro.

– Esperarei até que você termine.

Sunny recuou alguns passos e parou numa inclinação, deixando seu torso totalmente exposto. Com Rayad a observá-la, ela passou o sabonete pelos braços, pelo pescoço e, finalmente, pelos seios, dedicando a eles mais tempo do que o necessário. Rayad concluiu que a intenção dela era provocá-lo, e o plano estava dando certo. Quando Sunny desceu com o sabonete pelo abdômen, mergulhando-o na água, Rayad ficou perigosamente à beira de perder o controle.

– Você se importa de lavar minhas costas? – perguntou ela ao lhe oferecer o sabonete.

Ele não se importava, mas não sabia ao certo se iria querer fazer apenas isso.

– Como quiser.

Depois que ela se virou de costas, Rayad atendeu ao pedido de Sunny, não se apressando nem um pouco ao ensaboar a sedosa pele dela enquanto mantinha uma distância segura entre eles. Contudo, ímpetos carnais começaram a sobrepujar o bom senso dele quando ele desceu para o torneado traseiro dela. E, quando Sunny levou seu corpo para junto do dele, entrando em contato com a evidência da falta de controle, toda a determinação de Rayad a resistir a ela foi embora, flutuando como o sabonete.

Sem aviso, ele fez Sunny se virar e a beijou com toda a paixão que sentia naquele momento. Queria fazê-la ansiar mais do que qualquer outro homem já a tivesse feito. Desejava fazer o corpo dela latejar por ele com a mais alta forma de intimidade possível, e ele satisfaria esse latejamento... com a permissão dela.

– Quero levá-la ao clímax.

– Já estou quase lá – disse ela, sua voz sendo um sussurro arfante. – Mas preciso que você chegue ao final comigo.

Com esse objetivo em mente, Rayad tomou Sunny nos braços, colocou-a na margem e se acomodou entre as pernas dela. Ele criou uma linha de beijos na barriga dela, tomando cuidado para observar o rosto dela em busca de sinais de tensão antes de descer mais. Em vez de protestar, ela se recostou nos cotovelos, fechou os olhos e abriu mais as pernas. Era a permissão de que ele precisava para prosseguir.

Rayad começou tocando a carne dela com a língua. Em seguida, usou carícias para levá-la ao ápice de forma suave. Mesmo depois de ouvir a aceleração na respiração dela e sentir o iminente orgasmo de Sunny, ele não lhe deu paz. Tentou arrancar de Sunny todas as sensações possíveis, dando-lhe uma experiência que ela não esqueceria tão cedo.

Depois de mais alguns instantes, Sunny gemeu baixo, baixando a cabeça, todo o seu corpo tremendo.

– Foi incrível – murmurou ela antes de olhar nos olhos dele. – E totalmente injusto com você.

Ele saiu da água para se sentar ao lado dela.

– Eu aguento.

Ela olhou fixamente para a virilha dele.

– Tudo indica o contrário.

– Já passei extensos períodos de tempo sem me aliviar.

Sunny se levantou.

– Isso vai acabar agora. Pegue uma toalha para mim e me encontre na cama. E, por favor, não discuta. Eu quero que isso aconteça.

Ele a desejava mais do que ela jamais saberia. No entanto, precisava lembrar que talvez Sunny não conseguisse levar o ato de amor deles até o fim.

– Não precisamos de uma toalha – disse ele ao se levantar. – Os lençóis vão secar.

Sunny subiu na cama com um sorriso. Em seguida, chamou-o de braços abertos. Eles se beijaram durante algum tempo antes de ela interromper o contato e endireitar o corpo, posicionando-se acima dele.

– Resolvi que quero ficar em cima – anunciou ela, pegando-o desprevenido.

– Talvez isso seja favorável para você. – E um inegável prazer para ele.

– Mas você precisa me prometer uma coisa antes, Rayad.

– Tudo que você pedir.

– Fique de olhos abertos e me olhe durante todo o tempo. Preciso ver seu rosto e saber que é você.

– Será um prazer.

E seria mesmo, concluiu Rayad no instante em que ela montou sobre ele e o guiou para dentro de si. Ele cerrou os dentes para conter a necessidade de alcançar imediatamente o clímax quando ela começou a movimentar os quadris; devagar no início, mais rápido em seguida, tomando-o cada vez mais fundo. Durante todo o tempo, ele se manteve focado nos olhos dela, embora achasse essa tarefa difícil, dado seu iminente clímax. Rayad juntou todas as suas forças para se conter, mas não conseguiu mais quando ela se curvou e sussurrou:

– Quero sentir você perdendo o controle.

O orgasmo chegou com a força de uma granada, contraindo todos os músculos do corpo dele. A pulsação se prolongou por mais tempo do que esperara, por mais tempo do que jamais se prolongara ao longo da intermitente vida sexual dele. Enquanto ele recuperava o fôlego, Sunny saiu de cima dele e se aninhou junto a seu corpo.

– Você deve estar se sentindo melhor.

Ele franziu o cenho.

– "Melhor" não descreve adequadamente como me sinto. A pergunta é: como você se sente?

Ela rolou de barriga para cima e riu.

– Empolgadíssima. Livre. Como se eu tivesse acabado de ganhar um Pulitzer.

A alegria dela foi contagiante e o fez sorrir.

– Fico feliz. Sempre estive convencido de que você tinha a força de caráter necessária para superar isso.

Ela se virou para ele, tocando o rosto de Rayad.

– Não sei se eu teria tido se não fosse por você. Só preciso de mais uma coisa.

Rayad esperou que aquilo não tivesse a ver com a dedicação eterna dele, ou com uma declaração de amor. Ele era um homem traumatizado demais para lhe dar isso.

– Estou ouvindo.

– Se for possível, quero usar o rádio.

Ele vivenciou uma forte sensação de alívio.

– Para confirmar que não a estou mantendo aqui sem um bom motivo?

Sunny deu um beijo no queixo dele.

– Sei que você não estava mentindo sobre as tempestades. Só preciso ver como minha irmã está.

Ele precisava gravar o rosto dela em sua memória, pois, dali a pouco tempo, lembranças daquela mulher muito especial seriam tudo que restaria. Como acontecera com a outra mulher notável que agraciara a vida dele no passado.

– Ficarei feliz em honrar seu pedido de falar com Piper. Talvez seja melhor se você não lhe contar muito sobre nossos momentos aqui. Não desejo ter que explicar ao marido dela.

Sunny abriu um sorriso para ele.

– Não se preocupe. Vou fingir que está sendo extremamente entediante.

– Está se divertindo, Sunshine?

Ela estava falando num rádio de ondas curtas com um lindo e másculo homem parado atrás de si, passando as mãos por baixo da camiseta dela. Para Sunny, isso era uma diversão e tanto.

– Mais ou menos. Não tem muita coisa para fazer aqui.

– Onde exatamente vocês estão?

– Ao sul de Bajul.

– Adan disse que vocês iam ficar num vilarejo.

– Não estamos muito longe de um vilarejo – disse ela, esforçando-se para não arfar quando Rayad segurou seus seios. – Ainda está chovendo aí?

– Infelizmente, sim, e só vai parar daqui a pelo menos dois dias. Como está o clima aí?

– Quente. – Extremamente quente, e ficando mais quente a cada minuto. – Como está Maysa?

– Ainda grávida, mas disse que está sentindo umas cutucadas, seja lá o que isso signifique. Espero que você volte antes do grande acontecimento.

E ela esperava que suas pernas a mantivessem de pé quando Rayad desabotoou o short dela.

– Bem, eu só queria ver como estavam as coisas aí e... – A voz dela a traiu quando ele baixou o zíper. – Eu só preciso... – Parar de falar de uma vez.

– Sunny, você está aí?

Mais dois minutos, e ela estaria na Lua.

– Preciso ir, mana. O sinal está péssimo. Vejo você em breve.

Depois de desligar o rádio, ela se virou nos braços de Rayad e grunhiu.

– Você está determinado a ser malvado, não está?

Ele tocou o pescoço dela com o rosto. Em seguida, deu-lhe um rápido beijo.

– Sei o que quero, e o que quero é você. Agora.

Ela olhou atrás de si e percebeu que a comprida mesa onde ficava o equipamento de comunicação era a única superfície disponível.

– Não está falando sério...

– Não aqui.

Aquilo a deixou um pouco aliviada.

– Então, onde?

– Um lugar onde eu possa realizar uma das suas fantasias.

A lâmpada mental dela se acendeu.

– Onde jantamos ontem?

– Sim.

– Mas ainda está de dia.

Ele pegou a mão dela e a levou aos lábios.

– Há uma qualidade erótica na espontaneidade. Fazer amor ao ar livre e a possibilidade de sermos detectados apenas aumenta esse erotismo. No entanto, é altamente improvável que alguém nos encontre, já que o perímetro é seguro, caso essa seja sua preocupação.

Ela pensou numa situação especialmente desconcertante.

– E os aviões?

– A menos que Adan nos visite, isso não será problema.

Ótimo. Justamente do que ela precisava; ser flagrada de calça arriada por seu cunhado.

– Bem, sem risco, não há recompensa. Vamos.

Rayad a levou de volta pelos estreitos degraus até o lugar onde a jornada deles rumo à intimidade começara. Ao chegarem, Sunny descobriu uma manta diferente estendida na areia e se deu conta de que seu novo amante planejara aquilo com antecedência.

– Espontaneidade, é? – disse ela ao se acomodar na cama improvisada.

Ele se juntou a ela e sorriu.

– Talvez não totalmente espontâneo. Porém, eu não sabia se você aceitaria.

Bom argumento.

– Verdade. E agora?

– Fique de pé e tire as roupas.

– Não quer fazer isso?

– Desejo observar.

As palavras dele geraram mais calor do que o sol da tarde que os atingia.

– Acho que posso fazer isso, já que você já me viu praticamente inteira.

Depois de ficar novamente de pé, ela tirou rapidamente a camiseta, expondo seus seios nus. Sunny tirou o resto de suas roupas de forma um pouco mais lenta, num esforço para aumentar a tensão. Rayad acompanhou com o olhar todos os movimentos dela, enquanto abria o short e o deixava cair até seus pés, deixando-a apenas com a roupa íntima muçulmana.

– Satisfeito? – perguntou ela, mesmo sabendo o que ele iria dizer.

– Tudo, Sunny – respondeu Rayad, confirmando a previsão dela.

Ela tirou a última peça e permaneceu plantada no mesmo lugar, permitindo que ele a olhasse quanto quisesse.

– Melhorou?

– Muito. Agora, venha cá.

– Só depois de você ficar nu também.

Sem hesitar, e sem se levantar, ele começou a se despir muito mais rapidamente do que ela. Depois que Rayad ficou nu, Sunny retomou seu lugar ao lado dele.

– É você quem está no comando. Então, diga o que você quer. – Com sorte, ela seria capaz de obedecer.

– Role de lado, de costas para mim.

Ela mordeu o lábio inferior.

– Acho que posso fazer isso, mas...

– Você confia em mim, Sunny? – perguntou ele.

– Confio, sim.

– Então, precisa acreditar que eu a tratarei com o máximo de cuidado. Agora, vire-se e me permita lhe dar um grande prazer.

Sunny obedeceu e esperou o que viria a seguir, pensando que, um mês antes, jamais teria se imaginado fazendo aquilo ao ar livre.

Um mês antes, ela não o conhecia. Estava tonta de ansiedade, dominada pela adrenalina, sentindo calor da cabeça aos pés.

Ele se movimentou junto às costas dela, afastou o cabelo de Sunny para o lado e sussurrou:

– Você me sentirá melhor assim. – Então, ele deslizou sua perna entre as dela, colocou a mão entre as coxas de Sunny e a penetrou suavemente.

Rayad tivera razão. A posição permitiu que ela sentisse cada detalhe enquanto ele ia bem fundo dentro dela. Ele começou a acariciá-la com a ponta do dedo, provocando um clímax que não demoraria muito a chegar. E não demorou.

Quando Sunny deu por si, antes de estar preparada para isso, sentiu um incrível orgasmo, que ficou ainda mais poderoso com a penetração de Rayad. Ela encontrara mesmo um paraíso com ele e também redescobrira sua sensualidade natural.

Pouco tempo depois disso, Rayad se contraiu junto a ela, penetrou-a mais profundamente e soltou um grave grunhido. Ele estremeceu, e, quando atingiu o clímax, Sunny desfrutou de cada agradável pulsação do corpo dele, sabendo que ela lhe dera tanto prazer quanto ele tinha lhe dado.

Depois de um tempo, Rayad afrouxou sua pegada nela e tocou a orelha de Sunny com os lábios.

– Tem algum arrependimento?

Apenas um. Ela se virou nos braços dele e acariciou seu rosto.

– Nenhum arrependimento, a não ser o fato de eu detestar que tudo isso vá ter que terminar num futuro não muito distante. A menos que você me convide para ficar aqui por tempo indeterminado. – Quando a expressão dele ficou séria, ela acrescentou: – Não faça essa cara de preocupado. Não estou falando sério e não vou começar a fazer juras de amor e nem pedir sua mão em casamento. Sei que é só temporário. Quando formos embora daqui, você vai voltar para a sua vida, e eu vou voltar para a minha.

– Por esse motivo, prefiro que desfrutemos um do outro enquanto ainda temos tempo.

Pouco tempo demais para o gosto dela, e isso fez Sunny parar para pensar.

– Estou gostando muito do nosso tempo juntos. Você sabe mesmo como realizar a fantasia de uma mulher.

Ele afastou o cabelo de Sunny do rosto e a beijou levemente.

– Eu lhe juro que me esforçarei para realizar cada uma das suas fantasias nos dias que virão.

DURANTE TRÊS dias inteiros, Rayad cumprira sua promessa. Ele a tocara de todas as maneiras possíveis, em lugares que Sunny sequer sabia que existiam. Ele fizera amor com ela de várias maneiras, com exceção de uma, devido à preocupação dele com o medo que Sunny tinha de se sentir confinada. Ele fora cuidadoso, tivera muita consideração e fora extremamente sensual. Sensual a ponto de atraí-la para si com um único olhar.

Sunny nunca havia feito amor quatro vezes em menos de 24 horas antes de tê-lo conhecido. Nunca pensara muito nessa ideia. Cameron era do tipo de homem que queria apenas uma vez por semana. O primeiro amante dela fora um canalha inexperiente, mas ambos tinham apenas 17 anos à época. Embora as conquistas sexuais dela tivessem sido um tanto limitadas, Sunny conhecia o suficiente para saber que Rayad Rostam era um homem especial. O tipo de homem que podia roubar o coração de uma mulher como um ladrão na noite e, em seguida, partir com seu próprio coração intacto.

Apesar da possível decepção emocional, com todas as conversas interessantes durante as refeições, com todos os beijos ardentes, com todos os sussurros doces no ouvido dela, Sunny admitia que estava correndo um sério risco de se perder nele, apaixonando-se. Infelizmente, o perigo se tornara a realidade dela, e ela já estava se sentindo mal pela inevitável separação deles.

Ela sempre fora exageradamente direta. Naquele caso, porém, estava preocupada, achando que, se revelasse seus sentimentos a Rayad, ele não os reciprocaria. Ela ponderou se devia lhe contar tudo ou se devia guardar aquele segredo pelo resto de sua vida. Detestava segredos e, por esse motivo, Sunny decidiu abrir totalmente o jogo e pôr as cartas na mesa.

Com isso, se virou na cama e descobriu que Rayad saíra dali sem que ela soubesse. Ela se sentou e olhou à volta, esperando descobrir que ele saíra para tomar seu banho matinal e nadar sem ela, embora fosse ficar decepcionada se ele tivesse feito isso. A laguna estava plácida, a caverna, silenciosa.

Ela precisava encontrá-lo e confessar tudo antes que perdesse a coragem. Essa necessidade a levou a procurar sua roupa íntima, que estava embolada debaixo do lençol, na ponta da cama, e vesti-la. Em seguida, Sunny pegou sua camiseta e a vestiu enquanto rumava na direção da entrada do bunker.

Quando entrou no corredor, ouviu a conhecida voz de Rayad, mas não conseguiu entender, pois ele estava falando árabe. Ela detectou um toque de raiva no tom dele. Assim que a conversa se encerrou, ela foi descalça até a sala de rádio e espiou lá dentro para ver Rayad recostado à mesa, olhando fixamente para o nada.

– Posso entrar? – perguntou ela.

– Pode – respondeu ele, embora a expressão séria que direcionou a ela indicasse que Sunny podia não ser bem-vinda ali.

Ela não permitiu que isso a impedisse de avançar, de correr atrás de seu objetivo. Contudo, antes de confessar tudo, precisaria descobrir o motivo por trás do mau humor dele.

– Estava conversando com alguém interessante?

– Adan.

Ela foi até o lado dele e se sentou à mesa.

– O que ele tinha a dizer?

– Nada que eu desejasse ouvir.

Obter informações dele era como arrancar os dentes de uma galinha, como costumava dizer a avó dela.

– Não quero ser intrometida, mas você se importa de me dizer o que Adan falou para deixá-lo tão mal-humorado?

– Não envolve você.

Mal-humorado era até pouco.

– Certo. Provavelmente, é algo altamente sigiloso que não me interessaria mesmo. – Quando ele não respondeu, Sunny concluiu que precisava mudar de assunto. – Eu estava pensando em, depois de tomarmos banho e café da manhã, irmos ao vilarejo um pouco mais cedo hoje. Vi uma echarpe que quero comprar para Piper.

– Não é possível.

– Prometo que devolvo o dinheiro a você.

Ele suspirou fortemente.

– Não é possível ir até o vilarejo, e também não é necessário.

Sunny conseguiu imaginar o que ele responderia à próxima pergunta dela, e ficou triste por perguntar. No entanto, precisava saber.

– Temos que ir embora, não temos?

– Sim. Recebi ordens de retornar imediatamente às minhas responsabilidades.

– E as estradas?

– Foram liberadas ontem.

Ela devia se sentir agradecida por ele não ter ficado sabendo disso antes. Do contrário, eles teriam deixado de ter várias experiências maravilhosas.

– Acho que é uma boa notícia.

– Imagino que sim – respondeu ele sem nenhuma emoção clara em seu tom, apenas distanciamento.

Sunny se sentiu como se ele tivesse construído uma parede de aço, deixando-a de fora. Ela se recusou a permitir que isso acontecesse.

– Olhe, nós dois sabíamos que isso ia acontecer, e talvez seja melhor assim. Se passássemos mais tempo juntos, eu só iria... – A determinação dela de revelar seus sentimentos desapareceu, juntamente com suas palavras.

Finalmente, ele a olhou.

– Você só iria o quê?

Chegara a hora de expor seu coração e torcer para que ele não fosse esmagado.

– Eu só iria me apaixonar ainda mais por você.

Ele se afastou da mesa, entrelaçou as mãos na própria nuca e se virou de costas para ela.

– Você não pode me amar.

Sunny não ficou nem um pouco surpresa com a reação dele, apenas com a força daquela afirmação.

– Posso, e amo. Acredite, não era o que eu tinha planejado, e é absurdo pensar que isso aconteceu tão rápido. Mas não tenho como evitar o que sinto.

Ele se virou novamente para ela, a frustração se refletindo em seus olhos escuros.

– Não sou capaz de retribuir esses sentimentos. Não permitirei isso.

Permitir?

– Por que, Rayad? Porque você gosta de ficar sozinho, ou por que tem medo de ficar vulnerável?

– Meu medo seria por sua segurança emocional e física. Você se sente grata pela atenção que lhe dei, mas não me conhece tão bem quanto imagina.

Aquilo não fazia o menor sentido.

– A menos que você seja algum tipo de maníaco assassino, tenho bastante certeza de que não estou correndo nenhum risco físico. E, em termos emocionais, se está querendo dizer que estou confundindo gratidão com amor, está totalmente enganado. Sei o que significa gostar tanto de alguém, mas tenho que admitir que nunca tinha sentido isso tão forte. Talvez você nunca tenha sentido isso. E, se isso for verdade, lamento por você.

– Isso não tem nada a ver com as minhas experiências anteriores – disse ele. – Se eu continuasse meu caso com você, poderia colocá-la em risco.

Caso... Aquilo dizia tudo.

– Por causa de sua ligação com as forças armadas?

– Em parte.

Quando ela começara a achar que solucionaria o quebra-cabeça, ele introduzira uma nova peça.

– Como assim *em parte*?

– Esqueça isso, Sunny. Há coisas que você não irá querer saber.

Ela saltou da mesa e se posicionou diante dele.

– Quero saber tudo sobre você, Rayad. Equivocadamente, eu achei que soubesse. Sem dúvida, você sabe tudo sobre mim, incluindo detalhes do rapto que eu nunca contei a ninguém. É no mínimo justo que você retribua esse favor me contando o que você vem escondendo.

A indecisão trovejou nos olhos dele antes de Rayad retomar seu comportamento estoico.

– Não ouso lhe contar tudo que há para contar. Já corri o risco de ser julgado por traição por violar a segurança ao trazê-la aqui. Rafiq não se oporia, mas, se o conselho regente souber, eu poderia ser enforcado.

Aquilo era novidade para ela. Uma novidade preocupante.

– E você só está me dizendo isso agora?

– Senti que valia o risco. Você precisava de descanso em um lugar onde pudesse se recuperar.

Agora, todos os momentos de amor deles pareciam falsos.

– Muito obrigada por ser meu sheik de armadura reluzente, mas tenho uma notícia para você. Não preciso ser salva. Mas preciso, sim, saber que, quando você fez amor comigo, isso significou alguma coisa, além de ser meu prêmio de consolação por ser sua companheira de cama nos últimos dias.

– Você não está sendo razoável. Sabia que o nosso relacionamento seria de curto prazo.

Todas as emoções amargas a dominaram de uma só vez. Se Sunny não fosse embora dali, talvez acabasse chorando.

– Sim, eu sabia mesmo que não seria para sempre. Mas não sabia que seria burra o suficiente de me apaixonar pelo seu charme e achar que você era um homem decente capaz de sentir emoções reais. E sinto muito por ter acreditado nisso. Vou juntar minhas coisas.

Quando ela começou a se afastar, Rayad a segurou pelo braço.

– Quem me dera poder lhe dizer por que não é possível ficarmos juntos – disse ele quando ela se virou. – Mas não posso.

– Pode, sim. Você me deve isso.

Rayad hesitou, como se talvez tivesse começado a pensar melhor.

– São informações sigilosas.

Sunny decidiu se esforçar para tentar mais uma vez.

– Não dou a mínima para os seus segredos de Estado, e você também não devia dar depois do que tivemos. Você sabe que tudo que disser não vai sair daqui.

– Você jamais me verá da mesma forma, e eu preferiria que nos separássemos com você ainda acreditando que sou um homem honrado.

Ela sentiu um aperto no estômago ao pensar no que ele poderia ter feito para acreditar que o dispensaria tão facilmente. A mente de Sunny começou a ficar tonta com as possibilidades. Ele era um militar, e, por vezes, essa posição exigia muitas coisas, especialmente violência. Ainda assim...

– Você disse que estava envolvido com inteligência. Sempre imaginei que isso significasse investigar insurgentes e outras atividades de infiltração.

– Envolve, mas minhas responsabilidades vão além disso. Já faz algum tempo que é assim.

Finalmente, ela estava chegando a algum lugar. Só não sabia exatamente se gostaria do lugar aonde isso a levaria.

– Se está tentando me poupar do fato de que você matou pessoas, não é necessário. Conheço a realidade da guerra e entendo que nem sempre os soldados têm escolha. É matar ou morrer. Se for esse o caso, prometo que não vou pensar menos de você.

Um músculo se repuxou no maxilar dele.

– Novamente, eu lhe imploro para esquecer isso, Sunny.

Ela não podia esquecer, não antes de receber respostas. Não antes de acalmar os alarmes dentro de sua cabeça.

– Diga o que você está escondendo. Senão, vou embora daqui sem você agora mesmo, nem que eu tenha que voltar a pé para o palácio.

Voltando sua atenção para um ponto focal desconhecido, Rayad permaneceu em silêncio durante vários momentos excruciantes. O coração de Sunny acelerou enquanto ela esperava que ele a olhasse nos olhos.

– Eu sempre tive escolha.

A mente dela ficou confusa.

– Não estou entendendo.

– Se precisa saber de tudo, eu lhe contarei. – Ela vislumbrou um lampejo de remorso nos olhos dele. Em seguida, uma intensidade que a abalou até a alma quando ele falou: – Fui treinado para matar.

CAPÍTULO 9

– VOCÊ É um assassino?

A acusação na pergunta de Sunny causou um impacto inesperado em Rayad. Ele queria, precisava do respeito dela. E tê-lo exigiria que desse detalhes, por piores que fossem as consequências.

– Confie em mim quando lhe digo que minhas responsabilidades são necessárias.

– Confiar em você? – Ela soltou uma gargalhada sem humor. – Estou numa caverna com um homem que atira intencionalmente para matar. Dormi com um assassino. Desculpe se acho isso um tanto perturbador.

Ele avançou e, quando ela recuou, se sentiu como se ela o tivesse perfurado com uma lâmina.

– Você entende que, se eu quisesse lhe fazer mal, já o teria feito?

Ela pareceu remoer aquela ideia por um instante.

– A questão não sou eu. É o que você faz. Nem consigo imaginar como deve ser tirar a vida de alguém intencionalmente.

Ela não conseguia imaginar os monstros que ele já vira.

– Você se sentiria mais confortável se eu lhe dissesse que meus serviços raramente são necessários?

– Exatamente quantas vezes você já fez isso?

Se ele lhe dissesse, entraria ainda mais num território perigoso, e não por causa dos poucos incidentes.

– Jurei minha lealdade e meu silêncio quando assumi minhas obrigações militares. Qualquer confissão seria uma traição direta ao meu país.

– E não admitir isso só vai me deixar ainda mais preocupada com o meu julgamento em relação a homens.

Ele detestou a possibilidade de ela duvidar de si mesma ou das intenções dele. Por isso, daria as respostas de que ela precisava.

– Dois homens. Um estava tramando detonar uma bomba no centro do vilarejo em nome de uma coalizão radical sediada no norte de Bajul. O outro planejava balear o pai de Rafiq durante um evento público. Fui encarregado de proteger o antigo rei.

– Entendo. O assassino destruiu o assassino. Faz todo o sentido. – O cinismo na voz dela dizia o contrário.

– Por mais difícil que seja acreditar, fui obrigado a aceitar esse cargo. – Agora que ele revelara demais, Rayad se preparou para mais perguntas.

– Explique como alguém pode ser obrigado a virar um assassino.

Ele ficou dividido entre permanecer em silêncio e contar toda a verdade a ela. Retornar àquela parte de seu passado seria doloroso, e Rayad detestava desenterrar aquelas emoções. Contudo, recusar aquilo à mulher que, ousadamente, admitira amá-lo seria imperdoável.

Em vez de buscar palavras, ele optou por mostrar a ela.

– Se quer respostas, precisa vir comigo a um lugar onde as encontrará.

Sunny cruzou os braços.

– Antes de eu aceitar isso, você precisa me dar mais informações sobre o lugar onde você vai me levar.

O fato de ele ter destruído a confiança dela o feriu profundamente.

– É uma localidade no deserto, perto daqui. – Ele baixou o olhar para os pés descalços dela. – Nossa caminhada exigirá calçados adequados.

– Não me importo se tiver que usar casaco e botas até o joelho, contanto que o mistério seja solucionado.

– Depois que você se vestir, eu a encontrarei na entrada do bunker.

– Certo. Não demoro.

Depois que Sunny saiu dali, Rayad questionou sua prudência e se seria capaz de dar todas as informações de que ela precisava para entender por que ele perdera sua alma, seu caminho. Por que seu coração fora irremediavelmente partido. Por que jamais seria o homem do qual ela precisava.

O ESCALDANTE calor começou a afetar Sunny enquanto eles caminhavam por diversas passagens no terreno rochoso. Depois de vinte minutos tentando acompanhar seu guia, sem sucesso, ela contornou uma gigantesca formação rochosa e entrou no deserto aberto. Ela avistou Rayad no alto de uma duna e rumou na direção dele para ver por que ele parara. Com sorte, eles já teriam chegado ao destino, embora ela não estivesse vendo nada além de um terreno desolado desprovido de qualquer forma de vida. Entretanto, quando Sunny escalou a colina de areia e chegou ao lado dele, ela viu um oásis no meio do nada, com oliveiras de um lado e palmeiras e plantas variadas do outro. No meio de todo aquele inesperado verde, outra imagem a abalou. Uma imensa pilha de pedras e madeira queimada que tinha, no mínimo, dez metros de altura manchava aquela convidativa paisagem.

– O que é este lugar? – perguntou ela depois de se recuperar o suficiente para falar.

– O segredo do meu passado.

Quando Rayad começou a avançar na direção das ruínas, a adrenalina deu a Sunny um surto de energia, e ela conseguiu acompanhar o ritmo dele. Ele parou numa estrutura de metal que, no passado, parecia ter sido um portão e se sentou no que restava do suporte de pedra.

Sunny se acomodou ao lado dele e esperou uma explicação. Quando ela não veio, optou por pressioná-lo.

– Fale deste lugar e do que aconteceu aqui, Rayad.

– No passado, este foi o meu palácio – disse ele com um surpreendente distanciamento. – Foi destruído numa explosão.

Ela imaginara que um incêndio tivesse causado aquela destruição. Não era a primeira vez que ela se enganava naquele dia.

– Alguém se feriu?

– Dois dos meus funcionários foram mortos, além de outros.

Por mais que ela detestasse o fato de que funcionários inocentes haviam perdido suas vidas, os *outros* a deixaram muito interessada.

– Quem mais estava aqui?

– Minha esposa e nosso filho de 3 anos.

Equivocadamente, ela acreditara que nada a deixaria mais perplexa do que já ficara naquele dia.

– Você me disse que nunca tinha se casado.

– Eu disse que, no momento, não estava casado.

Na realidade, ela se recordava até mesmo de ele ter se esquivado daquela pergunta e de ter sentido que havia uma história por trás dessa evasão. Hora de chegar ao fundo daquela história.

– Não foi um acidente, foi?

– Não. Não foi.

Agora, tudo começara a ficar claro, a não ser por alguns detalhes.

– Quem fez isso?

Por um instante, ele cobriu o rosto com as mãos antes de voltar sua atenção para a destruição.

– Alguma pessoa vingativa que desejava tirar de mim tudo que me era querido.

Ao ouvir a franca tristeza na voz dele, Sunny lutou para conter suas próprias emoções.

– Eu sinto muito, de verdade, Rayad. Espero que o responsável tenha sofrido pelo que fez.

Ele cerrou os punhos, que estavam apoiados em suas coxas.

– Nunca descobri a identidade do assassino, embora tenha passado dez anos procurando um maligno infiel que destruiu meu lar e minha vida.

– E foi isso que levou você a se tornar um assassino.

– Sim. Usei minhas conexões num esforço para encontrá-lo e, no dia em que finalmente confrontá-lo, eu o matarei imediatamente.

– E se esse dia nunca chegar?

– Não interromperei minha busca até encontrá-lo ou até dar meu último suspiro. Devo isso à minha esposa e ao meu filho.

Sua missão de vingança claramente o consumira durante anos. Ainda consumia.

– Não sei nada sobre a sua esposa, mas, se ela tiver sido como a maioria das mulheres, não iria querer que você desperdiçasse sua vida numa missão fútil para vingar a morte dela.

Rayad se levantou e começou a andar de um lado para o outro, as mãos unidas na nuca.

– Lira não era como a maioria das mulheres. Era bondosa e gentil, uma mãe superior. Ela venerava nosso filho, Layth, e também a mim.

Ao menos agora ela sabia os nomes da família dele e sentiu uma forte solidariedade por Rayad.

– Nem consigo imaginar o que você sofreu, mas espero mesmo que, um dia, você tente ser feliz.

Ele continuou andando de um lado para o outro como uma pantera enjaulada, como se não conseguisse ficar fisicamente quieto sem sucumbir à tristeza. E ele estava evitando o olhar dela.

– Não posso ser feliz antes de vingar a morte da minha família destruindo o assassino.

– E, se isso acontecer, você vai ficar contente de verdade, sabendo que trocou uma vida por outra?

– Quatro vidas – disse ele, determinado ao se virar para ela. – Conquistarei uma certa redenção pelas minhas transgressões. Se não fosse pelas minhas responsabilidades, eles ainda estariam vivos.

Sunny saltou do pilar de pedra e ficou parada diante dele.

– Mas você ainda não faz ideia de quem pode ter sido o responsável.

– Já segui diversas pistas, mas todas me levaram a becos sem saída. Ainda tenho mais a investigar, incluindo inimigos do meu pai.

Evidentemente, ele gostava de torturar a si mesmo.

– Então, você está dizendo que essa tragédia pode ser resultado das conexões do seu pai, que, no final das contas, você pode não ter tido nenhuma responsabilidade nisso?

Ele baixou os braços.

– Essa possibilidade é remota. De qualquer forma, trouxe Lira e Layth para esta localidade remota para protegê-los. Fracassei nessa tentativa e devia ter estado aqui naquela noite. Minhas atividades secretas me impediram de fazer isso.

– E, se você tivesse estado aqui, também estaria morto.

– No início, desejei exatamente isso. Minha missão me ajudou a seguir em frente.

– Você não está seguindo em frente, Rayad. Está numa prisão feita de culpa e ódio.

A expressão dele ficou totalmente fria.

– Você não desejou o mal de seus raptores?

– Na realidade, sim. Já me imaginei amarrando-o dentro de um cobertor e o surrando com um taco de beisebol. Meu terapeuta disse que isso era saudável, contanto que eu não fizesse de fato. Achei isso meio engraçado, já que não tenho como amarrar um fantasma.

– E você nunca desejou conhecer a identidade dele?

– De que adiantaria? Já acabou. A experiência me deixou mais cautelosa e talvez um pouco mais medrosa. Mas estou determinada a superar isso, e não deixar que a experiência me sufoque. Acredite se quiser, mas você me ajudou a enxergar a importância de recuperar minha vida. Lamento por você não parecer ser capaz de recuperar a sua.

Ele voltou sua atenção novamente para o monumento da destruição.

– Devemos retornar ao palácio agora. E, mais uma vez, lembro que você não deve mencionar isso a ninguém. Poucas pessoas sabem do meu passado.

– Isso inclui minha irmã?

– Sim. Adan está preso à promessa que me fez de não falar disso com ninguém, incluindo sua esposa.

– Não se preocupe – disse ela. – Seus segredos estão seguros comigo. Boa sorte para levá-los ao túmulo.

Enquanto ela se afastava, Sunny soube perfeitamente bem que nada do que dissesse a Rayad jamais seria capaz de abalar a determinação dele de permanecer estático em sua vida. Se ele optasse por continuar engolido pela culpa e por sua busca por retaliação, ela não podia fazer nada.

Ele jamais poderia ser o homem certo para ela, e isso a deixou incrivelmente triste. Ainda pior, Rayad jamais se permitiria amar novamente, e ela não poderia salvá-lo desse destino. Nem mesmo tentaria.

– E ENTÃO?

Depois de uma viagem em silêncio até o palácio e um desconfortável jantar em família, Sunny se recolhera à sua suíte para desfazer a mala e dormir um pouco. Esse plano fora frustrado por sua irmã, que, agora, estava parada diante dela.

– Então o que, Piper?

– Gostou do seu tempo com Rayad?

Até aquele dia, ela podia confirmar que sim.

– Foi bom enquanto durou.

Piper a olhou com desconfiança.

– Vocês dois fizeram... Você sabe.

Infelizmente, ela sabia mesmo o que sua irmã estava querendo dizer e decidiu provocá-la.

– Sim, fizemos *você sabe*. Várias vezes. Está feliz agora?

– A pergunta, Sunny, é se você está feliz. Estou achando que a resposta é não.

Ela jogou o resto de suas roupas na cômoda e a bolsa de viagem numa poltrona próxima.

– Olhe, nós nos divertimos, foi ótimo, mas acabou. Fim da história.

Piper se empoleirou na beira do colchão e a olhou fixamente, como um gavião analisando a presa.

– Se ele fez algo que magoou você, é só me dizer, e eu mando Adan se resolver com ele.

Sunny empurrou a bolsa para o canto e praticamente desabou na poltrona.

– Ele não fez nada que me magoou. Então, não precisa pedir para o seu marido dar uma surra nele. Somos adultos e sabíamos que tudo que acontecesse seria só temporário. Agora, se não se importa, está tarde e quero ir para a cama.

A irmã dela fez beicinho e se levantou.

– Certo. Sei quando não estou agradando. Mas quero todos os detalhes sórdidos antes de você ir embora, daqui a duas semanas, mesmo que eu tenha que obrigar você a falar.

Por mais que detestasse dar a péssima notícia, Sunny achou que não tinha escolha.

– Falando nisso... – começou ela ao se levantar. – Provavelmente, vou embora daqui a uns dois dias. Preciso voltar ao trabalho.

– Nós quase não tivemos tempo de conversar, Sunny. Não quer pensar em ficar ao menos uma semana?

Ela poderia querer, se não tivesse que encarar Rayad diariamente. Por outro lado, ele poderia partir em breve para voltar à sua missão de morte e destruição.

– Vou pensar nisso assim que tiver uma boa noite de sono.

Piper ficou de pé.

– Está bem. Vou embora assim que você responder mais uma coisa.

Que maravilha...

– Que seja rápido.

– Onde exatamente você ficou?

Numa caverna mística, na companhia de um homem misterioso, lindo e torturado.

– Num lugar primitivo perto de um pequeno vilarejo.

– Sem serviço de quarto?

Ah, ela recebera um ótimo serviço. Várias vezes.

– Nadinha. Tinha só uma cama, mas era decente.

– Estou surpresa por você ter dado alguma atenção à cama estando nela junto de um bonitão. Se ele for parecido com Adan, vocês nem devem ter precisado de cama.

Ao dizer aquilo, Piper sorriu e saiu às pressas do quarto antes que Sunny pudesse revidar.

Totalmente esgotada, Sunny tomou seu segundo banho do dia, escovou os dentes e o cabelo, pôs seu blusão de seda azul favorito e se deitou. Sua mente não queria se desligar e permitir que dormisse. Por isso, ela acendeu o abajur e tentou ler o romance de mistério que trouxera consigo. Mas não conseguiu se concentrar, graças à apresentação de slides mental com seus maravilhosos momentos com Rayad. Às vezes, as lembranças a faziam corar, outras a deixavam triste. Ao menos meia hora se passou antes de ela finalmente se entregar ao sono.

– Preciso de você...

Sunny despertou assustada, acreditando inicialmente que aquilo tivesse sido um sonho. Contudo, quando sua visão se focou, ela viu o homem de seus sonhos parado ao lado da cama, apenas com uma calça de pijama azul-marinho.

– O que está fazendo aqui?

– Preciso passar uma última noite ao seu lado, embora eu saiba que eu não mereça.

Ele parecia tão perdido e melancólico que Sunny abriu espaço e levantou as cobertas.

– Certo, mas, só para você saber, nós só vamos dormir.

– Entendo – disse ele ao se acomodar ao lado dela.

Quando Rayad apoiou as mãos atrás da cabeça, Sunny rolou de lado, de frente para ele.

– Coisas demais na cabeça para conseguir descansar? – perguntou ela, interrompendo o silêncio.

– Sim.

– Tive o mesmo problema. Tinha acabado de pegar no sono quando você chegou.

– Peço perdão por tê-la acordado. – Ele a olhou de relance antes de voltar novamente seus olhos para o teto. – Se desejar que eu me retire, farei isso.

– Eu *desejo* que você fale comigo, Rayad. Que se abra para mim e me diga o que está pensando.

Ele suspirou.

– Seria difícil demais.

– Seria catártico.

Quando ele não respondeu, Sunny imaginou que Rayad estivesse determinado a ignorar o pedido dela. Então, subitamente, ele falou:

– Meu codinome é Leão.

Ela não esperara aquela revelação.

– Certo. Por que está me contando isso agora?

– Layth significa leão. Eu o assumi em honra ao meu filho.

Ela se aproximou, atraída pelo inegável luto dele.

– O nome combinava tanto com ele quanto combina com você?

O sorriso dele pareceu triste demais.

– Combinava. Ele era um menino muito corajoso. Altamente inteligente. Sempre em movimento e, por vezes, em apuros. No entanto, ele tinha um lado muito carinhoso. Herdou isso da mãe.

– Herdou parte disso de você.

O comentário atraiu o olhar dele.

– Como pode acreditar nisso se sabe quem sou e o que sou capaz de fazer?

Ela quis berrar de frustração.

– Isso não é fundamentalmente quem você é, Rayad. É uma força amargurada que leva você a tentar ser esse homem. Você nunca vai conseguir, porque, acredite ou não, ainda existe muito bem dentro de você.

– Estou além da redenção – disse ele ao estender o braço para apagar a luz.

Novamente, mesmo sabendo que não devia fazer isso, Sunny apoiou o rosto no peito dele.

– Você está muito enganado. Está claro que você amava sua esposa, e suspeito de que ela também amasse você.

– Você está correta. Eu a amei na primeira vez em que pus os olhos nela.

Por um lado, Sunny não sabia ao certo se queria saber todos os detalhes. Por outro, aquela era a oportunidade de finalmente vislumbrar o verdadeiro homem por trás daquela fachada de aço.

– Quando foi que vocês se conheceram?

– Na noite em que nossos pais anunciaram nosso noivado.

Incrível. Um casamento arranjado que dera certo até o destino lhes pregar uma peça.

– Com que idade vocês se casaram?

– Eu tinha 19, e ela mal havia completado 18 anos. Layth nasceu dois anos depois. Foi o dia mais monumental da minha vida. – Ele parou e inspirou fundo antes de continuar. – Eu me lembro da sensação da primeira vez em que segurei meu filho nos braços. Eu me recordo do primeiro sorriso dele, do dia em que deu seus primeiros passos, quando retornei de uma missão de um mês. Durante muitos anos, rejeitei essas recordações, mas, ultimamente, não consigo fazer isso.

– Você não deve negá-las, Rayad. Permitir se recordar ajuda você a finalmente se recuperar.

– A perda deixou uma ferida que jamais se curará em meu coração.

– Você já chorou por eles alguma vez?

– Não. Eu temia não conseguir parar se começasse. Homem nenhum deve viver o suficiente para enterrar sua amada esposa e seu filho.

O leve tremor na voz dele fez Sunny querer chorar por ele. Em vez disso, se aproximou e o abraçou com mais força. Eles permaneceram um longo tempo assim, até Rayad puxá-la para si e beijá-la com a toda a paixão que ela passara a conhecer nos braços dele. Eles logo estavam nus, tocando um ao outro sem comedimento. E, quando chegou a hora de consumar pela última vez a união temporária e turbulenta deles, Sunny deixou de lado seus próprios medos e o puxou para cima de si. Ela se deleitou com o peso dele, com a proximidade de seu poderoso corpo enquanto ele se movimentava dentro dela. Recebeu de bom grado seu clímax, adorando a maneira como ele disse o nome dela ao encontrar a própria liberação. Ela o amava, e ponto final, do fundo de seu coração, de sua alma.

Depois de tudo, Rayad ficou tão imóvel que ela achou que ele tivesse adormecido. Contudo, ele ajustou sua posição ao lado dela, apoiou o braço sobre o abdômen de Sunny e o rosto no ombro dela. Foi quando ela sentiu a umidade em sua pele. Foi quando soube que ele finalmente cedera às lágrimas que já estavam muito atrasadas. Foi quando ela começou a ter esperanças de que talvez a recuperação tivesse começado de fato.

– ACORDE, SUNSHINE. Está acontecendo!

Sunny abriu os olhos, olhou de relance para Piper e, em seguida, recordou-se da visita de Rayad na noite anterior. Ela virou a cabeça, viu apenas um espaço vazio ao seu lado e, pela primeira vez, apreciou o hábito dele de se esgueirar para fora da cama sem acordá-la.

Ela se sentou, recostada na cabeceira, e bocejou.

– Certo, Pookie. Por que você está tão ouriçada?

– Maysa entrou em trabalho de parto. Na realidade, ela passou a noite inteira em trabalho de parto. O médico disse que o bebê deve nascer a qualquer momento.

– Por que você não está no hospital?

Piper revirou os olhos.

– Ela não está no hospital. Está no quarto dela. Aparentemente, a tradição dita que o futuro rei nasça no palácio, a não ser em caso de emergência.

– E se ela precisar fazer cesariana?

Piper se acomodou na beira da cama.

– Segundo Rafiq, eles já se prepararam para isso e montaram uma sala de cirurgia improvisada no porão. Tem uma ambulância de prontidão. Mas parece que ela vai dar à luz sem nenhum problema.

Sunny jogou as cobertas para longe.

– Vou tomar um banho rápido e encontro você.

– Vou esperá-la no segundo andar, na sala de estar da família – disse Piper enquanto ia até a porta. – Mas ande logo. Quero que você esteja presente quando o bebê chegar. Ninguém sabe se é menino ou menina.

– Aposto que é um ou outro – respondeu Sunny, mas o comentário sarcástico não foi ouvido por ela.

Por mais que Sunny gostasse de Rafiq e Maysa, ela não estava com humor para comemorar um nascimento. Entretanto, a ideia de ver Rayad novamente a tirou da cama para realizar sua rotina matinal.

ELE NÃO queria estar ali. Entretanto, a lealdade à família sobrepujava suas vontades e desejos. Ele já vinha observando o relógio fazia mais de uma hora, quando não estava pensando em sua noite com Sunny.

Como se essas lembranças tivessem ganhado vida, ela apareceu na porta usando o *kaftan* azul que ele comprara para ela no vilarejo e um par de sandálias douradas. Ela estava linda, assim como estivera na primeira vez em que ele a vira, sob o pórtico do palácio. Seu cabelo loiro se encaracolava em torno de seus ombros esbeltos, fazendo-o pensar em todas as vezes que a beijara ali. Rayad fez uma jornada visual pelo rosto dela, seu olhar se fixando nos lábios dela para descobrir que o sorriso de Sunny estava ausente. A culpa disso era dele, e também pela tristeza nos olhos dela.

Acompanhando o resto dos homens presentes no recinto, Rayad se levantou, lutando contra a vontade de ir até ela e beijá-la com todas as suas forças. Era por esse motivo que achava melhor evitá-la a todo custo.

Numa peça pregada pelo destino, ela atravessou o recinto e se acomodou na poltrona ao lado da dele.

– Finalmente conseguiu dormir? – perguntou ela com um sorriso.

– Um pouco – murmurou ele. – E você?

– A mesma coisa. Tudo bem com você?

Ele entendeu que ela estava falando de seu colapso emocional, um assunto que não desejava abordar.

– Estou pronto para retornar às minhas responsabilidades.

– É claro que está.

O veneno no tom dela o encheu de pesar, deixando-o dominado pela vontade de poder ser o homem que realizaria todos os desejos dela. Uma tarefa impossível.

Quando a conversa cessou, Rayad pegou uma revista na mesinha de canto e fingiu ler. O quarto permaneceu vibrando com as especulações em relação ao sexo do bebê, criando uma atmosfera que atrapalhava a concentração dele. A proximidade de Sunny também não ajudava em nada.

Se ao menos ele conseguisse encontrar uma desculpa para ir embora antes do parto. Contudo, isso seria óbvio demais. Se ao menos a rainha se apressasse...

– Senhoras e senhores, um minuto de sua atenção, por favor.

Rayad ergueu o olhar da revista para ver Deeb, o assistente executivo do palácio, um homem de óculos e que estava ficando calvo, parado na entrada. O homem pigarreou duas vezes antes de obter a atenção de todos.

– É com grande orgulho, e com a bênção dos pais, que lhes apresento o mais novo filho da realeza de Bajul, o príncipe Ahmed ibn Rafiq Mehdi.

Um filho. Rayad ficou paralisado no instante em que Rafiq entrou no recinto, um bebê aninhado em seus braços. Todas as lembranças que ele se esforçara tanto para manter afastadas retornaram com tudo. A multidão reunida em torno do recém-nascido impossibilitava qualquer ideia de fuga, e ele se deu conta de que Sunny era quem estava comandando a comemoração.

– Posso segurá-lo? – perguntou ela, e Rafiq realizou o desejo dela, embora Rayad achasse isso estranho, já que eles não tinham nenhum vínculo de sangue.

Ele também achou estranho o fato de ela parecer estar se aproximando dele, seu olhar fixo. Ele ficou completamente perplexo quando ela chegou e lhe entregou a criança.

– No final das contas, é isto que importa, Rayad. Este novo bebê é um sinal de que a vida segue em frente mesmo durante os tempos mais difíceis.

Ele baixou o olhar para a criança adormecida e se recordou, não com amargura e pesar, mas com felicidade. Em silêncio, ele deu boas-vindas ao bebê àquele mundo e rezou para que nenhum mal jamais lhe acontecesse. No entanto, quando a dor da lembrança se tornou grande demais, ele teve a intenção de devolvê-lo a Sunny, mas não a encontrou.

E Rayad ficou ali, segurando uma criança que não era sua e já quase sem esperanças de ter outra um dia.

CAPÍTULO 10

SUNNY NÃO ficou surpresa quando Rayad entrou com tudo na suíte, pronto para um confronto. Esse fora o plano dela desde o início. Uma chance de implementar sua última tentativa.

– Você não tinha o direito, muito menos motivo, de me fazer sofrer aquela agonia – disse ele, sua voz cheia de fúria.

Ela continuou guardando seus itens de higiene pessoal, como se ele tivesse lhe dito que apreciara o gesto.

– Gostando disso ou não, você precisava acordar para a vida.

Ele atravessou o quarto e parou diante da cama, os punhos cerrados ao lado do corpo, como se quisesse socar alguém.

– Essa decisão não é sua.

Ela o olhou apenas de relance antes de retomar os preparativos para sua partida.

– Alguém precisava fazer isso, Rayad, e achei melhor que fosse eu.

– Estou ressentido da sua intrusão.

Depois de fechar sua bolsa, ela a pegou calmamente na bancada e a colocou no chão, junto da mala maior. Foi apenas então que Sunny voltou toda a sua atenção para ele.

– A partir de amanhã, já não vou mais estar aqui. Vou estar fora da sua vida de vez.

– Aonde você vai?

Engraçado, ele parecia quase decepcionado.

– Vou voltar para Atlanta e, depois, ao trabalho.

– Por que tão cedo?

– Achei que isso fosse óbvio. Este palácio não é grande o suficiente para nós dois. Enquanto você estiver aqui, não vou conseguir te superar, e isso é inaceitável. Mas, antes de ir, preciso dizer algumas coisas.

Ele se acomodou na poltrona no canto, cruzou suas pernas, cobertas por uma calça social, como um homem refinado, e disse:

– Por favor. Fique à vontade. Isso deverá me dar tempo suficiente para me acalmar e não dizer algo do qual me arrependerei mais tarde.

Sunny optou por ficar perto da cama, onde ele estivera antes, para fazer seu último esforço antes de desistir.

– Em primeiro lugar, eu sinceramente não tive a intenção de magoar você hoje te entregando o bebê. Eu só queria forçar você a perceber que a vida se renova, se você permitir que isso aconteça. Foi um erro meu.

Ele passou a mão pelo próprio rosto.

– Já falamos disso antes.

– Em segundo lugar – continuou ela –, eu amo você, Rayad. Mais do que você jamais vai saber. Mas não vou passar nem mais um minuto aqui vendo você morrer um pouco mais por dentro a cada dia porque não consegue se perdoar.

Ele descruzou as pernas e baixou a cabeça.

– Não mereço perdão.

Ela foi até ele, ajoelhou-se e pôs as mãos nas coxas de Rayad.

– Merece, sim. E, um dia, você vai acordar sozinho e perceber que deixou de ter um futuro cheio de felicidade e amor. Você quer mesmo enfrentar isso, ou prefere passar o resto dos seus dias com uma mulher que te ama e te aceita incondicionalmente?

Ele pegou as mãos dela e se levantou enquanto a puxava para seus braços. Eles passaram vários instantes abraçados antes de ele soltá-la e olhar em seus olhos.

– Não entendo o que você vê em mim, Sunny. Também não entendo como você pode ter aceitado tão prontamente minhas diversas transgressões. Estou honrado por ter conhecido uma mulher tão notável.

Ali estava o inevitável adeus. Ela se recusava a verter uma lágrima sequer, embora elas ameaçassem surgir. Preferia deixá-lo de forma agradável, com um sorriso. E foi o que ela fez.

– Não sou tão notável, Rayad. Sou só uma mulher comum que espera encontrar um homem que a ame loucamente um dia.

– Meu desejo é que eu seja esse homem. Como não posso ser, não tenho dúvidas de que você encontrará um homem que a mereça mais.

Agora, era difícil ela imaginar isso, pois encontrara o melhor homem de todos. Uma pena ele não perceber isso.

– Obrigada pela perspectiva positiva sobre o meu futuro companheiro e, acima de tudo, por ter me devolvido minha confiança.

– Ela sempre esteve presente, Sunny. Você não precisou da minha ajuda, apenas de uma pequena força. Não se preocupe, pois não me arrependo dos momentos passados com você, e nosso ato de amor significou mais para mim do que você pode imaginar.

Se ela não se afastasse dele imediatamente, desmoronaria por completo. Num esforço para evitar isso, Sunny foi até a mesa no canto, pegou uma folha de papel timbrado real e anotou suas informações de contato. Ao terminar, ela tentou recuperar a compostura antes de retornar a Rayad e lhe oferecer o papel.

– Este é o meu endereço temporário até encontrar um apartamento novo e o meu celular. Se, por acaso, você for a Atlanta, vá me visitar. E, se mudar de ideia e, por algum milagre, decidir que quer dar uma chance a nós, ligue para mim. Se não decidir, ligue mesmo assim se quiser, só para eu saber que você está bem. Quero dizer, quando você não estiver andando por aí com uma AK-47 atrás de bandidos, claro. – Ela tentou sorrir, mas o sorriso saiu sem humor.

Rayad olhou o papel durante alguns momentos antes de fixar seu olhar no dela.

– Não posso fazer promessas.

– Sei disso – disse ela, seus olhos começando a se encher de lágrimas. – Só me prometa que vai ao menos tentar ficar em segurança.

– Tentarei.

Sunny cedeu à necessidade de abraçá-lo novamente, e, felizmente, Rayad aceitou o abraço. E também lhe deu um delicado beijo que serviu apenas para partir ainda mais o coração dela. Então, ele foi embora sem olhar para trás, sem se despedir.

Depois que a porta se fechou, significando o fim de um capítulo inesquecível da vida dela, Sunny se estirou na cama e chorou.

Já fazia sete longos dias que ela se fora. Sete longas noites durante as quais ele sentira falta da companhia dela.

Rayad só conseguia pensar em uma forma de abandonar todos os seus pensamentos em Sunny McAdams e fazer sua mente retornar à sua constante missão.

Por esse motivo, ele vestiu seu uniforme e procurou seu superior.

– Respeitosamente, solicito meu imediato retorno à atividade, Adan.

O primo dele nem se deu ao trabalho de se levantar da cadeira quando ele entrou no escritório sem anunciar sua chegada. E Adan também não pareceu surpreso com o pedido.

– A resposta é não, Rayad. Você ainda precisa ser liberado pelo médico.

– Estou completamente recuperado.

– Veremos o que o médico diz a respeito disso.

Felizmente, ele se preparara para aquela discussão.

– Eu o encontrei hoje mais cedo, e ele disse que eu estava muito bem. Se não acredita em mim, telefone para ele.

– Sem dúvida, farei isso – disse Adan. – Depois, *eu* vou determinar se acredito que você está não apenas mentalmente, mas também fisicamente pronto para retornar ao trabalho.

Rayad apoiou as mãos na mesa e se curvou à frente.

– Se não me falha a memória, você me convocou de volta ao palácio na semana passada porque precisava dos meus serviços. No entanto, vem me evitando desde o meu retorno.

Adan deixou sua caneta de lado e a viu rolar até o chão.

– Eu menti a respeito da missão.

O sangue dele começou a ferver pela farsa.

– Por quê?

– Por causa da minha preocupação com o bem-estar da minha cunhada.

– Eu não fiz nenhum mal a ela, jamais faria.

– Não intencionalmente – disse Adan. – Mas Piper acredita que você também não a ajudou. Na realidade, minha esposa está convencida de que você é o motivo de ela ter partido antes do planejado.

Ele podia negar aquela suposição. Contudo, isso seria uma mentira.

– Ela está se preparando para retomar a carreira.

Adan inclinou a cabeça e o olhou fixamente.

– Tem certeza disso? Sunny parecia muito mal quando foi embora, sem falar que me informaram que você se aproveitou dela durante sua folga.

Mais um insulto e eles poderiam acabar nas vias de fato, como já acontecera algumas vezes durante a juventude deles.

– Não me aproveitei de forma alguma. Sunny e eu somos adultos, e o que aconteceu entre nós foi consensual.

Desta vez, Adan se curvou à frente e o olhou com irritação.

– Conheço você, Rayad. Depois da morte de sua esposa, você usou seu charme misterioso e esse seu jeito de machão para atrair mulheres para a sua teia. Depois, você as largava de coração partido.

Ele sentiu a necessidade de se defender, apesar da verdade que havia nos ácidos comentários de seu primo.

– O que compartilhei com Sunny foi muito diferente. Ela é diferente. Eu me importo bastante com ela. Mais do que jamais me importei com qualquer outra mulher nos últimos anos. Eu jamais causaria qualquer dor intencional, seja emocional ou física. Ainda assim, não sou o homem certo para ela, e foi por isso que fui obrigado a abrir mão dela, embora detestasse cada segundo disso.

Adan começou a rir de repente.

– Céus, Rayad, você está apaixonado.

Ele ficou rígido com o choque por ouvir seu nome relacionado àquela palavra.

– Eu não disse isso.

– E nem precisou dizer. Está estampado nessa sua cara de apaixonado.

Rayad se deu conta de que Adan tinha razão. Ele se apaixonara pela linda jornalista. E continuava a amá-la. Provavelmente, ele a amaria para sempre. Porém, uma questão ainda o impedia de explorar mais o relacionamento deles; ainda precisava encontrar os responsáveis pelo assassinato de sua esposa e seu filho.

– Independentemente de meus sentimentos, não posso dar voz a eles.

Adan se levantou, fazendo a cadeira com rodízios trombar com a estante atrás dele.

– Você tem algum problema mental, Rayad? É claro que pode dar voz a eles. Não tem nada prendendo você aqui. Tem mais dinheiro do que é capaz de gastar e não tem mais um lar. Vou ampliar sua folga para você pôr a cabeça no lugar e ir atrás dela, assim como fiz quando fui atrás da minha esposa. Não me arrependi dessa decisão nenhuma vez, e você também não vai se arrepender.

A sugestão parecia fazer sentido. Contudo, Rayad tinha várias preocupações.

– Ainda não encontrei os assassinos da minha família. Ela jamais entenderia minha necessidade de cumprir essa missão.

O primo dele se curvou novamente à frente, olhando-o com irritação.

– Talvez esteja na hora de deixar essa missão para trás.

Se Adan tivesse sugerido aquilo antes de Sunny, Rayad teria rejeitado imediatamente a ideia.

– Se eu decidisse mesmo procurá-la, embora eu não esteja afirmando que farei isso, provavelmente, ela se recusaria a me receber.

– Por acaso, minha esposa também me disse que Sunny lhe deu o telefone e o endereço dela – disse Adan. – Uma mulher que não quisesse ver você não faria isso.

Outra avaliação correta, seguida por mais um debate interno.

– Se eu buscasse um relacionamento com Sunny, abriria mão de tudo que conquistei em minha carreira. Abriria mão de vingar a morte da minha esposa, do meu filho.

– E o que você receberia em troca valeria dez vezes mais do que isso. – Adan suspirou. – Só não se esqueça de que a retaliação não vai trazer sua esposa e seu filho de volta, Rayad. Você deve deixar o passado para trás. Do contrário, essa sua fútil missão vai lhe tirar um futuro com Sunny. Honre sua esposa e seu filho aprendendo a amar novamente.

A lógica do primo dele serviu apenas para confundi-lo.

– Levarei seu conselho em consideração, mas não prometo nada.

– Certo, mas não espere demais para decidir. E, caso você resolva fazer uma visita a Sunny, eu mesmo vou levar você aos Estados Unidos.

– Enquanto isso, eu me apresentarei para o serviço na base pela manhã – disse ele ao deixar seu bem-intencionado primo para trás.

Rayad saiu do escritório num estado de turbulência interna. Ele não podia ir até Sunny sem estar preparado para descartar sua necessidade de vingança. Não podia se dedicar totalmente a ela se não aprendesse a perdoar a si mesmo. Não podia seguir com sua vida se não se preparasse para desapegar do passado.

Até que ele tivesse certeza absoluta de que seria capaz de fazer todas essas coisas, retornaria à sua missão apenas com recordações de uma mulher muito especial que o mudara de muitas formas com sua aceitação incondicional. Se essa certeza não viesse, ele enfrentaria o resto de seus dias sozinho. E, pela primeira vez em muitos, muitos anos, essa ideia não o atraiu.

Ele tinha muito a decidir e esperava chegar à decisão correta. Apenas o tempo diria.

QUANDO A campainha tocou, Sunny estava pronta para reclamar com o entregador de pizza por ter levado duas horas para entregar o jantar dela. Já preparada para fazer isso, ela abriu a porta com força, apenas para encontrar não um adolescente magrelo, mas seu ex-amante e durão favorito. Abriu a boca, fechou-a, abriu-a novamente.

– É uma miragem?

Ele abriu um meio-sorriso.

– Nada de miragem. Posso entrar?

– Claro. Sente-se. Relaxe.

Ele a olhou de forma confusa ao passar por ela e se acomodar na poltrona ao lado do sofá. Sunny demorou um minuto para se mexer e estava tremendo tanto que achou que suas pantufas roxas sairiam de seus pés.

Depois que ela se sentou no sofá, olhou-o por um instante, esperando que ele sumisse.

– Se eu soubesse que você vinha, teria feito biscoitos. Ou ao menos vestido algo melhor do que um conjunto de moletom.

– Você está linda, como me lembro de você.

Ele também estava, com seu casaco esportivo azul-marinho, sua calça da mesma cor e uma camiseta branca.

– Você se importaria de me dizer por que está aqui?

– Andei pensando muito desde que você partiu de Bajul.

– Sobre...?

– Nós.

– E...?

Ele se curvou à frente, as mãos unidas diante de seus joelhos afastados, sua posição de costume quando estava prestes a falar muito sério.

– Retornei ao serviço durante alguns dias, mas não consegui deixar de me lembrar do nosso tempo juntos. Não consegui descartar a possibilidade de que o perigo que enfrento com frequência poderia me levar para longe de você permanentemente.

Não vou ter esperanças. Não vou ter esperanças...

– Mas não estamos juntos de verdade, Rayad.

– E é por isso que estou aqui. – Ele hesitou por um instante antes de falar novamente. – Você tinha razão a respeito de muitas coisas, Sunny, e uma delas envolve minha incapacidade de recuperar minha vida. Quero mudar.

Ela se curvou sobre a mesa de canto e tocou o braço dele.

– Você pode, Rayad. E vai fazer isso.

– Ainda não tenho certeza de que isso seja verdade. Sei que não consigo sem a sua ajuda. No entanto, questiono se seria justo pedir isso a você.

A esperança retornou sorrateiramente, apesar da determinação de Sunny a impedi-la.

– Só posso ajudar se você permitir, e isso vai ser difícil se você estiver determinado a encontrar o assassino da sua família.

– Com a bênção de Adan, eu me afastei do serviço militar.

Novamente, ela ficou chocada.

– Adan sabe sobre nós?

Ele se recostou e esfregou o próprio queixo.

– Sabe. Ele foi essencial no meu convencimento a vir procurá-la. Chegou a ponto de pilotar o avião que me trouxe a Atlanta quando decidi vir.

Da próxima vez que ela visse seu cunhado, ela lhe daria um grande beijo de irmã.

– Mal consigo imaginar essa conversa.

– Ele me disse que se arrependeu de quase ter aberto mão de sua irmã, mas que não se arrepende de tê-la procurado e criado uma vida com ela.

– Está claro que não se arrepende mesmo.

O olhar dele se desviou antes de Rayad fixá-lo novamente nela.

– Você estaria disposta a retornar a Bajul comigo?

– Por que eu faria isso se voltei de lá faz só um mês?

– Porque desejo ficar com você.

– Por quanto tempo?

– Até determinarmos se somos adequados um ao outro.

Não era bom o suficiente, mas estava próximo disso.

– Não posso jogar minha carreira no lixo e fugir com você para o caso de talvez querer um relacionamento sério comigo.

– Você poderia continuar trabalhando em Bajul.

Maldita fosse a lógica dele.

– Isso também não reduz o risco que vou correr, especialmente com o fato de que você nunca disse o que sente de verdade por mim.

– Você correria esse risco se eu lhe dissesse que a amo?

Exatamente o que ela queria ouvir, mas podia acreditar nele?

– Como você sabe que me ama?

Rayad se levantou da poltrona para se juntar a ela no sofá e envolveu o ombro de Sunny com o braço.

– Durante as últimas semanas, meus pesadelos foram substituídos por sonhos com você, nas vezes em que consegui dormir de fato. Você é tudo em que tenho pensado, e a dor de perder você tem sido insuportável. Sei que não mereço seu perdão pela minha falta de consideração, mas eu lhe imploro...

– Cale a boca e me beije, Rayad.

Ele obedeceu, fundindo seus lábios aos dela num beijo cheio de significado e paixão.

Quando eles se afastaram, Sunny fez a principal pergunta em sua mente.

– Se eu decidir voltar com você, onde vamos ficar?

– Isso é um dilema. Eu ofereceria a caverna, mas ela logo estará cheia de cadetes militares. Talvez eu devesse passar algum tempo aqui. Vi pouco dos Estados Unidos e nunca explorei a Geórgia.

– Você acredita mesmo que podemos fazer isso dar certo mesmo tendo nos conhecido há tão pouco tempo?

– Você ainda me ama?

Ela apoiou a cabeça no ombro dele.

– Amo, sim.

– E sempre irá aceitar meus defeitos e fracassos?

– Se você aceitar os meus.

– Então, acredito que temos uma chance de ter um futuro iluminado.

– Eu também acredito. – E era verdade.

– Um dia, espero ter outro filho.

Foi apenas então que Sunny teve certeza de que ele estava pronto para seguir em frente.

– Eu também quero ter filhos um dia.

– Fico feliz por ouvir isso. E é melhor que você saiba que, num futuro bem próximo, planejo fazer de você minha noiva.

Ela recuou e o olhou fixamente.

– Calma aí, cowboy das arábias. Vamos mais devagar. Primeiro, precisamos nos conhecer melhor antes de pensarmos em seguir esse caminho.

Ele deu um beijo no rosto dela.

– Concordo. No entanto, eu lhe aviso que não sou sempre um homem paciente e posso ser muito persuasivo.

– Talvez seja verdade – respondeu ela. – Mas você vai precisar de mais do que palavras bonitas e um ótimo sexo para me convencer de que precisamos nos casar logo.

Ele deu uma piscadela para Sunny e abriu um sorriso absurdamente sensual.

– Veremos.

Ela retribuiu a piscadela.

– Veremos mesmo.

– PELO PODER a mim concedido pelo grande estado da Geórgia, eu os declaro marido e mulher.

E ali, apenas três meses depois, no gramado de uma deslumbrante mansão do período pré-Guerra, diante de alguns amigos e parentes, Sunny McAdams-Rostam engoliu seu orgulho e a própria língua.

Felizmente, o beijo que seu novo marido deu em seus lábios fez a decisão de mergulhar de cabeça na felicidade matrimonial valer totalmente a pena. Assim como o fato de ele estar incrível de smoking. E ele era ridiculamente rico. Tão rico que comprara para ela a casa que servia de pano de fundo para a cerimônia. Não que o dinheiro dele importasse. Jamais importaria.

Essa riqueza, porém, permitiu que eles tivessem uma demorada lua de mel em Milão após a cerimônia, conforme a sugestão de Adan, que, sendo o padrinho, acompanhava-os enquanto eles retornavam pelo corredor com a madrinha, a irmã gêmea de Sunny, de braços dados com ele.

Quando eles passaram pela última fileira de cadeiras, Sunny se curvou na direção de Rayad e sussurrou:

– Acha que tem cavernas na Itália?

– Tenho certeza de que, se tiver, nós as encontraremos.

Eles gargalharam juntos enquanto caminhavam até o gazebo onde a recepção estava acontecendo. Ao chegarem, pararam para uma foto com os presentes, cumprimentaram alguns convidados e, em seguida, infelizmente, separaram-se quando Adan levou Rayad consigo para uma conferência militar improvisada.

Piper se aproximou dela e lhe deu um abraço.

– Você está fantástica com esse vestido de noiva, Sunshine. Você ficou muito bem de cetim e sem alças.

Sunny observou o vestido de madrinha da barra até a gola.

– Você também não está tão feia assim, Pookie. E disse que não ficava bem de vermelho...

– Estou parecendo um tomate gigante – disse ela, a mão indo automaticamente para a barriga. – As coisas só vão piorar quando eu entrar no segundo trimestre.

Ela abraçou sua irmã novamente.

– Mal posso esperar para ter outro sobrinho ou sobrinha.

– E eu mal posso esperar para parar de vomitar todas as manhãs, tardes e noites. – A expressão de Piper ficou solene. – Está feliz, Sunny?

– Nem consigo dizer o quanto. Nunca imaginei que fosse encontrar alguém tão em sintonia comigo e, de muitas formas, tão parecido.

– Quer dizer que ele é teimoso e fica de mau humor de manhã?

– Muito engraçadinha, Pookie.

– Vá catar coquinho, Sunshine.

– Honestamente, quero mesmo comer alguma coisa. Ultimamente, parece que nunca fico satisfeita.

Piper a olhou com desconfiança.

– Existe algum motivo para isso?

Ela devia ter imaginado que sua irmã gêmea descobriria seu maior segredo.

– Sim, existe, mas ainda não contei a Rayad.

– Você também vai ter um bebê?

Sunny segurou o braço de Piper e a puxou para longe dos convidados.

– Por favor, fale baixo. Não quero ter que explicar isso para vovó e vovô, e não quero mesmo que o meu marido receba essa notícia de um desconhecido antes de eu contar.

– E que notícia seria essa?

Sunny desviou a atenção de sua irmã e a voltou para o marido em questão, que estava à esquerda dela.

– Uma coisinha que fiquei sabendo faz dois dias.

Piper recuou, uma expressão envergonhada no rosto.

– Acredito que essa seja a minha deixa para dar aos noivos um pouco de privacidade. – Em seguida, ela teve a audácia de dar um abraço em Rayad e dizer: – Parabéns pelo casamento e pelo que você vai ficar sabendo já, já.

Quando Piper se afastou quase correndo, seu curto rabo de cavalo balançando com a brisa de março, Rayad se virou para Sunny, seu rosto marcado pela confusão.

– Pode, por favor, explicar o que ela quis dizer com aquele comentário?

Ela deixou o buquê de lado, num banco, e deu o braço a ele.

– Sim, vou ficar muito feliz em contar. Enquanto damos uma volta.

Eles passearam pelos jardins bem-cuidados, banhados de dourado pelo sol poente.

– Ainda não acredito que você me deu este lugar de presente de casamento – disse Sunny depois de algum tempo.

– Nada é demais para minha noiva – respondeu ele. – Pessoalmente, eu não consigo acreditar que você continua evitando me dar essa notícia.

Aquilo exigiria muita coragem e uma mudança lenta de assunto.

– Andei pensando... Quero colocar uma piscina nos fundos da casa. Fica bem quente em Atlanta durante o verão, meio parecido com o deserto.

– Essa é a sua notícia?

Ela engoliu em seco.

– Já vamos chegar a esse ponto. Também andei pensando que o quintal lateral seria um bom lugar para colocar um playground com balanços, escorregadores e talvez um trepa-trepa. Claro, nós iríamos esperar até voltarmos da lua de mel para fazer isso.

– E por que precisaríamos de um playground neste momento?

Sunny deu de ombros.

– Bem, Sam vai usá-lo quando Piper e Adan o trouxerem para nos visitar. Zain e Madison gostariam de ter um lugar onde os gêmeos pudessem brincar quando vierem mais para o final do verão, já que eles não puderam vir ao casamento. E, claro, Rafiq, Maysa e o garotinho deles vão voltar aqui em algum momento. Além disso, também vamos precisar colocar um balanço de bebê para o nosso filho ou filha até o ano que vem.

Ele parou de súbito e a virou para si.

– Você estaria disposta a conceber uma criança daqui a menos de um ano?

A hora da verdade chegara.

– Nós já concebemos uma criança, querido. Essa é a minha notícia de verdade.

Diversas emoções passaram pelo rosto dele, começando pela confusão e terminando com a ciência.

– Você está grávida?

– Estou, sim. Cerca de seis semanas. E, só para você saber, eu não planejei isso. Mas me esqueci de tomar a pílula dois dias durante todo o caos do planejamento do casamento. – Quando ele não esboçou nenhuma reação, ela começou a ficar preocupada. – Como está se sentindo depois dessa bomba?

– Preocupado – respondeu ele. – Com medo.

Não era o que ela esperara ouvir.

– Do que você tem medo?

– De que eu talvez não consiga manter vocês dois em segurança o tempo inteiro.

Ela tocou o rosto dele.

– Rayad, a vida não vem com garantias, mas mães têm bebês todos os dias sem incidentes. Veja só Maysa. Ela deu à luz naturalmente a um bebê de três quilos. Os dois estão bem.

– Entendo isso, mas, ainda assim, não consigo evitar me lembrar de meus fracassos.

Ela não precisava perguntar a respeito dos supostos fracassos.

– Vai demorar para superar isso, querido, e vou estar ao seu lado durante todo o caminho. Só espero que, quando você segurar nosso bebê nos braços pela primeira vez, perceba que recebeu uma segunda chance.

Ele pegou as mãos dela e tocou a aliança que ele pusera ali menos de uma hora antes.

– Prometo que não retornarei.

– Às forças armadas.

– Ao lugar onde fiquei preso em um inferno criado por mim mesmo. Seguirei com minha vida, contanto que você esteja ao meu lado. E lutarei para protegê-la com todas as minhas forças.

– Sem uso de armas, espero.

Ele finalmente sorriu.

– Nada mais de armas deste momento em diante.

– Eu te amo, meu marido meigo e forte. Sempre vou amar.

– Assim como eu a amo, minha amada esposa. Por toda a eternidade.

Depois que eles selaram o compromisso um com o outro com o segundo beijo da noite, Sunny se sentiu verdadeiramente abençoada por ter encontrado um homem bom de fato por baixo daquele exterior estoico. Seu incrível amante. Seu assassino aposentado. Seu único e verdadeiro amor, agora e para toda a eternidade.

Elizabeth Lane

AMOR INESQUECÍVEL

Tradução
Leandro Santos

Querida leitora,

Escrevendo esse livro, eu me apaixonei pelos meus personagens. Forte e independente, Angie achou um modo de continuar depois que a morte do seu noivo a deixou sozinha e grávida. Agora, lutando para criar o filho, será ela capaz de encontrar a felicidade com um antigo inimigo – o irmão gêmeo do homem que ela amou?

Jordan acreditou por muito tempo que o que Angie amava era o dinheiro do irmão. Agora o seu sobrinho, Lucas, é o único laço que ele ainda tem com o irmão gêmeo. Jordan quer criar o menino como se fosse seu, mas a orgulhosa e teimosa Angie terá que vir com Lucas – e ele não consegue parar de pensar nela.

Um dos meus personagens preferidos não tem falas. Ele é um cachorro adotado, salvo da condenação à morte pelo amor de um menino. Espero que a história do Rudy inspire alguém a adotar um animal sem lar ou apoiar um grupo que ajude esses animais inocentes.

Boa leitura!
Elizabeth Lane

CAPÍTULO 1

Santa Fé, Novo México

– Tem certeza sobre o menino... e a mãe? – Jordan segurou o telefone com mais força.

– É o senhor que precisar ter certeza, sr. Cooper. – A voz do detetive particular estava inexpressiva. – O pacote está a caminho do seu rancho. Certidão de nascimento, históricos hospitalares, o endereço da mãe e várias fotos particulares. Depois de ver tudo, o senhor pode tirar suas próprias conclusões.

– Vou transferir seu pagamento assim que vir os documentos. Obrigado.

Jordan encerrou a ligação. O pacote chegaria de Albuquerque em uma hora. Se a intuição dele estivesse correta, conteria uma bomba jurídica e emocional suficiente para explodir o mundo bem-ordenado dele.

Ele olhou pela janela de seu estúdio para o rancho que se estendia até o horizonte. Ao longe, as montanhas Sangre de Cristo reluziam sob o sol de novembro. Aquelas eram as terras dos Cooper havia mais de cem anos. Quando a mãe dele morresse, elas passariam para o nome dele, sendo o único herdeiro do espólio da família. Ao menos fora o que ele pensara. Contudo, o relatório confirmara suas suspeitas...

Não era tarde demais para desistir. Quando o pacote chegasse, ele poderia queimar aquela maldita coisa sem abri-la. Entretanto, ele destruiria apenas o papel. Nada seria capaz de apagar a lembrança de Angelina Montoya e nem mudar a realidade do que ela fizera com a família dele.

Especialmente agora.

Os olhos de Jordan se voltaram para a parede mais afastada, vazia, a não ser por um grupo de fotos de família emolduradas. A maior delas mostrava dois jovens sorrindo. Suas feições eram tão parecidas que um visitante teria dificuldade de dizer qual deles era Jordan e qual era seu irmão, Justin.

Quando a foto fora tirada, os dois ainda eram próximos. Três anos depois, Justin se apaixonara por Angie Montoya, hostess de um sofisticado restaurante mexicano. A determinação dele de se casar com ela dividira a família.

Convencidos de que a mulher era uma interesseira, Jordan e seus pais tinham feito de tudo para separar o casal. A rixa resultante entre os irmãos nunca se desfizera. Ao voltar às pressas para casa de uma viagem de esqui na véspera do aniversário de Angie, Justin entrara com seu avião numa tempestade e colidira com uma montanha em Utah.

A tristeza levara o pai de Jordan prematuramente ao túmulo, fazendo da mãe dele uma mulher amargurada. Quanto a Angie Montoya, ela simplesmente desaparecera... até a semana anterior, quando, depois de quase quatro anos, Jordan se deparara com o nome dela. Ao investigar mais a fundo, ele encontrara uma foto que o fizera telefonar imediatamente para o melhor detetive particular do estado. Agora, ele receberia suas respostas. Certamente, o relatório confirmaria aquilo de que Jordan já suspeitava.

Angelina Montoya não apenas roubara Justin da família dele... mas também roubara o filho de Justin.

Albuquerque

– Você está desenhando faz um bom tempo, Lucas. – Angie girou sua cadeira do computador para voltar toda a sua atenção a seu filho. – O que é?

Lucas mostrou o desenho: três bonequinhos rústicos rabiscados com giz de cera.

– É a nossa família. O pequeno sou eu. A de cabelo preto comprido é você.

– E quem é aquele lá no alto? – Já prevendo a resposta, Angie sentiu um embargo na garganta.

– É o papai. No céu. Ele está cuidando da gente.

– Isso mesmo. Quer colocar na geladeira?

– Quero. – Segurando sua obra-prima, o menino foi até a minúscula cozinha. Angie conteve a emoção. Não era fácil conviver com recordações diárias de Justin. No entanto, ela quisera se certificar de que Lucas não sentisse que não tinha pai. Ela mantinha a foto de Justin num porta-retratos ao lado da cama do menino e um álbum de foto na estante, ao alcance dele. Os pequenos dedos dele já tinham deixado as folhas desgastadas.

A maioria das fotos mostrava Justin e Angie juntos ou Justin sozinho. Não havia nenhuma imagem da família de Justin. Depois da forma como eles a haviam tratado, Angie não quisera saber deles... especialmente de Jordan.

Fora Jordan quem aparecera no aniversário dela com a notícia da morte de Justin. Ele não dissera muito, mas seus modos haviam deixado claro o que ele pensava. Semanas antes, a família oferecera a ela cinquenta mil dólares para largar Justin. Se ela tivesse aceitado, Justin ainda estaria vivo.

Angie jamais esqueceria a amargura naqueles olhos cinzentos cheios de desprezo. Como dois irmãos tão parecidos podiam ser tão diferentes? Justin fora terno, amoroso, de riso fácil. Pensar em Jordan conjurava palavras como *frio*, *preconceituoso*...

E *manipulador*. Ela vivenciara em primeira mão essa característica dele.

O som da campainha interrompeu os pensamentos dela.

– Eu atendo! – gritou Lucas.

– Nada disso, mocinho. – Entrando às pressas na sala, ela o tomou nos braços. O apertado apartamento de dois quartos deles cabia no orçamento dela, mas o bairro não era muito bom. Quando alguém batia à porta, Angie mandava Lucas para o quarto até saber que a situação era segura. Talvez até o ano seguinte, se a empresa de web design dela continuasse crescendo, ela tivesse dinheiro para alugar uma casinha. Até lá...

A campainha tocou mais duas vezes. Colocando Lucas para brincar, Angie fechou a porta e voltou correndo. Ela não recebia muitas visitas e não estava esperando companhia.

* * *

JORDAN FICOU tenso quando os leves e rápidos passos se aproximaram. Ver Angie novamente seria constrangedor. Contudo, era o dever dele fazer a coisa certa. Pelo legado de sua família, pela memória de seu irmão... até mesmo por Angie, se o tempo a tivesse deixado menos teimosa.

A tranca foi aberta. Jordan prendeu a respiração enquanto a porta se abria até onde a corrente de segurança permitia.

Olhos da cor do café o olharam fixamente, emoldurados por cílios exuberantes, longos. Jordan quase esquecera a beleza daqueles olhos. Ele os viu se arregalando e, em seguida, semicerrando-se de desconfiança.

– O que você quer, Jordan? – A rouca voz dela, marcada pela tensão, despertou a lembrança dele.

– Para início de conversa, quero entrar.

– Por quê?

Parecia que a teimosia dela não diminuíra.

– Para não ter que falar com você do outro lado dessa porta.

– Não imagino que tenhamos nada a dizer um ao outro.

A paciência de Jordan terminou.

– Você pode escolher, Angie – rosnou ele. – Ou me deixa entrar para conversarmos como pessoas civilizadas, ou posso gritar para o prédio inteiro ouvir. De qualquer forma, só vou embora depois que você me ouvir. Quem sabe não é algo que você queira ouvir?

Ele se preparou para uma resposta mordaz. Em vez disso, ela simplesmente fechou a porta. Jordan esperou. Segundos se passaram antes de ele ouvir o som da corrente. Lentamente, a porta se abriu.

A sala de estar era agradável e limpa, as paredes estavam recém-pintadas. O lugar, porém, não parecia muito maior do que uma das baias de cavalo de Jordan. O prédio estava malcuidado, sem nenhuma segurança. E, na rua, havia adolescentes de aparência perigosa, pichações de gangues nos muros. Se aquilo era o melhor que Angie tinha condições de ter, ela devia estar com dificuldades financeiras.

Não havia nenhum sinal do filho dela. Apenas um surrado livro infantil sobre a mesinha de centro indicava a presença de uma criança no apartamento. Obviamente, ela escondera o menino.

Quando ele entrou e fechou a porta, Angie se posicionou diante dele. Ela estava com uma camiseta preta simples e um jeans desbotado que se ajustava perfeitamente às curvas dela sem ficar apertado de forma provocante. Seu cabelo escuro pendia além dos ombros em sedosas ondas. Ela estava descalça.

E continuava sedutoramente linda. Jordan, porém, soubera disso mesmo antes de seu irmão ter se apaixonado por ela.

Ele se preparou para a recordação daquele momento de fraqueza em seu carro, do gosto das lágrimas dela, do calor de sua boca, do sinuoso encaixe de suas curvas nos braços dele. Fora um erro... um erro que ele não repetira. Jordan se esforçara ao máximo para bloquear essa lembrança. Contudo, esquecer uma mulher como Angie não era fácil.

Ele pigarreou.

– Não vai me pedir para sentar?

– Tem espaço no sofá. – Ela estava claramente desconfortável. Depois que Jordan se acomodou, ela se empoleirou no braço do sofá, do lado oposto.

Ela não confiava nele, e Jordan não podia culpá-la por isso. Contudo, de alguma forma, ele precisava fazê-la ouvir. Precisava fazer a coisa certa... por Justin.

Se ele pudesse ajudar o filho de seu irmão e a mulher que Justin quisera como esposa, talvez a alma de seu irmão o perdoasse... e talvez um dia o próprio Jordan perdoasse a si mesmo.

JORDAN NÃO mudara. Angie observou aqueles olhos gelados, a expressão séria, o cabelo castanho bagunçado com o redemoinho no topo. Se ele sorrisse, ficaria muito parecido com Justin. Entretanto, ela raramente vira Jordan sorrir. Ao menos para ela.

Vê-lo fez a pulsação dela disparar. Jordan tinha o rosto do homem que ela amara. Seu coração, porém, era de pedra.

– Como me encontrou?

– Pela internet. Seu nome estava num site que você projetou para uma gráfica. Por acaso, chamou minha atenção, e fiquei curioso. Cliquei no link para a sua página e vi uma foto sua, trabalhando no computador. E percebi que não estava sozinha.

O coração de Angie murchou. Fora uma vizinha que tirara a foto. No último instante, Lucas se aproximara, e o canto inferior da foto mostrara o topo de cabeça dele.

Um terrível medo a dominou. Ela podia ter recortado a foto. Por que não fizera isso?

A imagem, contudo, não teria dado a Jordan informações suficientes para chegar até ali.

– Você mandou que me investigassem, não foi?

Ele contraiu o maxilar.

– Onde está o menino, Angie? Onde está Lucas?

– Você não tem o direito de perguntar! Lucas é meu filho. *Meu* filho!

– E filho do meu irmão. Tenho uma cópia da certidão de nascimento dele.

Algo desmoronou dentro dela.

– Eu fiz isso por Lucas, para ele saber. Mas Justin... – Ela conteve a emoção. – Ele não chegou a saber que eu estava grávida. Eu ia contar quando ele voltasse para o meu aniversário.

– Então, vocês não se casaram. Nem mesmo em segredo.

– Não. Não precisa se preocupar com isso, Jordan. Não tenho nenhum direito ao precioso dinheiro da sua família. Pode ir embora e nos deixar em paz.

– Você podia ter nos contado. Teria significado muito para os meus pais saber que Justin tinha deixado um filho.

– Seus pais me odiavam! Como eu podia expor meu bebê inocente a toda aquela raiva?

– Quero ver o menino.

Não! O coração de Angie disparou. Ela não recebera nenhum aviso, não preparara Lucas para aquilo.

– Acho que não... – começou ela. Mas era tarde demais. Ela ouviu a porta do quarto se abrindo, e o som de pequeninos passos.

Não havia mais nada que Angie pudesse fazer. Em silêncio e horrorizada, ela viu Lucas chegar pelo corredor para ver quem os visitava.

Seus olhos castanhos se arregalaram. Seu rosto se iluminou de alegria.

– Papai! – gritou ele, atravessando a sala às pressas. – Papai, você voltou!

Papai?

Era a última coisa que Jordan esperava, aquele pequeno pacote de energia correndo em sua direção, enroscando seus braços em torno dos joelhos dele. Uma sensação de impotência o dominou. Céus, o menino pensava que ele era Justin?

Ele ergueu seu olhar para o de Angie. Ela parecia ter levado um forte murro no estômago. Com esforço, ela encontrou a voz.

– Ele tem a foto de Justin. Eu disse a ele que o pai dele estava no céu, mas ele é tão pequeno... – Os olhos dela suplicavam pela compreensão de Jordan.

Com a mão firme, Jordan afastou o menino de suas pernas e o colocou sentado na beira da mesinha de centro. O detetive incluíra algumas fotos, mas todas de longe. Aquela era a primeira vez que ele via o menino com alguma clareza.

Se ele ainda tivesse alguma dúvida de que o filho fosse de Justin, não restava mais nenhuma. Lucas tinha a cor de pele morena de sua mãe. Porém, todo o resto era dos Cooper: o nariz reto, o queixo com um pequeno furo e um indomável redemoinho no topo da cabeça.

Gêmeos idênticos eram cópias genéticas um do outro. Aquele menino era como se fosse filho dele.

Lucas o observou com olhos cheios de veneração, mas seu lábio inferior estava trêmulo, como se ele sentisse que havia algo de errado. Talvez ele estivesse se perguntando por que seu pai, perdido fazia tanto tempo, não estava muito feliz por vê-lo.

Jordan conteve a vontade de ir embora. Ele nunca interagira muito com crianças, não as entendia, nem mesmo gostava muito delas. Contudo, a situação exigia algum tipo de resposta.

– Ouça, Lucas. Não sou seu pai. Sou seu tio Jordan, irmão do seu pai. Nós somos parecidos, mas é só isso. Você entende?

Uma única lágrima surgiu no olho de Lucas e escorreu por seu rosto. Jordan olhou para Angie. A dor estava esculpida em seu rosto lindo e sensual. Desde o instante em que ele a conhecera, flagrara-se imaginando como seria a sensação de beijar aqueles lábios exuberantes e molhados. Então, ele descobrira... para seu arrependimento eterno.

– Venha aqui, Lucas. – Abraçando seu filho ferozmente, Angie olhou com irritação para Jordan. – Você ainda não me disse por que está aqui.

Jordan suspirou. Por onde começar?

– Tenho uma responsabilidade com meu irmão – disse ele. – Justin iria querer que o filho dele tivesse todas as vantagens que o dinheiro pode comprar... uma casa da qual se orgulhar, uma educação de qualidade, oportunidades sociais e culturais... vantagens que você não pode dar a ele.

– Posso dar amor a ele. E, quando minha empresa deslanchar, vou poder dar outras coisas também. Se acha que vou aceitar um centavo do seu...

– Dinheiro não é o que tenho em mente, Angie.

Os olhos dela faiscaram com um inconfundível terror. Ela achava que ele estava planejando tirar o menino dela?

– Ouça – falou Jordan. – Quero convidar você e Lucas... vocês *dois*... para irem morar no rancho. Tem bastante espaço na casa. Vocês podem ter toda privacidade e independência que quiserem. Você pode até continuar com sua empresa de web design se quiser. Quanto a Lucas...

– Pode parar! Isso está fora de questão.

– Eu pedi para você ouvir. Quando eu terminar, você pode decidir.

Com um suspiro, ela tirou Lucas do colo.

– Volte a brincar no seu quarto – falou ela. – Se você for bonzinho, vamos fazer pipoca e ver desenhos hoje à noite.

Quando o menino foi embora, ela se virou novamente para Jordan.

– O que estava pensando quando inventou essa ideia? – Ela exigiu saber. – Sua mãe mal falava comigo quando Justin estava vivo. A minha presença na casa agora, mesmo com Lucas, seria um inferno para ela... e para nós.

Jordan balançou a cabeça.

– Dois anos atrás, depois que meu pai morreu, minha mãe se mudou para um apartamento na cidade. Ela disse que não vai mais voltar ao rancho. Recordações demais.

– Quer dizer que você está sozinho lá?

Jordan se perguntou se ela estaria pensando o mesmo que ele. Eles dois, sozinhos na casa à noite, com Lucas dormindo... Ele abafou essa ideia antes que sua imaginação pudesse ir mais longe. Ele tinha vários motivos para desprezar aquela mulher. Porém, isso não significava que ele não fosse gostar de tê-la em sua cama. Nem que isso fosse acontecer. Ela o odiava por aquele beijo incrível e desastroso tanto quanto ele odiava a si mesmo.

– O rancho nunca é um lugar solitário – disse ele. – Você teria a companhia dos funcionários da casa e do rancho e, claro, um carro. Ficaria livre para ir e vir como bem entendesse.

Ela baixou o olhar para as próprias mãos. No constrangedor silêncio, ele entendeu a tácita pergunta dela.

– Você não me veria muito. Passo três ou quatro dias da semana no meu escritório na cidade. E viajo muito. Mesmo quando eu estou em casa, não procuro companhia.

O único sinal de que ela o ouvira era o rubor em suas bochechas. Ele sabia o que ela devia estar pensando. Droga, ele mesmo pensara isso desde o instante em que a vira.

– Vou deixar uma coisa clara. Se você estiver preocupada comigo, saiba que não vou tocar em você de forma inadequada e nem fazer nada que a deixe desconfortável. Só quero o melhor para o filho do meu irmão.

Ela levantou a cabeça.

– Se quer o melhor para ele, é só ir embora e nos deixar em paz.

– Droga, mulher, olhe à sua volta. Neste bairro, seu garoto nem pode sair para brincar. Pense na vida que ele pode ter no rancho; espaços abertos, animais, pessoas carinhosas que vão cuidar dele...

– Não! Não vou ficar aqui ouvindo você dizer que não sou capaz de criar meu filho sozinha, com meus próprios recursos. Este apartamento pode não ter nenhum luxo, mas estamos perfeitamente bem aqui sem a ajuda de ninguém. Meus pais eram lavradores migrantes. Trabalharam no campo desde o nascer até o pôr do sol para que os filhos deles pudessem ter uma vida melhor. Às vezes, dormíamos no chão. Às vezes, mal tínhamos o que comer. Mas a única coisa que nunca aceitamos foi caridade. E não vou aceitar sua caridade agora.

A impaciência de Jordan explodiu. O que havia com aquela mulher? Ela não entendia que aquilo não era caridade? O rancho era direito de nascença de Lucas, assim como do próprio Jordan.

– Não é caridade. Lucas é filho do meu irmão. Tem direito a...

– Tem direito a aprender o valor do trabalho e a satisfação de conseguir se sustentar no mundo. Ao menos isso eu posso dar a ele. – Ela se levantou, trêmula. – Então, vá embora com a sua oferta. Não precisamos da sua ajuda. Não a queremos.

Jordan se levantou, assomando diante dela. A cabeça de Angie mal chegava à altura do queixo dele, mas ela parecia pronta para lutar. Hora de recuar e se recompor.

Ele assentiu.

– Certo. Eu fiz o que devia. Como você não quer aceitar minha ajuda, tudo que posso fazer é ir embora. Mas, se mudar de ideia...

– Não vou mudar. Tchau, Jordan.

Sem dizer mais nada, ele saiu, ouvindo-a trancar a porta em seguida.

Como ela era orgulhosa! Jordan não conseguiu deixar de admirá-la. Contudo, ao rejeitar a oferta dele, ela tomara uma decisão tola. E não merecia outra chance.

Entretanto, o filho de Justin merecia todas as chances, e dar isso a ele era responsabilidade de Jordan. Ele se recordou da alegria de Lucas quando pensara que seu pai havia retornado. Agora que ele vira o menino, Jordan sabia que não conseguiria lhe virar as costas.

Com um suspiro, ele tirou um cartão de visita da carteira e escreveu seu telefone particular no verso. Ele deslizou o cartão por baixo da porta.

CAPÍTULO 2

ANGIE ESTAVA na cama, olhando a escuridão. A luz da rua atravessava suas persianas de plástico. Lá fora, uma moto arrancou com tudo.

O cartão de Jordan estava no criado-mudo. Ela devia tê-lo rasgado. Não precisaria procurá-lo, pois não tinha nenhuma intenção de aceitar sua oferta. Ela e Lucas estavam bem. Tinham um teto, o que comer e o que vestir.

Contudo, incertezas a incomodavam o tempo inteiro. E se a empresa dela fracassasse? Ela teria sorte se encontrasse um emprego que pagasse o suficiente para que ela pusesse Lucas numa creche decente. E se ela adoecesse ou, ainda pior, se Lucas adoecesse? Ela mal podia comprar remédios. E os anos à frente? Ela poderia pagar cursos para ele? Uma universidade?

E como ele se sentiria quando descobrisse que a família de seu pai era rica, e ela o criara na pobreza, em vez de aceitar a ajuda deles?

Naquele dia, ela recebera uma oferta que poderia acabar com essas preocupações. Para dar uma vida melhor a seu filho, ela precisaria engolir seu orgulho. Se a oferta tivesse vindo da mãe de Jordan, talvez ela a tivesse aceitado, ignorando o fato de que doeria aceitar qualquer coisa de uma mulher que a tratara como lixo.

Sendo assim, por que ela recusara a oferta de Jordan?

Ela sabia perfeitamente bem por quê.

A lembrança daquele fatídico Réveillon surgiu em sua mente. Uma antiga colega de escola dos gêmeos fizera uma festa em casa. Angie e Justin tinham ido juntos de carro. Jordan fora depois, sozinho.

Quando Jordan chegara, Justin já havia bebido o suficiente para entrar no clima da festa. A anfitriã, recém-divorciada, vinha dando atenção demais a Justin. Ainda pior, Justin não parecera se importar com as investidas da mulher. Depois de encontrar os dois agarrados na cozinha, Angie se irritara.

Ela passara por Jordan ao sair da casa. Apesar da animosidade anterior deles, ele surgira como um farol em plena tempestade. Impelida pelo desespero, ela pedira que ele a levasse para casa.

Quando ela se acomodara no banco de couro do carro de luxo dele, Angie se sentira desmoronando.

Naquela mesma manhã, ela vira, incrédula, um sinal de positivo surgir no teste de gravidez que fizera. Ela passara o resto do dia em choque, perguntando a si mesma quando e como contar a Justin. Depois daquela cena, o que ela faria?

Quando Jordan dera a partida no motor, ela enxugara uma lágrima de fúria.

Jordan lhe entregara uma caixa de lenços de papel. Ela não lhe contara o que havia de errado, mas ele parecera ter tirado suas próprias conclusões.

– Sinto muito – murmurara ele, saindo com o carro para a rua. – Amo meu irmão, mas, quando ele bebe um pouco mais, pode virar um canalha.

Quando ele parara diante do apartamento dela, ela já estava chorando feito uma idiota.

Jordan se virara para ela.

– Você vai ficar bem, Angie?

Ela erguera o rosto para a luz, revelando seus olhos inchados, a maquiagem borrada. Seus lábios haviam se movimentado num esforço inútil para falar.

Ele sussurrara algo que podia ter sido um palavrão. Então, subitamente, ela já estava nos braços dele, soluçando no ombro da jaqueta de couro de Jordan.

Ele a abraçara levemente no início, seus lábios tocando o cabelo dela enquanto ele murmurava palavras de consolo. O másculo aroma da pele dele a envolvera com uma aura de calor e segurança. Seus braços eram fortes, sua respiração, um reconfortante murmúrio no ouvido dela. Ela não tinha nenhum motivo para gostar de Jordan Cooper. Naquela noite, porém, Angie precisava dele.

De uma forma como ela jamais teria imaginado.

E ela não podia negar que a culpa pelo que acontecera em seguida fora tanto dela quanto de Jordan.

O rosto dela se inclinara para cima, os lábios se entreabrindo na expectativa. Parecera natural que ele a beijasse. Angie, porém, não esperara o sedento calor que explodira dentro de seu corpo, alastrando-se como um incêndio.

Um grunhido de surpresa escapara dele. À medida que o beijo se aprofundou, os braços dele a envolveram com força. Gemendo, ela segurara a nuca dele, puxando-o para si.

A mão dele entrara no agasalho de Angie. Sobre a fina seda do vestido dela, as carícias de Jordan haviam despertado maravilhosas sensações. Angie gemera quando a mão dele envolvera seu seio. Ela estava perdendo o controle, inebriada de desejo por ele. Quando a ponta do dedo dele contornou a barra do curto vestido dela, as coxas dela haviam se afastado num franco convite...

Mas algo não estava certo, berrara uma voz interna. Aquele homem nunca nem mesmo fingira ser amigo dela. O calculista e oportunista Jordan faria tudo para acabar com o noivado de seu irmão.

Subitamente, tudo fizera sentido. Jordan queria dormir com ela, contar a Justin e, depois, comemorar a vitória quando Justin a largasse.

E ela estava fazendo o jogo dele.

– *Não!* – Ela se afastara dele. Sua mão atingira o rosto de Jordan num forte tapa. Xingando-o das piores coisas em que conseguira pensar, ela saíra do carro. Jordan não tentara impedi-la.

Na manhã seguinte, Justin aparecera à porta dela com flores e desculpas. Mesmo depois de terem feito as pazes, Angie ficara hesitante em lhe contar sobre a gravidez. E nunca falara do que acontecera no carro de Jordan.

A vez seguinte em que ela vira Jordan fora em seu aniversário, quando ele aparecera para lhe dizer que Justin morrera.

Jordan Cooper sempre tinha motivos escusos. E devia tê-los agora também.

O que ele queria? Não ela. Não sexo. Um homem atraente e poderoso como Jordan não teria dificuldade de conseguir mulheres. Provavelmente, ele queria o controle, jurídico e financeiro, sobre o filho de seu irmão. Talvez sobre ela também. Ela seria idiota se fizesse o jogo dele.

Angie não confiava nele.

E também não sabia se confiava em si mesma.

No estacionamento, palavrões e o som de alguém correndo interromperam os pensamentos dela. Um tiro ecoou, seguido por mais dois. Uma bala se alojou num painel abaixo da janela. Outra atravessou o vidro e lascou o batente da porta do quarto.

– Mamãe, estou com medo. – Lucas estava na porta do quarto, segurando seu ursinho de pelúcia. A bala quase o atingira.

– Para o chão! Agora! – Angie mergulhou da cama e puxou seu filho para o chão. Com o coração na boca, ela ficou deitada no tapete, protegendo-o com seu corpo, quando outro tiro estilhaçou a janela, atingindo o colchão. Uma eternidade pareceu se passar antes de ela ouvir sirenes chegando pela rua. Brigas de gangues aconteciam naquela parte da cidade, mas nunca a haviam afetado daquela forma.

Lucas começara a chorar.

– A polícia está chegando, Lucas – sussurrou Angie. – Fique quietinho. Vamos ficar em segurança.

E eles *ficariam* em segurança, jurou ela. Ela tiraria seu precioso filho daquele lugar e lhe daria uma vida decente... mesmo que isso significasse fazer um trato com o diabo.

Avançando lentamente, ela acendeu o abajur, encontrou o cartão de Jordan e pegou o telefone.

Angie estava na sacada, olhando o pátio da imensa casa dos Cooper. Os últimos raios de sol iluminavam as centenárias paredes.

Ela já estivera ali antes. Contudo, com a tristeza da perda de Justin marcando suas lembranças, ela esquecera como aquele lugar era encantador. Tudo ali era perfeito, desde imensas vigas expostas que apoiavam o telhado até os tapetes, da cerâmica tradicional até as duas pinturas de Georgia O'Keefe que ladeavam a gigantesca lareira de pedra.

Agora, Jordan morava ali sozinho. Ele teria noção da beleza que o cercava ou apenas de seu valor? Como exatamente funcionava a mente de Jordan Cooper?

Na noite anterior, quando ela telefonara para ele, ele atendera de imediato, mas seus modos tinham sido tão bruscos que ela suspeitara de que ele não estivesse sozinho. Ao raiar do dia, uma picape chegara com dois homens do rancho. Eles haviam encaixotado os brinquedos de Lucas, o computador de Angie e outros itens pessoais deles, partindo em menos de uma hora. Angie, com Lucas no carro, seguira a picape até Santa Fé, e de lá até o rancho.

Marta, a governanta, dera queijo e *quesadillas* a eles, mostrando-lhes seus quartos no segundo andar da nova ala de hóspedes. A mulher fora friamente educada, o que deixara Angie confusa, até ela recordar que Marta vira os gêmeos crescerem. Justin sempre fora seu favorito.

Não seria fácil morar naquela casa, onde as pessoas a viam como uma inimiga. Lucas, porém, parecia feliz.

Jordan ainda não aparecera. Ele prometera deixá-la sozinha, mas uma palavra de boas-vindas teria sido reconfortante.

Jordan parou na porta, observando Angie, parada diante da balaustrada de ferro forjado. Ela estava com um vestido simples azul-turquesa e sapatos rasteiros. Um casaco branco a protegia do frio do anoitecer.

Por um instante, Jordan se flagrou desejando poder apagar o passado, avançar para cumprimentá-la pela primeira vez. Mas isso era uma fantasia. A realidade era a ausência de Justin, o filho dele... e o erro que mudara tudo.

Entrando, ele pigarreou.

– Ah, você está aqui. O jantar está na mesa. Onde está Lucas?

– Ele comeu uma tigela de cereal e foi dormir faz uma hora. Foi um dia longo para ele.

– Ele está aceitando bem a mudança?

A risada dela soou tensa.

– Para Lucas, isto aqui é um parque de diversões. Nunca o vi tão empolgado.

– E você? – Quando ela começou a caminhar junto dele, Jordan conteve o impulso de passar a mão na base das costas dela.

– O importante não sou eu. Estou aqui por causa do meu filho.

– Não a trouxe aqui para castigá-la, Angie. Do que você precisa?

– Tempo, talvez. Não é sua responsabilidade me fazer feliz, Jordan. Sou adulta e consigo resolver as coisas sozinha.

Eles haviam chegado aos degraus de pedra que desciam até o pátio. Quando ela avançou, seu perfume chegou até ele, uma leve fragrância floral com um toque sensual que o atingiu com tudo, fazendo-o voltar no tempo.

Naquela noite em seu carro, a intenção dele fora apenas reconfortá-la. Contudo, quando Jordan dera por si, a situação fugira do controle. Quando seus dedos haviam tocado a coxa nua de Angie, os ímpetos masculinos de Jordan haviam assumido o controle.

O tapa de Angie o trouxera de volta à realidade. Ele merecera.

Entretanto, a doce e ardente sensação de tocá-la ficara marcada em sua memória... e em sua consciência. Agora, o estrago estava feito, e não havia mais volta.

– Preciso pedir desculpas por ter acordado você ontem à noite – disse ela. – Eu ia esperar até de manhã, mas, depois daquele susto...

– Não, você fez a coisa certa. E você não me acordou. Eu só estava... ocupado.

– Ah...

– Eu ia ajudar você a fazer a mudança hoje de manhã, mas tive negócios importantes na cidade. Acabei de chegar.

– Negócios. – Ela balançou a cabeça. – Justin sempre dizia que seus negócios eram o seu grande amor. Dizia que, às vezes, ele precisava arrastar você para longe da sua mesa para passar tempo com ele e seus pais.

Eles haviam entrado na parte central e mais antiga da casa. A sala de estar estava escura, mas uma luz entrava pela porta aberta da sala de jantar.

– Há mais de uma maneira de cuidar da família – falou Jordan. – Se não fosse pela minha empresa de investimentos, nós estaríamos vendendo terrenos para manter este lugar no azul. Imagine só um monte de casas feias em todas as direções. – Ele parou, deixando o assunto de lado. – Está com fome?

– Morta.

O sorriso de Jordan foi forçado. Bastava estar com Angie para que antigas feridas fossem reabertas; provavelmente, tanto para ela quanto para ele. Naquela noite, os dois estavam fingindo que o passado não existia. Mas por quanto tempo aquela farsa poderia prosseguir até que as máscaras caíssem?

A MESA era imensa, uma relíquia dos dias em que o rancho recebia muitos convidados. Naquela noite, Angie e Jordan estavam sozinhos na ponta mais próxima da cozinha, comendo *paella* de frango com linguiça, salada verde e vinho tinto. Carlos, o tímido e jovem sobrinho de Marta que servira a refeição, fora amistoso. Contudo, ele não estivera ali quatro anos antes. Provavelmente, sequer conhecera Justin.

O olhar dela se voltou para seu companheiro de jantar. Ela nunca tivera problema em discernir Jordan e Justin, especialmente pela maneira como eles se comportavam com ela. Naquela noite, porém, com Jordan se esforçando para ser agradável, a semelhança era incrível.

– Minha agenda está livre amanhã – disse ele. – Eu estava pensando que Lucas deve querer conhecer o rancho... com você junto, claro.

Ele não tinha dito que manteria distância? Angie conteve a vontade de argumentar. Lucas adoraria um passeio.

– Que coincidência. Minha agenda também está livre.

– Sei que você já cavalgou um pouco. Podemos levar os cavalos até as nascentes para fazermos um piquenique. Você vai querer levar Lucas no colo. Tenho uma égua mais velha e mansa que vai ser ótima para isso.

– Parece uma boa ideia. – Era típico de Jordan planejar o dia e imaginar que ela simplesmente aceitaria tudo. Justin teria tido a ideia e deixado os detalhes a cargo dela.

O silêncio ficara constrangedor. Angie buscou um novo assunto.

– Estou surpresa por você ainda não ter se casado, Jordan.

– Eu me casei. Há três anos. Nem preciso dizer que não deu certo.

– Posso perguntar o que houve?

– O que era de se esperar. Ela queria uma vida social. Eu estava sempre trabalhando. Eu queria uma família. Ela queria diversão. Outra pessoa apareceu. Não posso dizer que a culpo pelo que aconteceu.

– Você queria uma família? – Aquilo a surpreendeu.

– Depois que perdi Justin, senti que devia aos meus pais continuar a linhagem dos Cooper. Mas foi uma má ideia. Não tenho paciência para ser um bom marido, muito menos um bom pai.

Angie gelou. Jordan teria levado Lucas até ali para que ele fosse um herdeiro já pronto?

Era um fardo monstruoso para se colocar sobre um menino. Ela, porém, devia ter imaginado o que Jordan tinha em mente. Ele não estava pensando em Lucas. Estava buscando uma maneira conveniente de se livrar de seu dever familiar.

O que isso significaria para ela? Jordan estaria planejando jogá-la para escanteio? E se ela quisesse ir embora? E se ela conhecesse alguém e quisesse se casar? Jordan lutaria para ficar com o filho de seu irmão?

Ela devia ficar atenta e tomar todas as decisões em benefício de seu filho.

Mesmo que isso significasse levá-lo embora dali.

– É melhor eu ir ver Lucas – disse ela, levantando-se. – Ele pode acordar e ficar com medo.

– Vou com você.

– Não, não tem problema. Termine de jantar. – Ela deu meia--volta e adentrou a escura sala de estar. Com os olhos ainda não acostumados à escuridão, ela conseguia discernir apenas o contorno da escadaria, e foi na direção dela.

– Angie! Espere...!

Algo caiu no chão quando ela tropeçou numa mesa de canto. O primeiro e frenético pensamento dela foi o de que ela quebrara algo caro.

O segundo foi o de que ela se machucara. Um forte latejamento veio de um pouco acima de seu joelho. Segurando a própria perna, ela desabou num banco próximo.

– Você está bem? – O rosto de Jordan surgiu da escuridão. Ele se agachou ao lado dela.

– Vou pagar pelo que quebrei – murmurou ela, com os dentes cerrados.

– Está no seguro. Não se preocupe. Vamos ver o que houve com você.

Acendendo um abajur, ele afastou a mão de Angie do ferimento. Quando seus dedos exploraram a protuberância, que começava a inchar, o toque fez o calor subir pelas coxas de Angie. Um úmido latejamento despertou nas profundezas do corpo dela.

– Você está com um hematoma feio – disse ele. – Tem uma bolsa de gelo na cozinha. Espere. Vou pegar para você.

– Não precisa se incomodar. Vou ficar bem. – O coração dela estava disparado. Ela precisava fugir dali.

– Não é nenhum incômodo. – Ele foi rapidamente até a cozinha.

Angie esperou a porta se fechar. Em seguida, levantou-se, mancou até o pátio e fugiu pela escadaria externa.

Lucas estava dormindo na cama de infância de seu pai, seu cabelo escuro espalhado pelo travesseiro. Cheia de ternura, Angie o olhou. Seu filho era tão precioso, tão inocente, e ela era toda a proteção de que ele dispunha.

Tudo que ela queria era o melhor para ele. Mas como Angie saberia o que isso significava? Ele estava mais seguro naquele lugar, sem gangues, sem tiroteios à noite... ou ficaria melhor longe daquele homem frio e calculista cujos objetivos ainda não tinham sido revelados?

Angie vasculhou as caixas empilhadas ao lado da cama, que continham os pertences deles, seus dedos tateando em busca de um formato familiar, a moldura oval.

A lua brilhava além da janela, lançando sua suave luz sobre a fotografia de Justin. Os dedos de Angie tocaram o canto da sorridente boca dele. *Aquele* homem era o pai de Lucas, não o impostor ranzinza e calculista que tentava disfarçar suas intenções. Ela se lembraria dessa verdade nos dias que estavam por vir e se certificaria de que Lucas também lembrasse.

Colocando a foto sobre o criado-mudo, ela a virou na direção da cama, onde o menino a veria quando acordasse. Então, olhando mais uma vez para seu filho adormecido, Angie saiu do quarto.

CAPÍTULO 3

Jordan ainda estava na mesa da cozinha, tomando seu café matinal, quando um duende desgrenhado apareceu na porta. O redemoinho de Lucas estava em pé. Sua camiseta de listras azuis estava do avesso, seus tênis, desamarrados.

Ele olhou para Jordan durante um longo e pensativo momento.

– Você não é *mesmo* meu pai?

– Não sou. – Jordan tentou ignorar aquela desconhecida emoção que sentiu. – Sou seu tio Jordan, e é assim que você pode me chamar. Onde está sua mãe?

– Mamãe está dormindo. – Seus grandes olhos escuros, tão parecidos com os de Angie, percorreram a cozinha. – Estou com fome. O que tem para comer?

Jordan se levantou. Na maioria dos dias, ele só tomava café. Marta só chegaria depois das oito, e ainda não eram nem sete. Ele não podia deixar uma criança passar tanto tempo com fome.

– O que você quer?

– Panqueca.

– Certo, vou ver o que consigo fazer. – Pegando uma caixa de massa para panqueca, Jordan se pôs a trabalhar. As três primeiras panquecas grudaram na frigideira e foram parar no lixo. Na tentativa seguinte, ele deu mais sorte, conseguindo colocar três panquecas respeitáveis no prato de Lucas.

O menino olhou fixamente para as panquecas e balançou a cabeça.

– O que foi? – perguntou Jordan.

– Mamãe faz panqueca de ursinho. Quero um ursinho.

Jordan suspirou.

– Então, como eu faço um ursinho?

– Assim. – Lucas organizou as panquecas para que formassem uma cabeça e orelhas. – Mas a cabeça é maior, e elas estão grudadas.

– Não acredito que estou fazendo isso – resmungou Jordan, ao colocar mais massa na frigideira. Virando com cuidado, ele conseguiu deixá-la inteira. – Assim está bom?

– Não está igual à da mamãe, mas você vai melhorar.

Jordan colocou manteiga e calda no ursinho torto e serviu um copo de leite. Em seguida, sentou-se para terminar seu café morno. Lucas estava atacando as panquecas.

O filho de Justin.

Jordan sentiu o iminente caos. Ele estava começando a perceber como uma criança – e a mãe da criança – afetariam sua vida bem-ordenada. A presença deles ali não seria fácil. Entretanto, se algo pudesse ser feito para quitar a terrível dívida que ele tinha com sua família...

– Lucas Montoya! Procurei você em todos os lugares! – Angie estava na porta, de jeans e camiseta rosa. Estava descalça, de cabelo bagunçado.

Dois pensamentos surgiram na mente de Jordan. O primeiro foi que, mesmo tão cedo, Angelina Montoya continuava sendo uma mulher sexy. Ele poderia se acostumar a vê-la daquele jeito. O segundo, mais sério, foi que ela não dera a Lucas o sobrenome do pai. Cedo ou tarde, isso precisaria ser remediado.

– Tio Jordan fez panqueca de ursinho para mim.

– É? – Ela franziu o cenho. – Não precisava, Jordan. Passei minha vida inteira fazendo o café da manhã do meu filho. Isso não precisa mudar.

Ela o olhava com irritação, como se ele tivesse tentado sequestrar o menino.

– Eu estava aqui, e ele estava com fome. Sente-se. Vou fazer panquecas para você também. Quer de ursinho ou comum? Sei fazer as duas.

– Só café. Eu mesma pego.

– As canecas ficam na segunda prateleira. – Jordan se obrigou a ser irritantemente animado. – Contou a Lucas que vamos cavalgar agora de manhã?

– Cavalgar? No cavalo? Igual aos cowboys? – Toda a atenção de Lucas se voltara para ele.

– Talvez – respondeu Angie. – Primeiro, vamos ver se você consegue terminar o café e arrumar a cama, certo?

– Certo! Vou ser bem rápido, você vai ver! – Ele terminou de comer e correu para a porta. Pegando seu café, Angie foi atrás dele.

Jordan a acompanhou com o olhar. Angie era uma boa mãe: amorosa, firme e protetora. Ela criara Lucas muito bem sozinha. O menino, porém, era um Cooper. Justin iria querer que ele tivesse tudo que aquele rancho e o dinheiro dos Cooper pudessem lhe oferecer.

Jordan estava apenas começando a se dar conta do compromisso que assumira. Aquilo não era algo de curto prazo. O filho de Justin só se tornaria maior de idade dali a 15 anos. No momento, Angie tinha a guarda total do menino. Ela podia ir embora no dia seguinte e levá-lo consigo. Podia conhecer alguém, casar-se e permitir que seu novo marido adotasse Lucas.

Jordan não podia deixar isso acontecer.

Por ora, ele precisava garantir que a mulher ficasse feliz o suficiente para permanecer ali.

Ele não podia trazer Justin de volta e nem desfazer os trágicos eventos que ele ajudara a criar. Contudo, trazer o filho de seu irmão para a família Cooper poderia ser ao menos uma pequena redenção.

ÀS NOVE da manhã, eles já estavam na trilha, com Lucas rindo de felicidade no colo de Angie sobre a dócil égua.

Na última vez em que Angie cavalgara por aquela trilha, ela estivera com Justin. Eles haviam feito um piquenique na cachoeira e amor ao pôr do sol. Agora, era Jordan quem cavalgava ao lado dela no cavalo que ela sabia ter sido o favorito de Justin.

Ela sentiu uma pontada em seu joelho machucado ao se ajustar na sela. Seu rosto se esquentou com a lembrança da noite anterior, da mão de Jordan subindo por sua perna. Na vergonha do momento, ela não se dera conta de como tudo aquilo fora íntimo. Recordando-se agora, a intensidade de sua própria reação a chocou. Ela tentou dizer a si mesma que isso acontecera por ele ser tão parecido com Justin. Contudo, isso não explicava tudo. Justin se fora, e atrás daquele doce rosto havia um homem muito diferente.

De jeans desbotado, camisa xadrez e um surrado chapéu de cowboy, Jordan parecia mais confortável do que Angie jamais o vira.

Pouco foi dito durante o caminho. Era apenas Lucas quem tagarelava, falando com Jordan, fazendo perguntas infantis que Jordan respondia com surpreendente paciência.

– Você é cowboy de verdade, tio Jordan?

– Só brinco de ser cowboy. Mas tem cowboys de verdade aqui no rancho.

– Eu também posso ser cowboy?

– Talvez não de verdade. Mas pode brincar de ser, como eu faço.

– Posso ter um cavalo?

– Lucas – avisou Angie –, não é para você ficar pedindo coisas ao tio Jordan.

Jordan semicerrou os olhos.

– Antes você ter um cavalo, precisa ser grande o bastante para cuidar dele. Vai demorar um pouco. Mas talvez você seja grande o bastante para ter um cachorrinho.

– Um cachorrinho! – Lucas se contorceu de felicidade.

– Se a sua mãe não vir problema nisso, claro.

– Conversamos depois. – Angie olhou com irritação para Jordan. Não que ela se importasse de ter um cachorrinho. Lucas adoraria. Mas por que aquele homem não podia ter perguntado primeiro a ela?

Ela precisava conversar seriamente com ele. O fato de ela ter aceitado se mudar para o rancho não significava que deixaria Jordan assumir o comando de sua vida e nem da de Lucas.

Angie não se permitiria ser enganada pela farsa do "tio preocupado".

Não importava se quatro anos havia se passado. Jordan continuava tendo seus próprios objetivos escusos. E ela jamais poderia confiar nele.

ELES JÁ haviam comido, e Lucas estava deitado na manta, dormindo.

– Parece que vamos passar um tempo aqui. – Jordan se recostou numa pedra e cruzou suas longas pernas.

– Acho que sim. Se o acordarmos agora, ele vai ficar de mau humor.

– Isso não pode acontecer, não é? – O lento sorriso dele foi tão parecido com o de Justin que Angie sentiu um embargo na garganta.

– Sobre o cachorrinho...

A única resposta dele foi um sutil movimento de uma das sobrancelhas.

– Você não devia fazer isso, Jordan. Deixar Lucas com esperanças antes de eu aprovar isso... é injusto. Se eu disser não, vou virar a vilã.

A expressão dele não mudou.

– Por que dizer não? Um amiguinho para brincar faria bem a ele.

– Talvez. Mas essa decisão não é sua. Eu sou a mãe dele. Eu decido quando ele está pronto para ter um animal de estimação.

– Ele é filho do meu irmão. Eu também não devo ter alguma participação nas coisas?

– Filho do seu irmão?! Você o conhece há menos de uma semana. Como pode saber o que seria bom para ele? Você estava presente quando ele nasceu? Você trocou a fralda dele, deu de comer, ficou andando de um lado para o outro quando ele chorava a noite inteira? – Um surto de emoção fez a voz dela falhar.

– Angie, tudo que eu fiz foi sugerir que comprássemos um filhote para ele.

– Agora, ele vai ficar esperando. Você devia ter me perguntado antes. Eu teria dito para você esperar.

– Por quê? Um cachorrinho vai ajudá-lo a se acostumar.

– Até agora, ele está se acostumando muito bem. Mas e se não ficarmos? Você sabe como é difícil alugar um apartamento com um cachorro? Se tivermos que deixar o coitadinho aqui, Lucas ficaria de coração partido.

– E por que vocês não ficariam? – Ele se curvou na direção dela. A pulsação de Angie disparou quando os olhos dele se fixaram nos dela. – Eu já disse para você considerar isto aqui a sua casa... sua e de Lucas.

Angie balançou a cabeça.

– Pode parecer egoísta, Jordan, mas não posso abrir mão da minha vida inteira para criar Lucas aqui. Se as oportunidades me levarem para outro lugar, não vou embora sozinha. Não vou abrir mão do meu filho.

– Mas você não precisa ir embora para encontrar oportunidades. Ninguém disse que você tem que abrir mão da sua vida. Você vai ter um carro. Pode ir à cidade, até trabalhar... e vai fazer novos amigos. Na realidade, vou dar uma festa aqui no final de semana.

– Já até consigo imaginar como vai ser com os seus amigos... a garota latina pobre que foi engravidada pelo seu irmão!

Angie o viu contrair os lábios.

– E você? Você também pode se casar de novo e ter filhos. Aí, Lucas e eu vamos ser só excesso de bagagem. Sua esposa não vai nos querer aqui.

– Droga, Angie, por que você está dificultando tanto as coisas para...

As palavras dele desapareceram quando Lucas abriu os olhos.

– Oi, tio Jordan. Está na hora de ir?

– Quando você quiser, amigo.

Ele se sentou.

– Posso ir com você?

Jordan olhou de relance para Angie.

– É sua mãe quem decide.

– Tudo bem. – Jordan podia ter inventado um motivo para recusar. Em vez disso, ele a deixara no possível papel de vilã. Ele era bom nisso; deixá-la numa posição na qual ela não tinha como recusar sem parecer uma pessoa má.

Jordan colocou Lucas na sela e se sentou atrás dele. O sorriso de Lucas foi de orelha a orelha. Angie suspirou. Ela já estava perdendo a batalha para proteger seu filho daquele homem manipulador... um homem que certamente partiria o ingênuo coraçãozinho dele.

JORDAN PASSOU a tarde trabalhando em seu escritório. Ele esperara ver Angie no jantar, talvez melhorar seu relacionamento com ela. Contudo, ele entrou na sala de jantar e encontrou a mesa posta para um.

Carlos lhe explicou que Angie estava trabalhando no computador dela. Ela descera mais cedo e levara uma bandeja para o quarto.

A mensagem era clara. Ele estragara tudo naquela manhã, oferecendo a Lucas um cachorrinho sem perguntar a ela primeiro. Seria prudente pedir desculpas.

Jordan pensou em subir até o quarto dela, mas lembrou que Angie precisava de seu espaço, em que pudesse se sentir segura.

Especialmente dele.

O que dera errado naquela manhã? Ele quisera que o passeio fosse agradável. Angie, porém, estivera arisca, e ele basicamente agira da mesma forma.

Mas Jordan sabia que a causa daquilo não fora de fato o cachorro, mas Justin.

A antiga lembrança lampejou em sua mente; o punho de Justin atingindo seu rosto, uma porta sendo batida. Céus, se ao menos ele tivesse sabido o que aconteceria em seguida...

Ele, contudo, não podia mudar o passado. Podia apenas tentar reconstruir o futuro da melhor maneira possível. Era por isso que ele precisava de Lucas.

Talvez ele devesse revelar tudo a Angie, contar-lhe toda a história. Mas isso seria uma má ideia. Se Angie soubesse a verdade da morte de Justin, do papel que Jordan tivera na tragédia, nunca mais falaria com ele.

JÁ PASSAVA das dez da noite, quando Angie levou a bandeja de volta à cozinha para lavar os pratos.

Na escuridão, ela saiu para o pátio. Um gemido escapou de seus lábios quando ela se acomodou num banco de pedra. Fazia anos que ela não cavalgava, e suas coxas estavam doloridas.

A antiga fonte espanhola cintilava. No céu, a lua pairava acima das montanhas Sangre de Cristo.

– Lindo, não é?

A voz de Jordan, vinda das sombras atrás dela, fez a pulsação de Angie disparar.

– Vi a luz acendendo na cozinha – falou ele. – Precisa de alguma coisa?

Ela balançou a cabeça.

– Senti sua falta no jantar. Especialmente porque tinha planejado pedir desculpas pelo que fiz hoje de manhã.

Um pedido de desculpas do poderoso Jordan Cooper? Ela ficou alerta.

– Eu estava trabalhando. Meus clientes dependem de mim para manter os sites deles atualizados.

– Algo me diz que você trabalha demais. – As mãos dele tocaram os ombros dela, polegares fortes massageando os músculos tensos da nuca de Angie. A voz da cautela sussurrou que Jordan nunca fazia nada sem um propósito. Ela devia se afastar. Entretanto, o toque dele era paradisíaco. Angie fechou os olhos. – Bom?

Ela estremeceu quando os dedos dele passaram pela presilha do sutiã, sob a fina camisa.

– A-hã...

– Como você deve estar dolorida da cavalgada, posso oferecer algo ainda melhor. Tem uma banheira de hidromassagem do outro lado daquele muro. Fique à vontade.

Novamente, a cautela veio com tudo, lembrando a Angie de sua determinação a não ceder às tentativas dele de conquistá-la. No entanto, pensar naquela água morna aliviando a dor dela foi como o canto de uma sereia. Mas era melhor prevenir do que remediar.

– Parece uma ótima ideia, mas...

– Mas você não tem roupa de banho? Sem problema. Tem um vestiário lá. Minha mãe guarda roupões e um cesto com roupas de banho para hóspedes. Você vai encontrar algo que sirva para uma noite escura. Pode ir. Suas desculpas acabaram. Vou esquentar a água.

Aquilo era um erro, censurou Angie a si mesma, enquanto vasculhava o imenso cesto. Cada minuto passado com Jordan derrubava mais um pouco das defesas dela. Ele era tão parecido com Justin, mas tão diferente!

Ela achou a parte de baixo de um biquíni preto que parecia caber nela. O sutiã, porém, era impossivelmente grande. Bem, ela ficaria com sua camiseta cor-de-rosa.

Ela vestiu a peça e tirou o sutiã por baixo da camiseta, jogando-o num banco com o resto de suas roupas. Pendurando um roupão branco no braço, ela seguiu o caminho de pedra que contornava o jardim.

A banheira era feita de pedras nativas, escavada no chão como uma gruta. De um lado, plantas do deserto criavam um ambiente natural. Do outro, havia uma incrível vista das montanhas.

Àquela altura, o ar já ficara frio. Uma cortina de vapor subia da água.

Angie adentrou aquele delicioso calor, afundou até os ombros e fechou os olhos. *Paraíso.*

Sorrindo, ela abriu os olhos. Foi apenas então que percebeu que não estava sozinha. Do outro lado da banheira, Jordan sorria para ela.

CAPÍTULO 4

– EU NÃO sabia que ia ser uma festa. – A voz de Angie estava tensa, seus modos, claramente desconfiados. Talvez ela achasse que ele queria seduzi-la.

Essa não fora a intenção de Jordan. Ele só esperara deixá-la à vontade, talvez relaxá-la o suficiente para uma conversa civilizada. Contudo, ao vê-la daquele jeito, com os cachos molhados emoldurando seu rosto, aquela camiseta cor-de-rosa grudada na pele, ele começou a ter ideias muito erradas.

– Quer um drinque? – brincou ele.

– Não, obrigada. Esta banheira é incrível. Não me lembro dela.

De quando ela estivera ali com Justin.

– Mandei construí-la para a minha mãe, para ajudar na artrite dela. Como Lucas ficou depois do passeio? Ele disse se gostou?

– Só falou disso. Disso e de ter um cachorrinho. – Ela levantou as mãos para jogar o cabelo para trás, erguendo os seios acima da água. O contorno de seus mamilos sob o tecido cor-de-rosa fez Jordan sentir um calor na virilha. Sua crescente ereção forçou a sunga.

Aquilo não estava nos planos. Ele sempre se sentira atraído por Angie e teria agarrado a chance de levá-la para a cama. Ela, porém, era namorada de seu irmão. A não ser por aquele deslize em seu carro, ele fizera um admirável trabalho ao manter seus pensamentos acima da cintura e conter suas mãos bobas.

Agora, ali estava ela, quente, sexy, não mais a mulher de Justin... mas ainda fora dos limites. A ironia o enlouquecia.

Tentar algo com Angie seria uma maneira certeira de convencê-la de que ele não era digno de confiança.

– Você venceu esta rodada, Jordan. – Ela se acomodou novamente na água, poupando a sanidade dele. – Lucas não vai parar de importunar até conseguir o tal cachorrinho. Mas já vou avisando. Se você fizer algo assim de novo, sem perguntar...

– Já aprendi. Podemos procurar um cachorrinho na semana que vem e fazer uma surpresa para ele. Vou pegar uma lista de bons canis.

– *Canis?* Com tantos cachorrinhos meigos esperando em abrigos? De jeito nenhum!

– Mas você não prefere que ele tenha um animal de raça, em vez de um vira-lata?

– Jordan Cooper, eu jamais imaginaria que você fosse um esnobe com cachorros!

O olhar falsamente irritado dela foi tão sensual que Jordan conteve um grunhido. Ele sabia que não podia tomá-la para si. Mas ansiava por tocá-la. Mais cedo, a tensão dos músculos dela sob suas mãos despertara seus sentidos. Agora, o desejo de cheirar o cabelo molhado dela e sentir o acetinado calor de sua pele acabaram com toda a cautela.

– Não chegamos a terminar a massagem. – A voz dele saiu rouca.

Os lábios dela se entreabriram, mas Angie não disse nada para impedi-lo quando ele se aproximou e a fez virar de costas.

Ele a ouviu inspirar fundo enquanto seus polegares aliviavam a tensão da base do pescoço dela. Angie era delicada, quase frágil. Jordan, porém, sabia que, por baixo daquela suavidade, havia um núcleo de aço. Não era bom brincar com Angelina Montoya. E seria bom que ele se lembrasse disso... agora e nos dias que estavam por vir.

* * *

ANGIE CONTEVE um gemido quando os hábeis dedos dele desceram. O que começara como uma inocente massagem no jardim do pátio estava se transformando em algo quente e sensual.

Nos quatro anos após a morte de Justin, ela sequer namorara. No início, ficara de luto. Depois, ocupada demais reconstruindo sua vida, ganhando seu sustento e cuidando de seu filho. Estranho... ela quase esquecera como era ser tocada por um homem.

Vontades adormecidas estavam despertando. A umidade que molhava seu biquíni não tinha nada a ver com a água. O controle dela estava indo embora, e ela não queria impedir isso.

Ela devia dizer algo, dar início a uma conversa trivial para quebrar a tensão. Contudo, sua mente se recusava a formar palavras, e Jordan também não estava falando.

A cabeça de Angie pendeu para trás enquanto ele manipulava a base de sua nuca. Os mamilos dela se contraíram, latejando deliciosamente. Como seria a sensação das mãos dele deslizando para aninhar os seios dela sob o tecido da camiseta? Ele faria aquilo? Que os céus a ajudassem, *ela queria que ele fizesse*?

Os dedos dele haviam chegado à barra da camiseta dela. Deslizando-os por baixo, ele massageou a base das costas dela. O toque de Jordan na pele nua dela fez a pulsação de Angie disparar. Especialmente quando as mãos dele subiram por sua espinha.

E pararam abruptamente.

– Fim da massagem. – Ele recolheu as mãos e se afastou dela. Ela se virou, olhando-o fixamente na escuridão. – Eu lhe fiz uma promessa, Angie. Não pretendo quebrá-la, muito menos na sua segunda noite aqui. Agora, vamos para a cama. Está ficando tarde, e tenho reuniões na cidade amanhã.

Com o rosto em chamas, ela saiu da banheira e enrolou o roupão no corpo. Quando ela olhou para trás, Jordan ainda estava na banheira.

– Você não vem?

– Daqui a pouco. Pode ir. – Ele baixou o olhar para a água. Foi apenas então que ela entendeu. A massagem aparentemente inocente também afetara Jordan... de uma maneira que um homem não tinha como esconder.

Fechando o roupão com força, ela fugiu para o vestiário.

Como ela deixara aquilo acontecer?

Angie estava acordada, no escuro, pensando.

Desde a primeira vez que ela o vira, Jordan Cooper fora seu inimigo. Ele lutara contra o noivado dela com Justin e, como o resto de sua família, provavelmente a culpava pelo acidente de avião de seu irmão. E com razão, lembrou Angie. Se ela tivesse aceitado o dinheiro que ele oferecera para desmanchar o noivado, Justin ainda estaria vivo.

Jordan tinha todos os motivos para odiá-la.

Agora, ela estava sob o teto dele e tinha algo que ele queria: o filho de Justin. Ele já estava entrando na vida do menino, e Lucas, tão sedento pelo amor de um pai, estava sendo enfeitiçado por ele.

Ele também a estaria enfeitiçando?

A massagem "amistosa" a excitara loucamente, deixando-a perplexa, confusa. Agora, Angie percebia que Jordan soubera exatamente o que estivera fazendo.

Como ela pudera esquecer aquele Réveillon no carro dele, quando seus beijos a tinham feito desejar mais? Ele tivera seus objetivos escusos naquela época. E os tinha agora também. Ela era apenas a ferramenta que ele usava para conseguir o que queria. Desta vez, ele a queria mais perto... para poder entrar na vida do filho dela.

Com ou sem a ajuda dela, Jordan já estava progredindo em seus planos. Lucas amava o rancho e estava felicíssimo com a ideia de ter um cachorro. Levá-lo dali para outro apartamento apertado seria arrasador. Ela precisava dar a seu filho aquela chance de ter uma vida melhor.

O toque de Jordan despertara um calor que ardera em todo o corpo dela. Sua semelhança com Justin podia ter explicado isso. No fundo, porém, Angie sabia da verdade.

Naquela noite, na banheira, ela não estivera pensando em Justin.

* * *

JORDAN CHEGOU com seu carro no final da tarde seguinte. Seu coração murchou quando ele não viu o surrado carro de Angie. Ele a teria pressionado demais? Ela teria partido?

O alívio surgiu quando ele lembrou que ela planejara levar Lucas para escolher o cachorrinho. Ao sair do carro, ele viu o velho sedã azul dela chegando pela estrada. Aquele carro precisaria ser trocado. Os pneus estavam carecas, o motor estava prestes a pifar. Ele só podia torcer para que ela não fosse tão teimosa em relação ao carro quanto fora em relação ao cachorro.

Falando no cachorro... Jordan se preparou quando o carro parou do outro lado da pista. Quando ele era mais novo, ele e Justin haviam tido uma linda golden retriever chamada Sunny. Ele quisera encontrar um animal semelhante para Lucas. Contudo, a insistência de Angie vencera.

Ela saiu do carro e soltou Lucas da cadeirinha. O menino saltou dali, segurando uma guia vermelha.

– Olhe, tio Jordan! – Ele puxou a guia, trazendo seu novo bichinho consigo. – O nome dele é Rudy!

O cachorro que saiu do carro já não era mais um filhote e não tinha nenhuma raça discernível. Com sua pelagem curta marrom e branca, orelhas caídas e focinho comprido, devia ser algum misto de sabujo. O tamanho de suas patas indicava que ele ainda cresceria bastante.

Jordan grunhiu.

– Vamos, Rudy! – ordenou Lucas.

O cachorro olhou à volta timidamente. Então, aproximou-se de seu novo dono e enroscou seu magro corpo nas pernas de Lucas. Ele tinha os olhos castanhos mais tristes que Jordan já vira.

Jordan encontrou o olhar de Angie, suas sobrancelhas se erguendo numa tácita pergunta.

– Ele estava com a etiqueta vermelha – falou Angie. – Eles iam sacrificá-lo. Lucas o salvou. Olhe só essa carinha, Jordan. Esse animal era o que mais precisava de amor...

Jordan suspirou. O cachorro não era nada bonito, mas a expressão de Angie foi tão atraente que ele sentiu vontade de tomá-la nos braços e beijá-la até fazê-la gemer.

– Não sabemos por onde Rudy andou – disse ele a Lucas. – Antes de mostrarmos o rancho a ele, o que acha de darmos banho nele? Você pode colocá-lo na garagem enquanto eu troco de roupa e pego uma tina. Acho melhor você também mudar de roupa.

Jordan não pedira a Angie para que o ajudasse a dar banho no cachorro, mas, quando ele retornou ao pátio com a tina de latão, um sabonete e uma toalha velha, ela estava ali, de jeans rasgado e chinelos de borracha. Eles encheram a tina e trouxeram Rudy, que estava grudado nas pernas de seu dono como uma craca, o terror faiscando em seus olhos.

Jordan estendeu as mãos para colocar o cachorro na tina. Rudy recuou, ganindo. Talvez um homem o tivesse chutado no passado. Ele podia ficar mais calmo com Angie ou Lucas. Jordan, porém, não queria correr o risco de que eles fossem mordidos.

– Vamos, garoto. – Jordan pôs a mão por baixo da magra barriga do cachorro, ergueu-o e o colocou dentro da tina. Rudy não tentou mordê-lo. Entretanto, ao primeiro contato com a água, ele se debateu e uivou como um espírito do além.

Sussurrando um palavrão, Jordan empurrou o vira-lata para dentro da água.

– Eu ajudo. Fique aí, Lucas. – Angie começou a ensaboar o cachorro. Parecia que Rudy nunca tomara um banho em sua triste vida. Ele se debateu, jogando água com sabão em todas as direções. Àquela altura, Jordan já estava ensopado da cabeça aos pés. Olhando-o por cima do cachorro, Angie explodiu numa gargalhada. A risada dela era puro encanto, como uma música secreta.

Justin dissera ter se apaixonado na primeira vez em que ouvira Angie rindo.

Lucas começou a gargalhar também. Ignorando o aviso dela, o menino se posicionou entre eles. Agora, todos estavam ficando ensopados. Com o vira-lata que não parava de se contorcer, a água respingando e as roupas molhadas deles, a simples tarefa de dar banho num cachorro se tornara um circo. Jordan sentiu algo estranho em sua garganta. Seria a vontade de rir? Ele cedeu e soltou a risada. A sensação foi boa. Muito boa.

Ainda gargalhando, eles conseguiram terminar o banho e tirar Rudy da tina. Jordan secou rapidamente o cachorro e o colocou na garagem com um velho saco de dormir, um pouco de comida e uma tigela de água.

– Rudy vai ficar bem ali? – perguntou Lucas.

– Vai ficar ótimo. Amanhã, vamos dar uma casinha para ele. – Jordan se recordava de que a antiga casinha de Sunny estava guardada em algum lugar. – Por ora, o que acham de nos secarmos e entrarmos para comer um queijo-quente com chocolate quente?

A ideia lhe ocorreu apenas no instante em que ele falou, mas parecia boa. Marta estava fazendo compras.

Àquela altura, o sol já baixara. Uma fria brisa de outono atravessava o pátio. Dentro da casa, Jordan acendeu a lareira e aproximou as poltronas de couro. Deixando Angie e Lucas no calor, ele foi à cozinha.

Estava fatiando o queijo, quando ouviu a voz de Angie atrás de si.

– Posso ajudar em alguma coisa?

– Pode fazer o chocolate quente. O pó está no armário. – Jordan não precisava da ajuda dela, mas gostava da ideia de tê-la trabalhando ao seu lado. E se divertira muito dando banho naquele cachorro bobo. Fazia anos que aquela velha e solitária casa não ouvia tantas risadas.

Desde que Justin morrera.

– O que Lucas está fazendo? – perguntou ele. – Ele fica bem sozinho?

– Lucas dormiu. Se acordar, sabe vir até a cozinha. – Angie colocou leite numa panela e acendeu o fogão. O toque acidental de seu quadril no dele fez o corpo de Jordan despertar. – Eu queria agradecer a ajuda com o cachorro. Rudy pode não parecer grande coisa, mas Lucas já o ama.

– Tudo que importa é que ele é o cachorro de Lucas.

– Você foi excepcionalmente agradável hoje à tarde.

– *Excepcionalmente?* – A mão dele tocou a base das costas dela. A colher que ela segurava caiu na panela quando Jordan a virou para si. – Não sou um monstro, Angie. Estou me esforçando para fazer você e Lucas se sentirem em casa aqui.

Ela não fez nenhum esforço para se afastar. Seu rosto estava a centímetros do dele, os lábios, entreabertos. A vontade de prová-los foi insuportável para Jordan. Seu polegar tocou o queixo dela, inclinando o rosto de Angie para si. Ele sentiu a pulsação dela disparando quando se aproximou.

Inspirando fundo, ela recuou. Seu rosto estava corado.

– Os sanduíches vão queimar – falou ela, pegando uma espátula.

Jordan conteve um pedido de desculpas. Ele não diria estar arrependido por pôr em prática algo que eles dois queriam. Angie dera todos os sinais disso. Contudo, ele suspeitava de que o recuo dela tinha a ver com algo mais do que a possibilidade de os sanduíches queimarem.

– Isso precisa ser dito, e é melhor eu dizer de uma vez. – Ela voltara a cuidar dos chocolates quentes. – Sei que temos... uma história, Jordan. A maior parte dela é ruim. Quando Justin e eu estávamos noivos, você e seus pais me desprezaram, fizeram tudo para nos separar. Você até me ofereceu dinheiro para largá-lo. Tem ideia de como isso me magoou? Não vou mentir dizendo que não existe química entre nós. Mas não podemos nos envolver... não se você quiser que eu fique. Existe bagagem demais entre nós. Cedo ou tarde, isso atrapalharia.

– Angie, não foi minha intenção...

– Quero terminar. Você me trouxe aqui porque sou a mãe de Lucas. Mas também sou a responsável pela morte de Justin. Se eu tivesse terminado com ele, ele ainda estaria vivo. Lembre-se disso da próxima vez que se sentir tentado a ultrapassar esse limite.

As palavras atingiram Jordan como um tiro de escopeta. Durante os últimos quatro anos, Angie carregara aquele terrível fardo, culpando-se pelo acidente de Justin. Ela merecia conhecer a história toda. Entretanto, como ele poderia lhe contar agora, se a verdade a levaria embora? Ela jamais o perdoaria.

O constrangedor silêncio entre eles foi interrompido por Lucas, que entrou bocejando na cozinha.

– Que cheiro de chocolate quente! Tem marshmallow, tio Jordan?

– Hoje não, mas vou colocar na lista de compras. – Jordan pôs os sanduíches numa bandeja, enquanto Angie enchia duas canecas e uma xícara. Eles comeram diante da lareira. Uma leve chuva atingia as janelas.

Foi agradável. Como uma família, pensou Jordan. Só que ele sentia a tensão se irradiando de Angie. Ela tinha razão. Retomar de onde eles haviam parado naquela noite em seu carro seria uma forma certeira de destruir a frágil trégua deles e trazer de volta a feiura do passado. Eles podiam apenas seguir em frente, como amigos, se possível. Se não, como adversários.

Mas como amantes? Não, jamais daria certo. Não por ele culpá-la pela morte de seu irmão, mas por culpar a si mesmo.

Quando eles terminaram de comer, Lucas começou a ficar com sono novamente. Angie se levantou com ele nos braços.

– Está cedo, mas acho que ele já encerrou por hoje. Vou colocá-lo na cama.

– Você pode voltar – falou Jordan.

Ela balançou a cabeça.

– Passei o dia inteiro longe do trabalho e tenho muita coisa para pôr em dia.

– Não trabalhe até tarde. – Sem ela e o menino, o recinto parecia grande demais, silencioso demais. Vestindo uma jaqueta, ele saiu e guardou no carro as coisas que usara no banho de Rudy. Fora muito divertido, com o cachorro respingando água e eles três rindo feito loucos. Ele quase esquecera como era se divertir... ao menos daquele jeito.

Aquilo fez Jordan lembrar que fazia dias que ele não ligava para Whitney. Durante os últimos meses, ele tivera um relacionamento casual tranquilo com a bela socialite loira... um relacionamento que ele não pretendia tornar permanente. Ela vinha ficando cada vez mais possessiva e exigente. Um telefonema a apaziguaria por ora.

Jordan hesitou com os dedos no teclado do celular e acabou por guardá-lo de volta no bolso. O telefonema podia esperar até o dia seguinte. Ele estaria na cidade. Eles poderiam ter um almoço agradável e descomplicado no *La Fonda*. Ela também viria à festa dele no final de semana, provavelmente esperando passar a noite ali. Com Angie presente, talvez isso fosse constrangedor.

Inquieto, ele olhou as janelas do segundo andar. O quarto de Lucas estava escuro, mas a luz de Angie estava acesa. Ele a imaginou curvada sobre o teclado, trabalhando madrugada adentro. Não havia necessidade de ela trabalhar. Contudo, Jordan sabia que não devia tentar impedi-la. Angie era uma mulher orgulhosa e independente.

Anos antes, ele a descartara, pensando que ela fosse uma interesseira que planejava pôr as mãos no dinheiro de Justin. Agora, ele já sabia que não era esse o caso.

Entrando novamente, ele passou algum tempo analisando os registros do rancho em seu escritório. Ao terminar, já estava cansado o suficiente para dormir.

Mas, antes disso, ele foi ver como Rudy estava.

Jordan saiu para o pátio. A chuva parara. A luz de Angie estava apagada. Ele a imaginou encolhida na cama, seu cabelo como seda preta junto ao travesseiro, seus lábios suaves como os de uma criança adormecida. Aqueles lábios quase haviam sido a ruína dele.

O coração de Jordan disparou quando ele viu que a porta da garagem estava entreaberta.

– Rudy? – Assoviando baixo, ele pegou a lanterna e iluminou o lugar. Não viu nenhum sinal do cachorro de Lucas.

O vira-lata não teria como ter saído da área do pátio. Rudy tinha que estar em algum lugar por ali.

Dando ouvidos a um repentino instinto, ele subiu a escadaria até a sacada. O quarto de Lucas, adjacente ao de Angie, tinha sua própria porta externa. Ela não estava trancada.

Em silêncio, ele abriu a porta. Lucas estava estendido debaixo das cobertas, dormindo. No tapete, Rudy ergueu a cabeça, alerta. Jordan não conseguiu saber ao certo, mas imaginou ter ouvido um leve rosnado.

– Está tudo bem, garoto. Proteja o seu dono. – Jordan sentiu uma estranha pontada de ternura. Ele nunca gostara de crianças. Porém, aquele menininho inocente já estava conquistando seu território no coração dele.

Antes de fechar a porta, ele olhou pelo quarto. Tudo estava organizado: roupas guardadas, livros nas prateleiras, brinquedos dentro do baú. Ao voltar a lanterna na direção da cama, algo fez Jordan parar.

O rosto de Justin sorria para ele num porta-retratos sobre o criado-mudo.

Justin, o irmão bom. O irmão amado. Um ríspido lembrete de que, embora ele tivesse partido, Justin sempre estaria entre Jordan e a família que jamais poderia ser dele.

CAPÍTULO 5

ANGIE TENTARA argumentar para não ir à festa de Jordan. Contudo, ele ignorara os protestos dela. Ela e Lucas eram sua família, insistira ele. Mantê-los escondidos apenas despertaria boatos terríveis. Quanto antes as pessoas soubessem da presença deles, mais rápido aceitariam a situação... e Lucas.

Ele provavelmente tinha razão, admitiu ela, ao se olhar no espelho. Sua roupa, um básico vestido preto, brincos de argola prateados e sapatos vermelhos de salto, davam a impressão de que aquele era o lugar dela. Ela sabia se vestir para uma festa. Mesmo assim, não conseguia deixar de se sentir entrando num covil de leões famintos. Ela não se encaixava nos círculos de Jordan; provavelmente, jamais se encaixaria. Contudo, pelo futuro de Lucas, ela precisava tentar.

A festa era um evento anual. A maioria dos convidados seria composta por parceiros comerciais, dissera Jordan. Contudo, haveria alguns amigos particulares; alguns que haviam conhecido Justin e até mesmo alguns que a conheciam.

Ao olhar pela janela, ela viu carros caríssimos chegando, lembrando-lhe de seu status. Talvez não fosse tarde demais para sumir.

Jordan bateu levemente à porta aberta do quarto dela.

– Pronta?

Ela se virou para ele.

– Isso é um erro, Jordan. As pessoas vão falar.

– Que falem. – Ele foi na direção dela. – Depois do primeiro burburinho, você já vai ser notícia velha. A propósito, você está deslumbrante.

Angie ignorou o elogio.

– Você não precisava ter subido. Sou perfeitamente capaz de descer sozinha.

– E se esconder num canto? Não vou varrer você para baixo do tapete, Angie. Você merece algo melhor. Lucas, também.

Angie engoliu para superar o embargo nervoso em sua garganta.

– Falando em Lucas, já foi vê-lo?

– Ele está na saleta, vendo filmes com Carlos e Rudy. Se você não aparecer antes disso, Carlos vai colocá-lo na cama às nove.

– Obrigada – falou Angie. Ao menos eles concordavam que Lucas não devia ser exposto aos convidados. A notícia de que Justin deixara um filho, por si só, já causaria burburinho suficiente por ora.

No alto da escadaria, a mão firme de Jordan na base das costas dela foi a única coisa que a impediu de fugir.

Àquela altura, a maioria dos convidados já chegara. Cerca de quarenta, todos vestidos elegantemente, comendo aperitivos e tomando coquetéis. Jordan contratara um bufê, mas Marta estava presente, cuidando de sua cozinha. A governanta se afeiçoara a Lucas, mas ainda lançava olhares frios para Angie.

Todos os olhares se voltaram para cima quando Angie e Jordan desceram a escadaria em espiral. O murmúrio da conversa desapareceu.

– Sorria! – sussurrou Jordan. – Você não está indo a um funeral.

Angie compôs sua expressão para transformá-la numa máscara de confiança.

Eles chegaram ao pé da escadaria. Pegando uma taça de champanhe da bandeja de um garçom que passava, Jordan a colocou na mão dela. Angie tomou um pequeno gole, determinada a permanecer sóbria durante toda a noite.

– Chuck, esta é Angie Montoya, noiva do meu falecido irmão. – Jordan a apresentou a um desconhecido de meia-idade, um de seus funcionários. – Ela e o filho estão hospedados aqui no rancho.

A verdade nua e crua em duas curtas frases. O homem murmurou um cumprimento educado, parecendo desinteressado. Talvez Jordan o tivesse escolhido para praticar.

Variações do mesmo tema foram repetidas com mais meia dúzia de convidados. As reações variavam de uma fria educação até curiosidade. Angie puxou Jordan para um canto.

– Tenho certeza de que, a esta altura, todos já estão sabendo – sussurrou ela. – Não precisa mais ficar grudado em mim, Jordan. Vá cuidar da sua festa.

– Você vai ficar bem?

– Pode ir.

Angie ficou sozinha ao lado da pintura de Georgia O'Keefe. Ela tomou nervosos goles de champanhe, resistindo à tentação de ir embora. Isso seria a solução de uma covarde. Ela precisava provar que era capaz de se manter firme em meio àquelas pessoas esnobes.

Seu olhar percorreu o recinto. Ela reconheceu algumas pessoas do tempo passado com Justin, mas a maioria dos convidados era composta por desconhecidos. Uma loira de pernas longas e vestida elegantemente se grudara no braço de Jordan. Ela estava rindo, inclinada na direção dele enquanto equilibrava seu drinque na mão livre. Jordan parecia estar gostando da companhia dela. Angie se recordou do telefonema que ela dera tarde da noite para ele. Quando ele atendera o celular, ela sentira que ele não estava sozinho. Quando Angie fez a óbvia conexão, algo se contraiu dentro dela.

Seria ciúme?

Ridículo! Jordan não lhe pertencia. Ele tinha sua própria vida. Por que isso devia mudar?

– Angie? Meu Deus, é mesmo você! – Quem falara aquilo fora um homem alto, magro e de cabelo claro, amigo de Justin. Ela tentou lembrar seu nome. Travis? Trevor? Isso! Trevor Wilkins.

– Faz tanto tempo – falou ela cautelosamente.

Ele se aproximou.

– Você sumiu depois do acidente de Justin. Sempre me perguntei o que tinha acontecido com você.

– O que aconteceu foi o meu filho. Mas você já deve ter ficado sabendo.

– Ouvi de fato algo a respeito. De qualquer forma, a maternidade lhe cai bem. Você está mais linda do que nunca.

Céus, o homem estava dando em cima dela? Angie recuou na direção da lareira. Trevor acabou com o espaço entre eles. Ela conseguia sentir o cheiro de uísque no hálito dele. Seu olhar se voltou para onde Jordan estava. Ele parecia absorto numa conversa com convidados, a deslumbrante loira ainda de braços dados com ele.

– Sabe, Angie, sempre senti algo por você – dizia Trevor. – Sem Justin aqui, e com Whitney ali com Jordan, pensei que talvez nós...

– O que eu queria mesmo era pôr a conversa em dia com o pessoal – falou Angie, usando uma desculpa qualquer. – Jordan disse que alguns deles viriam. Talvez você possa me ajudar a encontrá-los.

– Claro. Todos vão ficar felizes por rever você. Talvez mais tarde possamos...

– Mais tarde, tenho que cuidar de um menino de 3 anos. Por ora, ele é o único homem da minha vida.

AO VER Angie se afastar de braços dados com Trevor, Jordan sentiu algo se contrair dentro dele. No início, ela parecera precisar ser salva, mas, claramente, Trevor a conquistara. Ela estava conversando, perfeitamente feliz.

E tão sexy que ele sentiu vontade de pendurá-la no ombro e carregá-la para sua cama.

Whitney estava passando suas unhas pela manga do paletó dele numa silenciosa exigência de atenção. A glamorosa loira tinha seus encantos, mas sua insistência em ser sempre o centro das atenções estava começando a irritá-lo. Ele obrigou seu olhar a se voltar para Len Hargrove, o advogado da firma.

– Você não me perguntou, Jordan, mas meu conselho seria esperar. Ter certeza de que o menino é mesmo filho de Justin antes de fazer qualquer coisa oficial. A mãe pode ter inventado esse esquema para se aproveitar da sua família.

– Para se aproveitar? – Jordan precisou se conter para não socar o homem. – Ela nunca me procurou. Eu fui atrás dela. E, quando fiz isso, ela me mandou embora. Só aceitou vir para cá depois que uma briga de gangues acabou com o apartamento dela alvejado por tiros. Isso é se aproveitar?

– Entendo sua solidariedade. Mas você não devia ao menos fazer um teste de DNA?

– Para provar o que já sei?

– Ter certeza nunca faz mal.

– Eu *tenho* certeza. Tudo se encaixa. O menino é um Cooper. Caso encerrado.

– O que sua mãe tem a dizer sobre tudo isso?

– Ainda veremos.

Jordan sentiu um mau presságio ao falar. Cedo ou tarde, a questão de sua mãe precisaria ser encarada. Meredith Cooper estava com a saúde frágil, mas sua mente estava lúcida, e ela ainda era a chefe da família. O futuro dependeria de ela aceitar Lucas... e Angie, a quem ela ainda culpava pela morte de Justin. Como Jordan jurara poupá-la da verdade sobre aquela trágica noite, ele ficaria andando numa corda bamba.

Esse era o problema dos segredos. Eles sempre apareciam na hora em que o estrago seria maior.

– Jordan, seja bonzinho e me leve para pegar um margarita. Estou com muita sede. – A voz rouca de Whitney interrompeu os pensamentos dele. Desta vez, Jordan aceitou o pedido dela. Ele fora sugado para uma conversa que deveria ter acontecido a portas fechadas.

Enquanto levava Whitney ao bar, ele viu Angie. Ela estava do outro lado do salão, conversando com um grupo de velhos amigos deles. Jordan sabia que ela estivera nervosa em relação a vê-los novamente, mas agora parecia estar bem.

A mão de Trevor estava possessivamente apoiada na base das costas dela. Aquele desgraçado não perdera tempo. Contudo, isso não era da conta dele. Angie era independente. Ele não tinha nenhum direito de ditar a vida pessoal dela.

Curvando-se para perto, Whitney soprou seu hálito com cheiro de álcool na orelha dele. Ela esperava passar a noite ali, claro. Jordan, porém, não estava no clima para isso. Liberá-la para encontrar outra pessoa seria uma bondade, disse ele a si mesmo. Mas isso não significava que seria fácil. Ele não gostava de magoar pessoas. Já fizera isso demais no passado.

Agora, com Angie e Lucas ali, esse passado estava voltando para assombrá-lo.

ANGIE ACORDOU assustada. Depois de um momento de confusão, ela se deu conta de estava no sofá da saleta. O relógio indicava 23h25.

Ela lembrou que pedira licença da festa às 21h30 e fora ver se Carlos pusera Lucas na cama. Ela encontrara a saleta escura, a TV, desligada.

Depois de uma longa noite usando saltos, seus pés haviam exigido um descanso. Tirando os sapatos, ela se encolhera nas almofadas. Planejara retornar à festa depois de alguns minutos. Contudo, acabara dormindo profundamente.

Pegando seus sapatos, ela saiu do cômodo. A festa terminara, a casa estava escura e silenciosa. O único sinal de vida era uma fraca luz que vinha do corredor que levava ao quarto de Jordan.

Não querendo incomodá-lo, Angie atravessou o salão escuro. Ela acabara de chegar à escada, quando a voz irritada de uma mulher ecoou pelo corredor.

– O problema não somos nós, Jordan. É *ela*! Vi você hoje! Você não tirava os olhos daquele lixo barato!

Angie ficou paralisada ao perceber que a mulher estava falando dela.

– Baixe a voz, Whitney. – Jordan falava num tom tranquilizador. – Angie não tem nada a ver com isso. Estou tentando fazer a coisa certa pelo filho do meu irmão. Só isso.

– Eu vi como você a defendeu para aquele advogado. Fiquei com medo de que você fosse socá-lo. Aquela *chiquita* está fisgando você, como fez com seu irmão!

– Chega. – A voz de Jordan baixara para um rosnado. – Aconselho você a ir embora agora, antes que digamos coisas das quais iremos nos arrepender.

– Certo! Eu vou e não volto mais. Mas você é um idiota cego, Jordan. Aquela garota vai destruir você, como destruiu Justin!

Com aquelas palavras, Whitney saiu e bateu a porta. Angie se encolheu nas sombras enquanto a mulher ia embora.

Ela não soube o que pensar ao processar tudo que ouvira. Ela sabia que Jordan se sentia atraído por ela... isso estava bem claro. Contudo, a loira insinuara que as coisas iam além disso, que ele gostava dela, que a *defendera*, que se importava com ela além de seu papel de mãe de Lucas.

Mas isso fazia diferença? Ela já decidira que eles não poderiam ficar juntos. O passado era um obstáculo grande demais. Jordan jamais a perdoaria pelo que acontecera com Justin. Agora, ela estragara tudo para ele com sua namorada também.

Furiosa e com lágrimas escorrendo pelo rosto, Angie subiu a escadaria.

– Angie?

Ela se virou. Jordan estava bem abaixo dela.

– Você ouviu aquilo?

Ela assentiu.

– Não foi minha intenção. Eu tinha dormido na saleta e estava voltando para o meu quarto. – Ela forçou uma risada nada convincente. – Podemos fingir que foi só um pesadelo?

– Desça aqui. – A voz dele a fez estremecer. Angie se forçou a ir na direção dele. Fingir não era mais uma opção.

Eles ficaram frente a frente ao pé da escadaria.

– A culpa é toda minha – sussurrou ela. – Eu não devia ter vindo.

– Nada do que você ouviu foi culpa sua. Whitney e eu já devíamos ter terminado há muito tempo.

– Mas as coisas horríveis que ela disse... que eu vou destruir você como destruí Justin...

Jordan resistiu ao impulso de tomá-la nos braços.

– Você não destruiu Justin, Angie. Não foi você quem derrubou aquele avião.

– Mas eu podia ter terminado tudo com ele. Eu não teria aceitado seu dinheiro, Jordan, mas podia ter desmanchado o relacionamento mesmo assim, dito que não queria ser um obstáculo entre ele e a sua família. Eu teria feito qualquer coisa para salvá-lo!

– Você não tinha como saber o que aconteceria. Nenhum de nós tinha. – Jordan se sentiu dilacerado por dentro. Eles dois haviam amado Justin. No entanto, não fora Angie quem decepcionara Justin. A culpa disso era completamente dele.

As lágrimas de Angie escorreram. Jordan sentiu a dor despertar dentro de si. Com um palavrão sussurrado, ele a puxou para si. Naquele momento, precisava dela, e algo lhe dizia que ela também precisava dele.

Ela se aninhou junto a ele como uma criança buscando conforto depois de um pesadelo. Seu perfume era o mesmo daquele Réveillon... a noite que mudara tudo. As lembranças o atingiram quando ele inspirou o cheiro dela, lembrando o sabor daquela boca, os seios quentes se moldando à sua mão, a maciez acetinada da coxa dela por baixo da saia...

Ele desejara Angie Montoya desde a primeira vez que a vira com seu irmão. Desejara-a naquela noite e, maldição, ainda a desejava agora.

Seu sexo despertou enquanto ele a abraçava. Seria impossível que ela não sentisse isso. Contudo, embora estivesse tremendo, ela não recuou. Seus braços o envolveram. Com a ereção dele aninhada junto à barriga dela, ele não conseguiu deixar de pensar onde queria estar: bem dentro dela.

– *Jordan...* – Aqueles exuberantes lábios moldaram o nome dele. – *Eu preciso...*

Ele a silenciou com o que começou sendo um beijo delicado, aprofundando-se em seguida. A língua dele tocou a sensível borda interna dos lábios dela, provocando-a até fazê-la gemer, levando seu corpo para junto da ereção dele. Jordan segurou o bumbum dela e a puxou para cima, fazendo-a roçar em seu sexo. Ela já estava arfando quando ele encontrou o zíper nas costas do vestido.

Naquela noite no carro, eles haviam conseguido parar antes que as coisas fugissem do controle. Agora, porém, não haveria como parar.

ANGIE SE agarrou a Jordan enquanto ele a carregava para o quarto. Como ela pudera esquecer a doce onda de sensações, o desejo avassalador? Ela desejava aquele homem com cada batida de seu coração. Seu corpo latejava por senti-lo.

Ele abriu o sutiã dela. O toque de sua mão na pele de Angie enviou um quente choque por todo o corpo dela. Os dedos frenéticos dela puxaram a frente da camisa dele. Botões caíram no chão enquanto eles cambaleavam pelo corredor.

Eles chegaram até a cama king size. Ele a colocou no chão por tempo suficiente para tirar o vestido dela. O sutiã foi junto. Jordan puxou as cobertas, tomou-a nos braços e praticamente a atirou sobre os lençóis.

Apenas com sua minúscula calcinha preta, Angie observou enquanto ele tirava a própria roupa para revelar um torso definido e musculoso. Jordan baixou a cueca, libertando sua ereção, rígida e lisa como uma coluna de mármore.

Nenhum deles falou. Jordan parecia saber que palavras apenas complicariam tudo. Ela também sabia. Angie estremeceu quando ele se postou sobre ela. Ele era tão experiente, tão confiante. Ela faria papel de boba? Seus braços, porém, já estavam se estendendo para puxá-lo para si. Ele grunhiu ao enterrar o rosto entre os seios dela, inspirando o perfume da pele de Angie, levando a boca aos mamilos com uma sede que intensificou os secretos anseios dentro dela.

A cabeça dela pendeu para trás quando ele a acariciou. Suas mãos desceram pela parte inferior do abdômen dela, tirando-lhe a calcinha. Em seguida, a mão dele subiu novamente para tocar os pelos escuros entre as coxas dela. Ela gemeu, movimentando os quadris para encontrar o toque dele, querendo que ele a acariciasse, que a provasse.

As mãos dela percorreram o cabelo dele, urgindo a cabeça de Jordan a baixar. Sentindo o que ela queria, ele criou um rastro de beijos descendo pela barriga dela. Angie perdeu o fôlego quando ele se acomodou entre as pernas dela. Sua respiração esquentou o sexo dela. Sua língua a abriu, lambendo o ponto maravilhosamente sensível no centro dela. Os punhos dela se cerraram enquanto ele a sugava. Em poucos segundos, ela chegou ao orgasmo, espasmos de prazer fazendo seu corpo estremecer. A umidade escorria por suas coxas. Ela estava pronta para ele.

Os hábeis dedos dele pararam para colocar a proteção. Então, avançando, ele a penetrou num único e suave movimento. Quando toda a sua extensão a preencheu, Angie se esqueceu de respirar, dominada pelo que estava acontecendo, pela ironia. Era Jordan quem estava dentro dela, seu velho inimigo; era Jordan quem a amava... mas não era amor. Ela não tinha nenhuma ilusão em relação a isso. Ele podia gostar mais dela do que ela imaginara, mas aquilo não tinha nada a ver com *carinho*. Era puro desejo.

Os pensamentos dela se dissolveram quando ele começou a se movimentar, seu sexo despertando milhares de sensações. Ela arranhou as costas dele enquanto ele a penetrava cada vez mais forte, mais rápido. Angie sentiu seu próprio corpo se contrair em torno dele em espasmos ritmados que explodiram por todo o seu corpo enquanto ela acompanhava as investidas dele. Os lábios dela formaram o nome dele em silêncio.

Ele grunhiu, enterrando-se bem fundo nela ao atingir o clímax. Dominada por uma inesperada ternura, Angie o aconchegou entre suas coxas enquanto eles retornavam à realidade.

Não houve palavras entre eles. Ele soltou uma leve risada, sorrindo para ela na escuridão. Então, dando um beijo em seus lábios, rolou de lado e adormeceu.

CAPÍTULO 6

ANGIE ESTAVA deitada no escuro, ouvindo os sons de Jordan dormindo a seu lado. Ela podia ter achado aquilo docemente reconfortante... se não tivesse acabado de cometer um dos maiores erros de sua vida.

Ela aceitara um relacionamento platônico pelo bem de Lucas. Naquela noite, porém, nos braços de Jordan, suas boas intenções haviam se derretido.

E agora? Jordan iria querer mais. Contudo, ela não conseguiria permanecer ali como amante dele... especialmente com Lucas. As crianças estavam perdendo a ingenuidade cada vez mais cedo. Se aquilo se tornasse algo regular, o menino acabaria descobrindo que sua mãe estava dando escapadas para a cama de tio Jordan.

Jordan estaria pensando em se casar pelo bem de Lucas? Não, essa ideia era uma piada. Quatro anos antes, Jordan inventara vários motivos para Justin não se casar com ela: o histórico da família dela, a pobreza, até mesmo a ambição dela. Nenhum desses motivos mudara. Jordan podia se importar com ela, podia demonstrar ser protetor e preocupado, talvez até estivesse disposto a ter um relacionamento sexual constante com ela. Casamento, contudo, jamais seria possível. Os Cooper faziam parte da realeza de Santa Fé. Sempre a olhariam com desprezo... e jamais perdoariam o papel desempenhado por ela na morte de Justin.

Apoiando-se num dos cotovelos, ela observou o rosto de Jordan. Dormindo, ele não se parecia em nada com o homem cínico e impiedoso de sempre. Ela precisou se esforçar para lembrar que não podia confiar nele. E, quanto mais ela ficasse na cama dele, mais tentador seria esquecer. Ela precisava fugir dele. Imediatamente.

Angie procurou suas roupas. Não encontrou a calcinha, mas encontrou o sutiã e o vestido. Colocando-os, ela saiu em silêncio do quarto e subiu a escadaria.

Ela abriu a porta que conectava seu quarto ao de Lucas. Rudy estava estendido no tapete. Ele levantou a cabeça, abanou o rabo e voltou a dormir.

Banhado pela luz do abajur, Lucas dormia na cama que fora de seu pai. O surrado ursinho de pelúcia de Justin estava preso debaixo de um dos braços dele. O coração de Angie se apertou. Seu menininho estava tão feliz ali, como se, desde o primeiro dia, ele tivesse sabido que seu lugar era ali. Aquela vida privilegiada era seu legado do pai que ele não conhecera.

O olhar dela se fixou na foto de Justin. Ele fora o mais tranquilo dos gêmeos, feliz e divertido. O mundo de Angie desmoronara quando ele morrera. Agora, ela se sentia como se o tivesse traído novamente.

Por que fizera aquilo? Ela se sentia poderosamente atraída por Jordan, mas isso não era desculpa. Havia mais em jogo do que seus próprios desejos. Quando ela fora para aquela casa, quisera que Jordan a respeitasse como igual. Entretanto, ela estragara tudo, não estragara? Dali em diante, ela seria apenas outra mulher na cama dele. Como ela o olharia nos olhos pela manhã?

Contudo, não havia como evitar a realidade. Mesmo que ela fosse embora, ainda precisaria lidar com Jordan. O melhor que ela poderia fazer seria definir novos limites, criar novas regras.

Piscando para conter uma lágrima, Angie fez um juramento silencioso. Ela seria forte. Provaria a si mesma... e a Jordan... que seria capaz de superar aquela noite.

* * *

Jordan acordou ao raiar do dia. E não ficou surpreso ao ver que Angie não estava ali. Fazia sentido ela ter ido ficar perto de Lucas. Mas o que ela estaria pensando da noite anterior? Droga, nem *ele* sabia o que pensava.

Estendido nu na cama, ele viu a alvorada surgir. A calcinha de renda de Angie estava no lençol ao lado dele, um vívido lembrete da forma como ele a tirara, posicionando-se entre as coxas dela.

Não fora sua intenção que aquilo acontecesse.

Mas acontecera. Fora maravilhoso, e ele não estava arrependido. Se ela estivesse ali naquele momento, ele continuaria de onde eles haviam parado.

Infelizmente, a situação não era tão simples assim. Quando Angie se mudara para ali, ele fizera uma promessa a ela. O fato de ele tê-la quebrado com a plena cooperação dela não importava. Ela tinha todo o direito de ficar irritada. Se ela estivesse fazendo as malas naquele instante, ele não poderia culpá-la.

Na melhor das hipóteses, ela ficaria, mas as coisas ficariam esquisitas entre eles. Ela precisaria de tempo. Ele, também.

Naquele dia, ele tinha duas reuniões na cidade, mas nenhuma era urgente, e ele estava inquieto. Ansiava por ar puro e por um árduo trabalho físico. Jordan pegou o telefone, ligou para seu escritório e deixou uma mensagem para a secretária. As reuniões poderiam ser remarcadas para a semana seguinte.

Com o inverno chegando, os contratados do rancho estariam levando o gado para os pastos inferiores, consertando cercas e estocando feno nos galpões. O estábulo precisava de consertos, além de um recipiente para aveia e palha nova para os cavalos. A ajuda de mais uma pessoa não faria mal.

Um tempo na sela faria bem para limpar a mente dele. Talvez depois ele fosse capaz de começar do zero com Angie. Até lá, precisava de um pouco de paz.

Mas, antes de sair de casa, ele ainda tinha um importante telefonema a dar.

* * *

– MEU PAI era legal como tio Jordan?

Angie estava ajoelhada, tentando pegar o tênis de Lucas embaixo da cama. A pergunta dele a atingiu como um soco. Ela se sentou.

– Seu pai era tão legal quanto ele, só que de um jeito diferente.

– Que jeito?

– Seu pai adorava fazer as pessoas sorrirem. Todos gostavam dele.

– Tio Jordan não gosta de fazer as pessoas sorrirem?

– Seu tio Jordan gosta de resolver as coisas. Gosta de mandar. – Angie suspirou, sabendo que suas respostas não satisfariam um garotinho curioso.

Lucas franziu o cenho.

– Você podia casar com tio Jordan. Aí ele seria meu pai.

Angie conteve um grunhido.

– Acho que seu tio Jordan não quer se casar comigo.

– Por quê?

Angie pensou rápido.

– Porque ele gosta de dar ordens. E eu não gosto de recebê-las.

Lucas pensou naquela resposta.

– O papai gostava de dar ordens?

– Não muito. Agora, calce os sapatos. Rudy passou a noite inteira aqui. Precisamos levá-lo para fora antes do café.

Eles colocaram a coleira no filhote e saíram com ele para o pátio do estábulo. Rudy estava se revelando um cachorro inteligente e fácil de treinar. Lucas o levou para um trecho gramado e esperou até que ele fizesse suas necessidades. Então, Rudy foi solto para correr pelo pátio cercado. Jordan colocou sua antiga casinha de cachorro debaixo de um pinheiro. Rudy a usava para cochilar, mas continuava passando as noites no quarto de Lucas.

Não havia sinal de Jordan naquela manhã, e não havia problema nisso, pensou Angie. Depois da noite anterior, ela não estava em condições de encará-lo. O toque dele a enlouquecera. Ela reagira como uma adolescente descontrolada.

Jordan também teria se deixado levar? Ele fora tão passional, tão intenso... Contudo, por conhecê-lo, Angie sabia que ele não era do tipo que se deixava levar pelo desejo.

Angie ficou vendo Lucas brincar com Rudy. O sol de novembro estava brilhante, as montanhas Sangre de Cristo, polvilhadas de neve. Justin teria querido que seu filho fosse criado naquele lindo lugar. Ela devia isso à memória dele.

Entretanto, como ela lidaria com Jordan?

Como evitaria ir para a cama dele novamente?

O cheiro de bacon e biscoitos frescos lhe disse que o café da manhã estava pronto. Angie teria ficado feliz em cozinhar para ela e Lucas. Marta, porém, era muito sensível em relação à cozinha. Forasteiros não eram tolerados.

Depois de se lavarem, eles se sentaram à mesa. A tagarelice de Lucas abrandou o clima estranho entre as mulheres.

– Você conheceu meu pai, sra. Marta?

Marta estava limpando a bancada. Ela ficou rígida ao ouvir a pergunta, mas respondeu de forma simpática.

– Conheci. Ele era um menininho quando vim trabalhar aqui.

– Como ele era? Tem foto dele?

– Ele se parecia muito com você. Seu tio Jordan tem fotos, mas ele está no pasto com os cowboys hoje. Ele pode mostrar a você quando voltar.

Angie se perguntou se aquelas últimas palavras não teriam sido voltadas para ela. Jordan estava claramente se afastando de propósito. Provavelmente, não queria encontrá-la naquele dia... o que a fez pensar nos sapatos. Naquela manhã, ela abrira a porta de seu quarto e encontrara seus sapatos vermelhos arrumados na entrada. O rosto dela ficara em chamas quando ela se recordara de que os deixara no primeiro andar, no caminho até o quarto de Jordan. Teria sido Jordan quem os devolvera?

De qualquer forma, ela precisava passar um tempo fora da casa. Ela e Lucas iriam a uma festa na casa da prima dela na cidade. Esse intervalo lhe faria muito bem.

– O que meu pai gostava de fazer? – Lucas estava brincando com seus ovos mexidos.

– Ele gostava de brincar – falou Marta com a voz embargada. – Todos o amavam.

– Você também conhecia tio Jordan?

– Claro que sim. Eles eram irmãos.

– Tio Jordan gostava de brincar?

– Seu tio Jordan gostava de cavalgar.

– Eu sou parecido com qual deles?

– Você é parecido com você mesmo – respondeu Angie. – Agora, termine seu café. Vamos à cidade para você cortar o cabelo antes do aniversário de Ramon.

Às dez horas, eles estavam prontos para sair. Angie tinha o dinheiro exato para o corte, um pouco de gasolina e um presente para o filho de sua prima. Felizmente, um dos clientes dela enviaria um pagamento para a conta dela no dia seguinte. A última coisa que ela queria era depender da caridade de Jordan.

Ela estava saindo com o carro da garagem, quando um grande veículo parou atrás dela. Pisando com força no freio, ela desligou o carro e abriu a porta.

O caminhão ainda estava com o motor ligado. Amarrado na caçamba estava um novíssimo utilitário esportivo preto, um modelo de alto nível que ela reconheceu de um comercial na TV. Talvez o motorista estivesse perdido.

– Posso ajudar? – perguntou Angie, saindo do carro.

– Estou procurando a srta. Angelina Montoya.

– Sou eu, mas...

– Assine aqui enquanto descarrego seu veículo. – Ele entregou uma prancheta e uma caneta a ela. – Os documentos estão no banco da frente, junto com o manual. As chaves estão na ignição.

– Espere! Deve ter havido algum engano.

– Nada disso. Ele foi comprado esta manhã pelo sr. Jordan Cooper. Ele mandou entregar aqui diretamente para a senhorita e levar seu carro velho embora. Ele está?

– Não. – Angie estremeceu de indignação. Se ele achava que podia comprá-la daquele jeito... – Houve um mal-entendido. Leve de volta e devolva o dinheiro do sr. Cooper.

A voz dela estava trêmula. *Droga, ela ia chorar? Como Jordan pudera fazer aquilo, especialmente depois da noite anterior?*

– Mas o sr. Cooper disse para...

– Leve embora! Não vou aceitar! E você não vai levar meu carro!

Angie perdeu a força nas pernas quando o caminhão foi embora. Jordan estaria tentando comprar a gratidão dela ou recompensá-la por seus serviços? De qualquer forma, aquilo fora como um tapa na cara de Angie.

Virando-se, ela retornou ao seu velho carro. Iria à cidade e faria tudo conforme planejado. Contudo, quando Jordan voltasse para casa, ela estaria esperando. Estava na hora de ele parar de brincar com ela.

O VENTO ficara mais forte, trazendo o cheiro de uma tempestade. Jordan voltou seu cavalo para descer a colina atrás do rebanho.

Ele teria adorado os dias iniciais do rancho, quando a criação de gado era a atividade principal, e um homem poderia passar dias num cavalo, acampando ao lado da fogueira. Em vez disso, na semana seguinte, ele voltaria a seu terno e gravata, administrando os investimentos que mantinham o rancho no azul.

Àquela altura, Angie já devia estar com seu novo utilitário esportivo; bem a tempo para a ida à cidade que ela planejara. Entretanto, as coisas estavam esquisitas entre eles, e, com uma tempestade chegando, ele não podia permitir que ela dirigisse pelas estradas com aquela lata-velha azul. Ele só podia esperar que ela aceitasse de bom grado o presente. Tudo que ele queria era garantir a segurança dela e de Lucas.

Jordan passara a maior parte da manhã pensando na noite anterior. Ter Angie em seus braços fora o paraíso. Pensar em repetir aquilo era suficiente para fazer seu sangue ferver. Contudo, ela não era do tipo de mulher que um homem era capaz de manter por perto apenas como parceira de cama. Ela tinha classe demais para isso. E era importante para ele em outros aspectos.

Dando asas a seus pensamentos, ele até mesmo pensou na ideia de um casamento. Seria a maneira mais simples de dar um futuro ao filho de Justin... e de impedir que Angie fugisse dele. No entanto, havia motivos pelos quais isso jamais daria certo. Em primeiro lugar, ele não servia para ser um bom marido. Seu curto casamento provara isso. Em segundo lugar, mesmo depois da noite anterior, ele não tinha nenhum motivo para acreditar que Angie o amasse. E também havia a mãe dele, que jamais aceitaria a mulher que ela culpava pela morte de Justin.

Porém, o maior motivo era a verdade secreta que estava dentro dele como uma faca afiada e fria. Se revelada, ela poderia destruir a mãe dele e afastar Angie para sempre.

Depois de levar Lucas para cortar o cabelo e comprar uma bola de futebol de presente, Angie dirigiu até a casa de sua prima Raquel. O marido de Raquel, Antonio Vargas, era dono do restaurante onde Angie trabalhara como hostess, local onde ela conhecera Justin.

A confortável casa dos Vargas ficava a algumas quadras do restaurante. E Lucas fora convidado para a festa de Ramon, o filho de 5 anos de Raquel.

Enquanto ela via seu filho brincando com os parentes, Angie lembrou a si mesma de que aquela também era a herança de Lucas: música, risadas, cores festivas e abraços ternos.

– Então, vai ficar no rancho? – Raquel era alguns anos mais velha que Angie, mas elas sempre tinham sido próximas.

– Difícil dizer. Por ora, parece o melhor para Lucas. Tantas vantagens, e ele adora aquele lugar. Mas para mim... Não sei.

– O que foi, querida? – Os conhecedores olhos de Raquel se fixaram nos dela. – É Jordan? O fato de ele ser tão parecido com Justin?

– Não, não é nada disso. – Jordan era um homem muito diferente de seu irmão, e o atual estado de confusão dela nada tinha a ver com a aparência dele. – Passei anos acreditando que Jordan me odiava. Desde que ele descobriu sobre Lucas, tem sido generoso, até bondoso. Mas também controlador. É como se ele quisesse assumir o comando das nossas vidas ou até tirar Lucas de mim. Não sei como lidar com ele no dia a dia. Hoje de manhã, ele mandou entregarem um utilitário esportivo novinho em folha no rancho para mim. Fiz o motorista levá-lo de volta.

– Pelo amor de Deus, por quê? Seu carro antigo é uma lata-velha. Nem é seguro dirigir aquilo.

– Como eu podia aceitar, Raquel? Seria como se eu... – Angie balançou a cabeça, incapaz de continuar.

– Tem algo que você não está me contando?

– Ontem à noite, depois da festa... ele tinha acabado de desmanchar o namoro dele, e uma coisa levou à outra... Quando dei por mim, já estávamos na cama dele. – Ela conteve um surto de emoção. – Fiz papel de boba, Raquel.

– Esqueça isso. O que está feito está feito. E você já passou tempo demais sendo uma freira. – Um sorriso tocou os lábios de Raquel. – Foi bom?

O calor subiu para as faces de Angie.

– Infelizmente, foi maravilhoso.

– Está apaixonada?

– Apaixonada?! De jeito nenhum! Jordan Cooper é o homem mais arrogante, manipulador e irritante que já conheci! E, agora... – Angie balançou a cabeça. – Como posso olhar nos olhos dele depois da noite de ontem? O que posso dizer a ele? Se não fosse por Lucas, eu faria as malas e ia embora!

– Fugir não vai resolver nada, querida. Tudo que você pode fazer é encarar o que aconteceu e ser honesta. Fale com o coração. É a única maneira.

Pedindo licença, Raquel foi pegar o bolo. A intenção de sua prima era boa, mas confrontar Jordan e falar o que ela pensava só pioraria tudo. Seria melhor agir como covarde e evitá-lo. Jordan entenderia o recado.

Quando a festa terminou, já estava escurecendo. Nuvens de chuva chegavam do oeste, cheirando à neve. Angie estremeceu ao colocar Lucas na cadeirinha no carro. Por que ela não trouxera casacos para eles? Naquela manhã, porém, ela não estivera pensando no tempo. Sua mente estivera fixa em Jordan.

Quando ela saiu para a rodovia, Lucas já estava dormindo. Flocos de neve pontilhavam o para-brisa. Angie ligou os limpadores. Ela passou para a pista da direita e reduziu a velocidade. Com seus pneus carecas, ela não podia arriscar derrapar.

O caminho até o rancho levava cerca de quarenta minutos com tempo bom. Naquela noite, demoraria muito mais. Ela só podia torcer para que Lucas dormisse até eles chegarem em casa.

Casa... O rancho dos Cooper se tornara mesmo a casa dela?

Angie olhou para a neve. Talvez ela devesse ter aceitado o carro novo. Assim, ela e Lucas estariam em segurança. Se algo desse errado, seria culpa da teimosia dela.

Como numa profecia, o motor começou a fazer barulho. Angie mal teve tempo de ir para o acostamento antes de o carro morrer.

Ela ligou o pisca-alerta. Talvez uma patrulha parasse para ajudar. Do contrário, ela estaria sozinha.

– Mamãe, o que aconteceu? O que foi aquele barulho?

– Nosso carro enguiçando. Fique aí enquanto vejo o que vou fazer.

Ela tentou dar a partida novamente. Nada. Angie pegou o celular. A bateria estava fraca. Ela teria sorte de conseguir dar um telefonema antes de aquela porcaria desligar. Por que ela não o carregara na noite anterior?

Ela sabia perfeitamente bem o motivo.

Ela podia ligar para o número de emergência. Contudo, era um carro enguiçado, não uma emergência de vida ou morte.

Ela podia telefonar para Raquel. Antonio, porém, estava no trabalho. Raquel precisaria deixar os filhos e dirigir naquela estrada perigosa em plena tempestade.

Ela podia esperar a ajuda aparecer milagrosamente. Mas a noite estava fria. A bateria do carro logo se esgotaria. Sem luzes, como os outros motoristas saberiam que eles estavam ali, precisando de ajuda?

Restava apenas uma opção. Fazendo cara feia, ela pegou o cartão de Jordan na bolsa e digitou o número dele.

CAPÍTULO 7

JORDAN CHEGARA da pastagem ao pôr do sol. Àquela altura, já estava nevando. Ele estava cansado e com frio, mas ao menos não precisaria dirigir em estradas escorregadias naquela noite. Ele estava pronto para uma boa refeição, um banho quente e uma cama.

Pensar em dirigir fez sua mente se voltar novamente para Angie e o presente que ele comprara. Angie ficaria agradecida pelo novo utilitário esportivo? Ou ele teria passado dos limites? Com o inverno chegando, ela precisaria de algo seguro. Angie, porém, podia entender equivocadamente o presente dele. Jordan logo descobriria se isso era verdade.

Quando ele se aproximou da porta dos fundos, Rudy chegou saltitando pelo quintal. O que o filhote estava fazendo ali? Lucas não costumava deixá-lo do lado de fora. Abrindo a porta da varanda para o cachorro entrar, Jordan colocou ração na tigela antes de entrar em casa.

Marta estava na cozinha. Bastou uma olhada para o rosto preocupado dela para que ele soubesse que havia algo errado.

– Onde está Angie? – perguntou ele.

– Levou Lucas à cidade hoje de manhã, mas está ficando tarde. Eles já deviam ter voltado.

– A concessionária entregou o carro novo?

– Sim. Mas ela mandou o homem levar de volta. Ela saiu no carro velho.

Jordan sussurrou um palavrão. Devia ter imaginado. Se algo acontecesse com eles naquela tempestade...

O som de seu celular interrompeu seus pensamentos.

– Jordan? – A voz de Angie estava tão fraca em meio à estática que ele mal conseguia ouvir o que ela dizia. Algo sobre ter enguiçado na estrada.

– Espere aí. Estou indo – disse ele. – Onde você está?

Apenas o silêncio permaneceu na linha. Não adiantou telefonar de volta. O maldito telefone dela devia estar na mesma condição do carro. A srta. Angelina Montoya ouviria poucas e boas quando ele a encontrasse.

Se ele a encontrasse antes que algo mais desse errado.

JORDAN ESTAVA com a picape de cabine dupla do rancho. No banco traseiro, havia mantas e lanches.

Enquanto ele dirigia, situações macabras surgiam em sua mente: o carro de Angie fora da estrada, talvez tombado numa vala ou até mesmo batido. Angie e Lucas com frio, assustados, talvez machucados, sem ajuda... ou pior, à mercê de criminosos que os encontrassem.

Ela não lhe dissera onde estava. Entretanto, ele partira do princípio de que ela estivera voltando para casa. O acostamento era estreito, com uma íngreme vala. Sem luzes, alguém poderia colidir com o carro deles, empurrando-o pela encosta, talvez fazendo com que capotasse.

Droga!

Pegando o celular, ele ligou para a patrulha rodoviária. A central não recebera nenhuma informação de um sedã azul fora da estrada. Contudo, a primeira grande nevasca da temporada sempre causava acidentes. Os patrulheiros estariam ocupados naquela noite.

Ele já percorrera metade do caminho até a cidade e estava se perguntando se já não teria passado por ela, quando avistou a silhueta. Janelas escuras refletiam os faróis que passavam. Jordan começou a suar frio ao fazer o retorno e parar atrás do velho sedã azul. Eles estariam ali? Estariam bem?

Deixando os faróis acesos, ele saiu da picape. O pavor fez sua garganta se fechar enquanto ele caminhava na direção do carro. Não havia nenhum movimento lá dentro, nenhum sinal de vida.

Ele só os viu quando limpou a neve da janela do motorista e espiou lá dentro. Eles estavam encolhidos no chão diante do banco do carona; ambos vivos e em segurança. *Graças a Deus!*

ANGIE OBSERVAVA de dentro do calor da picape enquanto Jordan soltava o freio de mão do velho carro dela e o empurrava para dentro da vala, onde ninguém colidiria com ele na escuridão.

Ele mal falara com ela enquanto enrolara Lucas numa manta e o colocava na cadeirinha no banco traseiro. Mas as palavras viriam; ela não tinha dúvida disso. E ela aceitaria seu castigo. Tudo que dera errado naquela noite fora culpa dela.

Ela olhou para Lucas. Ele comera um biscoito e já estava adormecendo. Mais cedo no carro, porém, ele ficara com tanto frio e medo. Era o dever dela manter seu filho em segurança. Como ela pudera tê-lo feito passar por aquilo?

Jordan ficou parado à beira da estrada, olhando o carro. Cercado pela neve, ele era uma figura solitária. Ela sempre o vira dessa forma. Justin fora o sociável entre os gêmeos, cercado de amigos. Contudo, a não ser pelas mulheres que entravam e saíam da vida dele, Jordan sempre fora um lobo solitário.

Angie imaginara que ele quisesse que as coisas fossem assim. Agora, pela primeira vez, ela ficou abalada com o isolamento dele.

Lentamente, ele retornou à picape. Angie se preparou para o comentário que certamente viria. Ele entrou e fechou a porta. Engrenou o carro e retornou ao asfalto. Dirigiu em silêncio, os lábios contraídos.

– Desculpe, Jordan.

– Devia pedir desculpas mesmo. Sair com aquele carro velho... você deu sorte de não ter acontecido algo pior. Por que não ficou com o carro que mandei entregar?

Uma lágrima escorreu pela face dela.

– Você sabe o motivo.

– Eu queria que você e Lucas ficassem em segurança. E gosto de comprar sempre o melhor. O que há de errado nisso?

– O que há de errado é que você não me perguntou! Não costumo aceitar presentes de cinquenta mil dólares... especialmente de um homem com quem eu tenha acabado de... – Ela perdeu o fôlego nas últimas palavras.

– Foi por isso que você o mandou de volta? Porque tinha dormido comigo? Achou que fosse algum tipo de pagamento? Deus do céu, Angie...

– O que você queria que eu pensasse? Estou tentando fazer essa história funcionar por Lucas, mas não vou ser comprada, Jordan. Não vou ser sua amante!

– Não acredito. Eu jamais tentaria comprar você, Angie, ou qualquer outra mulher. Sua segurança e a de Lucas... esse foi o meu único motivo.

Angie observou o sério perfil dele, pensando.

– Se é verdade, tenho uma sugestão. Concordamos em uma coisa. Eu preciso de um carro seguro para Lucas. Nos próximos dias, você pode me levar a uma concessionária de confiança. Eu escolho um carro *usado* bom e confiável.

– Angie, eu posso pagar um carro novo.

– Mas *eu* não posso, e quero que seja o *meu* carro. Se você não se importar de me emprestar o dinheiro, eu mesmo vou comprá-lo e quitar a dívida. Deve haver algo que eu possa fazer no rancho... varrer o estábulo, cuidar das ferraduras...

– Não seja boba. – Angie ficou aliviada ao menos por perceber que sua tentativa de humor dera certo. Jordan parecia menos irritado do que antes. – Você se vira bem com arquivamento e registros contábeis?

– Bem o bastante. Faço os registros da minha própria empresa.

– Então, se você quiser, tenho um emprego para você. As contas do rancho precisam de muito mais atenção do que tenho tido tempo de dar.

– Não está simplesmente inventando um trabalho para mim?

– De jeito nenhum. Vou ficar feliz em deixar isso com você. Podemos pensar no seu horário e salário amanhã, depois de uma noite bem-dormida.

Ouvir falar em dormir fez a pulsação dela disparar. Ele achava que ela passaria outra noite na cama dele?

– Vamos deixar uma coisa clara. – Ele falou como se tivesse lido a mente dela. – Gostei da noite de ontem, e espero que você também tenha gostado. Mas foi só diversão, sem compromisso. Você pode voltar quando quiser. Mas só nesses mesmos termos e só se você quiser. Quanto àquela bobagem vitoriana de virar minha amante...

Angie sentiu seu rosto corar. Ela obrigou sua voz a soar fria e apática.

– Por mim, a noite de ontem não aconteceu. E, já que estamos esclarecendo as coisas, você precisa entender uma coisa. Lucas é meu filho, não seu. Se isso não der certo e eu acabar indo embora, ele vai comigo. Não vou deixar você ficar com ele.

Ela o ouviu inspirar fundo. Quisera feri-lo e conseguira. Sendo assim, por que ela estava desejando que não tivesse dito aquilo?

Um momento de silêncio se passou entre eles antes de Jordan falar:

– Nós dois queremos o melhor para Lucas. Por ora, vamos ter que confiar um no outro em relação a tomar as decisões certas.

– Certo. – *Fosse lá o que aquilo significasse...* Ele estaria tramando para jogá-la para escanteio e ficar com Lucas para criá-lo como seu herdeiro? Um mês antes, Angie teria acreditado facilmente nisso. Agora, porém, já não sabia ao certo. De qualquer forma, se ele achava que ela abriria mão de seu filho, ele precisava aprender muito sobre amor materno.

Como teria sido a criação que a mãe de Jordan lhe dera? Angie se recordava de Meredith Cooper como uma mulher que se portava como uma rainha, vestida elegantemente, penteada, com sua casa histórica, seu prestigiado casamento e seus filhos perfeitos.

Ela tratara Angie com uma frieza que beirara o desprezo. Quanto dessa frieza teria se originado de uma suposta necessidade de proteger seu amado Justin? Agora que Angie também tinha um filho, ela entendia um pouco. Contudo, sabia que essa mudança de atitude não faria diferença para a mulher que estivera tão determinada a odiá-la mesmo antes da morte de Justin. Cedo ou tarde, Meredith Cooper ficaria sabendo que a mulher que matara Justin estava morando na casa dela. As coisas ficariam feias.

Ela poderia contar com Jordan para defendê-la? Ele sabia como conseguir o que queria e convivia com Meredith. Seria suficiente?

Seria prudente ela se preparar para o pior.

Angie ficou preocupada quando Jordan estacionou dentro da garagem e desligou o motor. Naquele momento, tudo que ela queria era pôr Lucas na cama e ir dormir.

Jordan ergueu delicadamente Lucas nos braços. Os olhos de Lucas se abriram.

– Cadê Rudy? – resmungou ele.

– Está na varanda dos fundos. Eu o levo para você na cama. – Jordan carregou o sonolento menino escadaria acima até o quarto. Angie o seguiu, fazendo-o parar na porta.

– Eu resolvo daqui em diante.

– Certo. Vou buscar o cachorro. – Ele passou Lucas para ela e foi embora. Angie colocou o pijama em seu filho. Ela estava tão cansada que mal conseguia pensar. Ainda assim, ela se deu conta de que não agradecera a Jordan por ter ido resgatá-los, talvez até mesmo salvando a vida deles.

Ela acabara de pôr Lucas na cama, quando ouviu a maçaneta girando. A porta se abriu apenas o suficiente para deixar Rudy entrar.

Angie ouviu a porta se fechando e o som das botas de Jordan indo embora pelo corredor. Impulsivamente, ela abriu a porta e saiu às pressas para o corredor escuro.

– Jordan! – O nome foi sussurrado, não gritado, mas ele se virou. Nas sombras, os ombros dele estavam baixos de cansaço.

Saindo e fechando a porta, Angie foi na direção dele.

E AGORA? Ela queria arrancar novamente o couro dele? Jordan se preparou para a tempestade.

– Que seja rápido – rosnou ele. – Estou morto.

Ela parou a um passo de distância. Flocos de neve derretidos cintilavam em seu cabelo escuro. Que Deus o ajudasse, mesmo depois de enlouquecê-lo, ela continuava linda.

– Não vai demorar. Só queria agradecer. Podia ter acontecido qualquer coisa conosco lá na estrada. Mas você veio quando chamei. – Um sorriso tocou os fartos lábios dela. – Para mim, você é um herói.

Jordan resistiu à vontade de tomá-la nos braços e beijá-la até fazê-la implorar por misericórdia. Aquela mulher fazia ideia de como o deixara assustado, do alívio que fora encontrar Lucas e ela em segurança? Fora apenas naquela noite que Jordan se dera conta de como eles dois haviam se tornado importantes.

– Vá dormir – disse ele. – De manhã, vamos deixar esta noite no passado e começar do zero. Tudo bem?

– Sim. – Ela parecia hesitante. Mas ele precisava ir embora imediatamente, enquanto ainda podia.

– Boa noite, Angie. – Jordan se virou e se afastou. Ao chegar à escadaria, ouviu a porta dela se fechando. Ele se obrigou a continuar andando, a se concentrar nas tarefas pendentes, não nas recordações daquele exuberante corpo em seus braços. No dia seguinte, deixaria os livros contábeis para ela em seu escritório. Depois, ele a levaria à cidade para comprar um carro. O carro *dela*, um que ela tivesse como manter caso o deixasse.

Cada dia com Angie parecia uma nova guerra. Contudo, ele precisava fazer a coisa certa por ela e por Lucas... e também por sua mãe. Ele jamais compensaria a terrível perda que eles haviam sofrido. Tentar, porém, poderia ser sua única esperança de se redimir.

ANGIE ESTAVA morta de cansaço, mas sua pulsação continuava acelerada.

Fora um erro chamar Jordan para lhe agradecer? Contudo, mesmo com ele fazendo cara feia, houvera algo ali... e Angie reagiu como uma adolescente dominada pelos hormônios. Era como se todo o corpo dela se lembrasse da noite anterior na cama dele, desejando mais.

Ela queria apenas outra noite selvagem de sexo sem compromisso? Ou, que Deus a ajudasse, ela queria algo mais significativo?

Está apaixonada por ele?

A pergunta de Raquel era inútil. Angie conhecia o amor. Amara Justin do fundo de seu coração. O que ela sentia por Jordan se parecia mais com... Desejo? Luxúria?

Ela ficou parada ali, trêmula, o calor percorrendo seu corpo. Seria tão fácil voltar para a cama dele... a sensação seria tão boa!

A mão dela tocou a maçaneta. Parou. Baixou. Ela sabia o que devia fazer. Outra visita à cama de Jordan apenas a tornaria mais fraca aos olhos dele... e mais vulgar aos dela. Além de um efêmero prazer, nada de bom viria daquilo.

Suspirando, Angie vestiu sua camisola e foi para a cama. Ela queria algumas coisas na vida: seu próprio lar, irmãos para Lucas, um bom homem para amá-la.

Esse homem não seria Jordan Cooper.

CAPÍTULO 8

JORDAN COMEÇOU a se preparar ao parar no estacionamento, na comunidade de alto luxo para idosos onde sua mãe morava. O confronto deles seria emotivo. Mas ele não podia mais adiar aquilo.

A neve da semana anterior já se derretera. O caminho de Jordan o fez passar pelo spa, pelas quadras de tênis e pela sede campestre. Havia muitas atividades à disposição ali. Entretanto, apesar dos pedidos dele, sua mãe não demonstrava interesse em nenhuma delas. Jordan estava preocupado, achando que ela estava afundando na depressão. Mas ela se recusava a se socializar ou a consultar um médico. Meredith Cooper decidira viver na tristeza.

Pegando o elevador para o segundo andar do edifício, ele tocou a campainha. Ela abriu a porta com o controle remoto que ficava perto de sua poltrona.

– Olá, Jordan. – Como de costume, ela estava impecavelmente penteada e vestida, as unhas recém-feitas, sua blusa de seda presa dentro da calça de grife. Sua sacada dava vista para um pequeno lago. Porém, as cortinas fechadas bloqueavam a paisagem. Sol demais: era essa a desculpa que ela dava.

Ele atravessou o recinto e pegou a mão dela. Ela sempre fora formal com os filhos.

– Como está esta semana, mamãe?

– Mais ou menos. – Ela deu de ombros.

– Pensei em irmos almoçar no *La Fonda*. O sol saiu, e eu reservei uma mesa. Vamos. Vou pegar seu agasalho.

Ela o olhou de forma irritada.

– Já esqueceu que hoje é o aniversário da morte do seu pai? Como pode pensar em sair para comer?

Na realidade, ele esquecera mesmo. Seu único pensamento fora o de tirá-la daquela triste suíte, levá-la a um lugar onde fosse mais fácil conversar.

– Posso levar você ao cemitério. Podemos comprar flores no caminho.

– Não estou com vontade de sair. E o cemitério só me faria sentir pior. – Ela suspirou. – Como vão as coisas no rancho?

Era a deixa de que Jordan precisava. Puxando uma cadeira, ele se sentou.

– Tenho uma notícia surpreendente – falou ele. – Parece que você tem um neto.

Ela semicerrou os olhos.

– Você...?

– Não. O menino é filho de Justin. Angie estava grávida quando ele morreu.

O rosto dela empalideceu. Por uma fração de segundo, ela pareceu vulnerável. Então, sua expressão ficou rígida.

– Que conveniente. Meu filho morre e, quatro anos depois, aquela meretriz aparece com uma criança que pode ser de qualquer um. Imagino que ela esteja pedindo dinheiro.

Jordan conteve uma resposta irritada. Sua mãe sofrera terríveis perdas. Primeiro, seu filho preferido, depois, o marido, que sofrera um derrame na semana da morte de Justin e passara nove meses acamado antes de falecer. Ele não podia culpá-la por sua amargura.

– Angie não está pedindo nada. E ela não apareceu. Eu a procurei. – Ele resumiu a história toda.

– Pensou em olhar o registro de nascimento?

– Estou com uma cópia no carro. A data coincide, e Justin está listado como pai.

– E você fez um teste de DNA?

– Não há necessidade. A não ser pela cor de pele da mãe, o menino é um Cooper por inteiro. Você vai concordar quando o conhecer.

– Por que eu deveria querer conhecê-lo? Já não sofri o suficiente sem um fedelho ilegítimo me fazendo lembrar do meu filho? Faça um cheque para a mulher e acabe com isso de uma vez.

Jordan amava sua mãe, mas como alguém podia ser tão insensível?

– Lucas é seu neto, um garotinho inocente que não tem culpa de nada. Se der as costas a ele, mamãe, vai se arrepender disso pelo resto da vida.

– Estou vendo que a criança já conquistou você. E a mãe? Lembro que ela era bonita. Ela enfeitiçou você, como fez com seu irmão?

Jordan já previra aquela pergunta.

– Estou tentando fazer o certo pelo filho de Justin. Quanto à mãe do menino, Angie faz parte do pacote.

– O que quer dizer com isso?

– Eles estão morando no rancho... por um convite meu.

A reação dela foi exatamente a que ele esperara.

– Isso é inaceitável!

– É mesmo? Se Justin tivesse vivido para se casar, eles seriam a esposa e o filho dele. Goste disso ou não, mamãe, eles são da nossa família.

– Não para mim. Não quero me misturar com eles.

Jordan balançou a cabeça.

– Olhe por esse lado, mamãe. Sem eles, nossa família consiste em duas pessoas: você e eu. Se eu não me casar de novo para dar início à próxima geração dos Cooper... e não me imagino fazendo isso... a linhagem e o legado dos Cooper vai acabar para sempre.

– Quero que você vá embora já, Jordan.

– Certo. Pense no que eu disse. Ligo para você mais para o final da semana.

Ele já estava na porta, quando ela chamou seu nome.

– Faltam duas semanas para a Ação de Graças – disse ela. – Você virá para jantar comigo como de costume, não?

Jordan também já previra aquilo.

– Não. Vamos fazer a Ação de Graças no rancho. Você é muito bem-vinda a se juntar a nós. Vou até mandar um carro para você. Mas, se escolher ficar aqui, vai comer sem mim.

Ela o olhou fixamente, chocada.

– Pense nisso. E me dê a resposta na semana que vem.

A mãe dele não era uma má pessoa. Ela podia ser generosa, até mesmo amorosa, quando queria. Contudo, ela protegia suas feridas pessoais, recusando-se a permitir que elas se fechassem. Lucas poderia ser a salvação dela... mas apenas se ela deixasse o menino entrar em seu coração.

Naquele dia, Jordan dera o primeiro passo para isso. Mas a batalha seria árdua. Sua mãe poderia aceitar Lucas, que, afinal, tinha o sangue dela. Mas Angie?

Céus, no que ele fora se meter?

AO VOLTAR ao rancho, Jordan encontrou Angie atualizando os livros em seu escritório. Depois de apenas uma semana, ele estava começando a se perguntar como conseguira sobreviver sem ela. Seu bagunçando santuário masculino assumira um ar de calma eficiência, com tudo perfeitamente ordenado. Quando ela não estava presente, ele sentia sua falta.

Ela parecia estar se assentando. Com a ajuda dele, Angie comprara um robusto wagon esportivo com quatro anos de uso. Ela também matriculara Lucas na pré-escola para que ele fizesse novos amigos e desse algum tempo para ela. Jordan estava aprendendo que a melhor maneira de manter Angie feliz era lhe dar muito espaço. Por ora, a frágil trégua deles parecia estar funcionando.

Mas ela estava prestes a ser testada.

Ela ergueu o olhar quando ele entrou, um leve sorriso em seu rosto. Com um casaco cor-de-rosa por cima de uma camisa preta, ela parecia delicada e deliciosa. Desde a noite da festa, Jordan conseguira manter suas mãos longe daquela mulher. Seus pensamentos, contudo, eram mais difíceis de serem controlados. Ele merecia um olho roxo pelo que estava passando por sua mente naquele momento.

Jordan se imaginou se curvando sobre a mesa, tomando a ponta da orelha dela em sua boca e mordiscando-a até fazê-la gemer. Em seguida, descendo pelo pescoço até a gola aberta da blusa dela e...

– Precisa da sua mesa, Jordan? – perguntou ela. – Posso voltar para terminar depois.

Jordan retornou à realidade. Sua imaginação o estava enlouquecendo.

A dura verdade era que ele queria aquela mulher. Queria Angie de volta em seus braços, em sua cama. Primeiro, porém, ela precisaria querê-lo. Isso demoraria um pouco.

Enquanto isso, havia outros problemas a serem enfrentados.

JORDAN NÃO estava ajudando em nada a concentração dela. Angie tentou se concentrar no computador, onde estava registrando notas fiscais e faturas.

Mas ela sentia o olhar dele. Ele a estaria despindo com aqueles hipnotizantes olhos acinzentados, recordando-se dela nua? Estaria lembrando o que suas mãos haviam tocado, o que seus lábios haviam provado, a sensação de seu sexo intumescido a penetrando?

Ela estava. E precisava parar.

– Algo que eu possa fazer por você, Jordan?

A boca dele se ergueu levemente, e ela se deu conta do que dissera. *Droga!*

– Quero terminar esses registros antes de Lucas chegar. Então, a menos que você...

– Os registros podem esperar. – Ele entrou, puxou uma cadeira diante da mesa e se sentou. – Preciso falar com você.

A pulsação dela disparou. Então, ela viu a expressão séria no rosto dele.

– Algo errado?

– Nada que eu não tenha previsto. Fiz uma visita à minha mãe hoje.

Angie sentiu um frio na barriga. Ela estava começando a se sentir em casa ali, e Lucas estava adorando. Contudo, uma palavra de Meredith Cooper podia mudar tudo.

– Então, ela sabe de Lucas... e de mim.

– Ainda estava em choque quando saí. Vai demorar um pouco para ela aceitar.

– *Se* ela aceitar. Nem imagino como ela deve se sentir por eu estar morando na casa dela.

– O que importa não é o que ela sente. É fazer a coisa certa para o filho de Justin.

– Você disse isso a ela?

– Exatamente assim. E deixei claro que você fazia parte do pacote.

– Entendo.

– Convidei minha mãe para a Ação de Graças. Só vou saber a resposta na semana que vem, mas acho que está na hora de ela conhecer o neto.

– *Não!* Se a sua mãe não gosta de mim, aceito isso. Mas não quero que ela descarregue o ódio dela em Lucas!

O olhar de Jordan permaneceu calmo.

– Minha mãe se orgulha dos bons modos que tem. Seja lá o que ela estiver pensando, não vai fazer nenhum escândalo.

– Você não tem como garantir isso. Minha prima Raquel nos convidou para ir à casa dela. Vamos para lá. Assim, você e sua mãe podem ficar aqui.

Os olhos de Jordan ficaram tempestuosos, atormentados.

– Ouça, Angie. Você precisa entender algumas coisas... coisas que eu devia ter lhe dito antes.

– Tipo o motivo de você ter nos trazido para cá?

– Isso faz parte. – Ele suspirou. – Esta propriedade e a maioria dos bens da família está no nome da minha mãe. Justin e eu estamos listados como os herdeiros.

– Então, é tudo por dinheiro?

– Preste atenção. Devo ao meu irmão fazer a coisa certa... o que ele iria querer que fosse feito se estivesse vivo. O nome de Justin ainda está listado no documento. Se eu conseguir fazer Lucas ser declarado o herdeiro legal dele, a parte de Justin vai para ele.

Angie o olhou fixamente.

– Mas, do jeito como as coisas estão agora, tudo não iria para você, Jordan? Por que iria querer mudar isso?

– Porque devo isso à memória de Justin.

– E a sua mãe? – Angie se sentiu entorpecida.

– Minha mãe pode dificultar as coisas, se quiser. Provavelmente, eu venceria no tribunal, mas não quero ir para a briga com ela e nem esperar anos até que ela venha a falecer. Minha esperança é que ela aceite Lucas como neto e ela mesma o coloque como um dos herdeiros.

– Então, foi por isso que você a convidou.

– Em parte.

– E você espera que Lucas a conquiste. É um fardo terrível para uma criança.

– Eu sei, Angie. Mas não é só por dinheiro. Quero que ela conheça Lucas pelo bem dele... e pelo dela. Minha mãe é uma boa mulher, mas o coração dela está partido. Ter um neto para amar pode fazer toda a diferença para ela.

– Ela pode magoá-lo, Jordan. Como posso correr esse risco?

– Minha mãe é protetora, não cruel. Pense nas coisas boas que podem vir disso... para eles dois.

– Não sei... Como posso compactuar com isso? Sua mãe já achava que eu queria o dinheiro de Justin. Ela vai achar que isso tudo foi ideia minha... e vai resistir.

Ele pegou a mão dela. O contato a fez sentir um calafrio.

– É só um jantar de Ação de Graças. Vamos ter tempo para o resto depois, mas precisamos começar por algum lugar.

Ele conseguia sentir a pulsação em disparada dela? Angie balançou a cabeça.

– Sua mãe me culpa pela morte de Justin e o derrame do seu pai. Como posso olhar nos olhos dela?

– Se ela ainda culpa você, está na hora de isso acabar. E também está na hora de você parar de se culpar. Você não derrubou aquele avião, Angie. E não fez nada ao meu pai. Ninguém sabe disso melhor que eu.

Angie o olhou fixamente, sentindo um embargo na garganta. Jordan fora o último da família a ver seu irmão vivo. Ele sabia algo que ela não sabia?

Ninguém sabe disso melhor que eu.

Ela poderia confrontá-lo, exigir saber se ele estava escondendo alguma coisa e que coisa era essa. Contudo, se o segredo era terrível a ponto de ele passar todos aqueles anos o escondendo, ela queria mesmo saber?

O som de uma buzina lá fora interrompeu os pensamentos dela. A van da pré-escola estava esperando que alguém saísse para buscar Lucas. Com um pedido de licença, ela se levantou e saiu às pressas. Seu filho estaria empolgadíssimo, mostraria seus desenhos e suas atividades e falaria de seus novos amiguinhos. Ela queria dar toda a atenção a ele.

O plano de Jordan precisaria esperar.

JORDAN ESTAVA na janela, vendo Angie descer pela pista. O vento levantava o comprido cabelo preto dela enquanto ela corria de braços abertos para receber seu filho. Não havia fingimento nela, não havia cobiça, egoísmo; apenas amor por seu filho... pelo filho do irmão dele.

Angie merecia saber a verdade sobre a morte de Justin. Entretanto, contar isso agora a ela poderia destruir os planos dele.

Ele não tinha dúvidas de que sua mãe viria ao rancho para a Ação de Graças. Apesar dos protestos, ela ficaria curiosa demais para não aparecer. Dependeria dele garantir que tudo acontecesse sem problemas.

Ele tinha duas semanas para construir relacionamentos de confiança, que poderiam facilitar a recuperação do que sobrara de sua família. Ele devia isso a todas as vidas que suas impensadas palavras haviam destruído: a Justin e a seu pai, a sua mãe, a Lucas... e a Angie.

Ele precisava fazer aquilo dar certo.

– POSSO VER as fotos do meu pai hoje, tio Jordan?

Ao ouvir a pergunta de seu filho, Angie olhou para Jordan, que estava do outro lado da mesa de jantar. Lucas vinha pedindo para ver o álbum da família desde aquela manhã. Marta falara das fotos. Até então, Jordan estivera ocupado. Agora, ele sorriu.

– Tenho tempo... Quero dizer, se a sua mãe concordar.

– Estou incluída? – perguntou Angie.

– Claro.

– Então, tudo bem. Mas termine de jantar primeiro, Lucas. – Podia ser doloroso para ela ver fotos de Justin e da família dele. Lucas, porém, teria perguntas depois. Seria útil saber o que ele vira.

Depois do jantar, Jordan acendeu a lareira, e os três se acomodaram no sofá; Lucas no centro, com o álbum no colo.

Na primeira página, havia um retrato de um lindo casal de noivos.

– São seus avós, Lucas – disse Jordan.

– Eles morreram? – Lucas sabia que os pais de Angie haviam morrido num acidente quando ela era adolescente.

– Seu avô, sim. Mas sua avó está bem viva. Quem sabe você não a conhece em breve? Claro, ela está mais velha agora.

Angie observou a foto. Braxton Cooper, quando jovem, fora muito parecido com seus filhos. Meredith também era linda, com um farto cabelo castanho-avermelhado, uma silhueta de modelo e um rosto digno de capa de revista. Como eles pareciam felizes! Estranho, Angie nunca imaginara os esnobes pais de Justin como pessoas apaixonadas.

– Quem são esses bebês? – Lucas virara a página. As crianças eram idênticas. E qualquer uma delas podia ser de Lucas, com aquela idade.

A risada de Jordan soou forçada.

– O mal-humorado sou eu. E o que está sorrindo é seu pai.

– Como você sabe?

– Eu sei.

Mais páginas, mais fotos; dois menininhos nos braços de sua linda mãe. Dois menininhos tomando banho. Dois menininhos brincando com o cachorro.

Ela olhou para Jordan. Aquilo também devia ser doloroso para ele, reviver os anos com seu irmão perdido. Ela sempre ouvira que gêmeos tinham uma conexão tão forte que nenhuma separação, nem mesmo a morte, seria capaz de rompê-la. Talvez isso explicasse por que ele estava tão determinado a realizar o que acreditava serem os desejos de Justin.

A notícia de que ele planejava fazer de Lucas o herdeiro de seu irmão a surpreendera e a emocionara. Mesmo assim, Angie não conseguia deixar de questionar a motivação dele. Ele estaria agindo por generosidade? Por culpa? Algum outro motivo?

Apenas uma coisa era certa. Jordan Cooper jamais fazia algo sem um bom motivo.

– Quem é essa? – Lucas virara para a última página. Angie se flagrou olhando a foto de casamento de Jordan. A noiva era linda, com cabelo tingido pelo sol e uma silhueta esbelta. Seu vestido simples tinha um corte maravilhoso, provavelmente, feito especialmente para ela por um designer. A aliança de diamante em seu dedo deixaria estrelas de Hollywood deslumbradas.

– É a minha esposa – murmurou Jordan. – Ou era. Não cheguei a tirar essa foto do álbum.

– Ela morreu, igual ao meu pai?

– Não. Só foi embora.

– Ela é linda – falou Angie.

– Sim. Basta perguntar ao segundo marido dela.

Angie olhou novamente a foto. A boca de Jordan sorria, mas seus olhos, não. Ele parecia saber que o casamento terminaria.

Ele amara sua noiva? Seria capaz de amar uma mulher pela vida toda?

Ele já insinuara ter se casado por dever, para dar continuidade à linhagem da família. Não dera certo. Agora, ele estava tentando algo diferente: um herdeiro já pronto. Ela acreditava que ele gostava de verdade de Lucas. Entretanto, se ela achava que estava agindo pelo bem do menino, talvez Jordan usasse Lucas como ferramenta para cumprir a obrigação familiar.

O que ela faria se encontrasse uma prova de que eles estavam sendo usados?

Teria coragem de ir embora?

CAPÍTULO 9

– O QUE foi, querida? – perguntou Raquel, ao atender o telefone. – Algo errado?

– Não, está tudo bem. Ao menos eu espero.

– Seu jeito de falar não indica que esteja tudo bem. Jordan a está tratando bem?

Angie suspirou, perguntando a si mesma quanto ela ousava contar a sua prima.

– Jordan tem se comportado bem ultimamente. Nem chega perto de mim.

– Que pena. Não é de admirar que você não pareça muito feliz.

Angie se obrigou a ignorar a provocação da prima... e a onda de calor que lhe subiu pelo pescoço.

– Não é por isso que estou ligando. Infelizmente, eu e Lucas não vamos passar a Ação de Graças na sua casa amanhã.

– Por favor, diga que esse homem vai levar vocês para o Havaí!

– Quem me dera! – Angie riu. – Não, Jordan convidou a mãe dele para vir ao rancho conhecer Lucas. Acabamos de ficar sabendo que ela vai vir para o jantar de Ação de Graças.

– O quê? A Mulher-Dragão?!

– Você não tem jeito, Raquel! Não deixe Lucas ouvir você a chamando assim.

– Vou tentar conter a língua perto dele. Mas, do jeito como aquela mulher a tratou...

– Não posso ficar remoendo o passado. Ela é avó de Lucas. Preciso dar uma chance a ela.

– Mas *ela* vai lhe dar uma chance? Um conselho, *chica*. Esconda as facas e não dê as costas a ela.

– Conselho anotado.

– Angie, você está feliz de verdade aí?

– Lucas está feliz. Por ora, isso é suficiente.

Depois de prometer visitá-la em breve, Angie desligou e foi até a janela. De seu quarto no segundo andar, ela conseguia ver além do telhado da garagem, onde Jordan estava entrando com a picape. Ele levara Lucas à pastagem para levar sal e feno para o gado. O filho de Angie ficara felicíssimo com a ideia de fazer o trabalho de um verdadeiro cowboy.

Jordan saiu da picape e ajudou o menininho a sair da cadeirinha. Lucas estava com uma camiseta xadrez, jaqueta de brim, jeans e as botas de cowboy que Jordan comprara para ele. Quando eles chegaram à porta da casa, Angie percebeu que ele acompanhava os passos de Jordan, imitando seu jeito de andar.

O filho dela encontrara a figura paterna da qual tanto sentia falta. Jordan, porém, não era o pai de Lucas. Era um homem com seus próprios objetivos. Mesmo que ele não quisesse mal a Lucas, isso poderia acontecer facilmente. Jordan passara pouco tempo perto de crianças. Ele sabia como elas podiam ser vulneráveis? Seu generoso plano de incluir Lucas como herdeiro da família poderia garantir o futuro do garoto. Mas e o ingênuo coração de Lucas?

Angie chegou ao topo da escadaria no instante em que eles entraram. Lucas estava sorrindo, tagarelando enquanto olhava para seu herói.

– Mamãe, ajudei tio Jordan a dar comida para as vacas! Um bezerro chupou meu dedo! Fez cócegas!

– Nossa! – Ela se sentou no degrau, ciente de que Jordan estava observando enquanto ela colocava Lucas no colo.

– Acho que seu garoto tem jeito para ser fazendeiro – disse ele. – Ele já leva jeito com o gado.

– Isso não me surpreende. – O olhar de Angie percorreu o rosto de Jordan, a camisa de flanela, as pernas cobertas pelo jeans. Ele parecia em seu ambiente, em forma e forte, pronto para a ação. Um turbilhão de desejo surgiu dentro do corpo dela.

Como ela poderia proteger seu filho do feitiço de Jordan... se não era capaz de proteger nem a si mesma?

Ele podia se acostumar àquilo, pensou Jordan. A casa cheia de calor, o cheiro de sopa quente e tortas recém-assadas vindo da cozinha, Angie com seu feliz garotinho o olhando da escadaria. O momento foi como um vislumbre do paraíso... mas apenas um vislumbre. Se ele piscasse, tudo desapareceria como uma miragem.

Ele seria idiota se pensasse que sua vida poderia ser diferente do que era: um espetáculo de malabarismo com obrigações familiares, a empresa e o rancho. Se ele incluísse Lucas como herdeiro, com uma bela renda, seu dever em relação a seu irmão estaria cumprido. Angie poderia ficar ali por quanto tempo quisesse. Mas ela não ficaria para sempre. Ela não tinha vida, não tinha futuro ali. Cedo ou tarde, ela optaria por partir.

Mesmo assim, ao olhá-la, ele sentiu uma primitiva sede pelo que não poderia ter. E não se tratava apenas do corpo dela, mas todas as coisas íntimas que ela jamais compartilhara com ele. Ele queria que ela confiasse nele, que lhe fizesse confidências, que contasse com ele... Contudo, isso exigiria a mesma abertura da parte dele. O que não aconteceria.

No dia seguinte, a mãe dele viria para o jantar. Novamente, ele faria as vezes de malabarista, mantendo tudo tranquilo, desviando a conversa para direções seguras. Muitas coisas dependiam de ele garantir que a tarde terminasse com todos sorrindo, civilizados.

O DIA de Ação de Graças raiara com algumas nuvens e neve. O clima estava como o humor de Angie.

Ao menos Marta aceitara a ajuda dela. Elas não estavam preparando o jantar apenas para as pessoas da casa, mas também para os funcionários que não tinham ido para casa e jantariam na cozinha. Havia um imenso peru recheado, meia dúzia de tortas, várias travessas com os maravilhosos rolinhos de Marta, uma pequena montanha de batatas e muito mais.

Angie sentiu a ansiedade crescendo enquanto observava a ponta da longa mesa de jantar. Os quatro elegantes lugares postos pareciam solitários. Uma pena que os funcionários não pudessem ser convidados para comer ali, ocupando algumas das cadeiras vazias. Meredith jamais aceitaria isso.

Lucas desceu a escadaria, de banho tomado, penteado e vestido com roupas que Angie esperava que permanecessem limpas até o fim do jantar.

– Que cheiro gostoso! – falou ele. – Quando vamos comer?

– Só depois que tio Jordan chegar com a sua avó. Deu comida a Rudy?

– A-hã.

– E lembra o que aprendeu sobre educação?

– Dizer por favor e obrigado. Não falar de boca cheia. Não comer com as mãos... Tem problema comer pão com as mãos, mamãe?

– Se você não ficar brincando com ele, não. Continue.

– Limpar a mão e o rosto no guardanapo, não na camisa.

– Falta uma coisa. Quando os adultos estiverem falando, você tem que ficar quieto e deixar que eles terminem. Não interrompa. Certo?

– Certo. – Ele se virou, distraído por um som vindo da entrada da casa. – Chegaram, mamãe! Chegaram!

Angie se obrigou a permanecer na sala de jantar, vendo Lucas correr até a entrada. Ele ficou paralisado enquanto a porta se abria e Meredith Cooper entrava.

Ela estava imponente como sempre. Contudo, estava mais magra e velha do que Angie se recordava. Os dedos que seguraram a bolsa de grife estavam com as falanges inchadas.

Jordan entrou depois dela, fechou a porta e ergueu Lucas nos braços, pondo o menino na mesma altura de sua elegante avó. Angie prendeu o fôlego numa prece silenciosa.

– Mãe – falou Jordan –, este é Lucas, seu neto.

Lucas estendeu a mão.

– Como vai? – falou ele com uma vozinha mecânica.

Angie arfou. A reação formal não era do feitio de seu filho. Evidentemente, ela não fora a única a treiná-lo.

Os lábios de Meredith se contraíram num gélido sorriso. Pegando a pequena mão de Lucas em seus dedos acometidos pela artrite, ela a apertou levemente.

– É um prazer conhecê-lo, Lucas.

– Acho que o jantar já está quase pronto. – Jordan pôs Lucas no chão. – Posso guardar seu casaco e sua bolsa? – Sem esperar resposta, ele tirou o casaco dos ombros dela e entregou a bolsa a Lucas. Juntos, eles desapareceram pelo corredor.

E deixaram Angie para enfrentar a leoa sozinha.

– Olá, Angelina – disse ela. – Não posso dizer que esperava vê-la novamente aqui.

Angie se manteve firme.

– Eu não esperava voltar. Mas, quando Jordan nos encontrou, insistiu para que Lucas conhecesse a família do pai.

– Entendo. O menino é tudo que Jordan disse que era. Por que não nos falou dele antes?

– Acho que você sabe o motivo.

– Claro. Minha memória é tão boa quanto a sua.

– Lucas sabe quem é o pai dele. Ele foi criado com fotos e histórias do pai.

– Mas você não lhe deu o sobrenome do pai.

– Naquelas circunstâncias, achei que não fosse... adequado. – Não era necessário dizer que ela quisera esconder seu filho da família Cooper.

– Então, você não consideraria a possibilidade de mudá-lo? – A pergunta abrupta surpreendeu Angie. Sobre o que Jordan teria falado com sua mãe no caminho até ali?

– Isso seria uma decisão de Lucas. Talvez quando ele for mais velho... Mas a decisão não é minha.

– Entendo. Também entendo que Jordan permitiu que você viesse morar aqui. O que você quer, Angelina? Dinheiro?

Angie conteve uma onda de revolta.

– Tudo que quero é o melhor para Lucas. Quanto ao dinheiro, tenho minha própria empresa de web design. Ganho dinheiro suficiente para satisfazer minhas necessidades. Mesmo aqui. E estou cuidando dos livros contábeis do rancho para pagar o carro que estou dirigindo. – Ela empinou o queixo. – A questão nunca foi o dinheiro, Meredith. Eu amava Justin, e faria qualquer coisa para proteger nosso filho. Quando você vai enxergar isso?

– Ora! – bufou ela. – *Ora!*

Lucas entrou aos saltos no salão, acabando com o impasse. Jordan chegou em seguida, com um sorriso tenso. Ele teria ouvido tudo?

– Já podemos comer? – perguntou Lucas. – Por favor?

– Por que não vai à cozinha perguntar a Marta? – sugeriu Jordan. – Se ela disser que está pronto, podemos sentar.

Lucas correu para a cozinha.

– Então, mãe – falou Jordan –, o que acha?

– Não me apresse, Jordan. É cedo demais. Preciso de tempo.

A voz de Meredith estava trêmula com uma surpreendente emoção. Talvez a mulher tivesse coração, afinal.

O JANTAR podia ter sido muito pior, pensou Jordan. Sua mãe contivera sua língua afiada, e Lucas conseguira passar toda a refeição sem derramar o leite ou escorregar de sua cadeirinha. Ele até mesmo se lembrara de dizer "por favor" e "obrigado" na maior parte do tempo.

A melhor coisa naquele dia fora a imediata aceitação de Lucas por parte da mãe dele. Os documentos que Jordan mostrara a ela no carro, juntamente com a semelhança do menino com Justin, tinham sido suficientes para convencê-la de que ele era mesmo seu neto. Um passo na direção certa. Mas apenas um passo.

Com Angie, seria outra questão.

A conversa do jantar se centrara na história da casa e dos famosos que já haviam jantado ali. O assunto fora seguro o bastante, mas a tensão entre as duas mulheres pairara como um miasma sobre a mesa.

Jordan ouvira boa parte da conversa anterior entre eles. Sua mãe era uma mulher formidável, mas Angie se mantivera firme. E ele não conseguia deixar de ter orgulho dela por isso.

– Mais alguém gostaria de café com a torta? – Meredith assumira seu antigo papel de anfitriã. Um toque na sineta ao lado de seu prato convocou Carlos com uma bandeja de prata com café e três xícaras de porcelana.

Lucas estava ficando sonolento. Jordan estava prestes a sugerir que Angie o levasse para um cochilo, quando um som de algo arranhando veio da direção da porta do pátio.

As sobrancelhas de Meredith se ergueram.

– Mas o quê...?

– Eu cuido disso. – Carlos terminara de servir o café. Ainda equilibrando a bandeja, ele saiu às pressas da sala de jantar, entrando no salão.

Houve um assustador momento de silêncio. Jordan estava pensando que ele próprio devia ter ido, quando ouviu o som da porta se abrindo seguido por um estrondo metálico e uma série de palavrões em espanhol. De língua de fora, Rudy entrou com tudo na sala de jantar.

O filhote já crescera consideravelmente desde sua chegada ao rancho. Normalmente bem-comportado, ele foi diretamente para a mesa e tentou saltar no colo de Lucas.

Angie, que era quem estava mais perto, puxou seu filho da cadeirinha, que tombou. Tentando se equilibrar, Rudy se agarrou na toalha da mesa, puxando-a. Pratos caíram ao chão, espalhando comida ao se estilhaçarem no piso.

Meredith estava berrando; mais de fúria do que de medo.

– Segurem essa fera horrenda!

Àquela altura, Jordan já conseguira segurar Rudy pela coleira e levá-lo para longe da mesa. Mas o estrago já estava feito.

Carlos estava de cabeça baixa.

– Sinto muito, sra. Cooper. Abri uma fresta da porta, o cachorro passou no meio das minhas pernas e acabei deixando a bandeja cair. Vou levá-lo para o celeiro por enquanto.

Lucas estava chorando. Angie o abraçou enquanto Meredith, trêmula, levantou-se.

– Quero essa criatura horrenda fora daqui. Ela deve partir até amanhã! Livre-se dela como for necessário!

– *Não!* – Lucas já estava chorando fortemente. – Não leve Rudy embora! Ele é meu cachorro! Ele me ama!

– Esqueça – falou Meredith. – Compraremos um cachorro mais adequado para você, um belo golden retriever como o que seu pai teve.

– Não! Quero Rudy! – Lágrimas escorriam pelas bochechas de Lucas.

– Eu levo o cachorro para fora – disse Jordan. – Carlos, fique aqui para ajudar a limpar tudo. Não se preocupe, Lucas. Rudy só vai para o celeiro. Ele vai ficar em segurança e aquecido, e vou deixar comida para ele.

As palavras de Jordan pareceram dar certo conforto a Lucas, que reduziu o choro. Ele enterrou o rosto no ombro da mãe.

– Ele está cansado – falou Angie. – Quando ele dormir, eu volto para ajudar na limpeza. É o mínimo que posso fazer.

– E eu? – Meredith limpou uma mancha de molho de sua calça. – Tive uma experiência traumatizante e quero ir para casa. Quem irá me levar?

– Eu levo, mãe, assim que este pestinha estiver num lugar seguro. – Jordan levou Rudy para os fundos da casa. Minutos antes, ele estivera parabenizando a si mesmo por um jantar de Ação de Graças tranquilo. Devia ter imaginado que isso não duraria muito...

Quando o carro de Jordan entrou na garagem, o sol estava se pondo. Marta e Carlos já tinham ido embora, e Lucas ainda não acordara.

Encolhida no sofá diante da lareira acesa, Angie estava saboreando o silêncio. Ela ergueu o olhar quando Jordan entrou.

– Como está Lucas?

– Ainda dormindo. Estava tão cansado que deve passar a noite inteira apagado. Como está a sua mãe?

– Vai ficar bem. – Ele se sentou no sofá. – Nós conversamos.

– É?

– Deixei claro que Rudy faz parte da família... e você, também. E disse que, se ela quisesse passar tempo com o neto, precisaria aceitar isso.

– Parece um pouco duro demais, não?

– Minha mãe tem um bom coração. Mas pode ser teimosa. Às vezes, precisamos ser duros para fazê-la entender.

Angie o olhou fixamente, um tanto entretida.

– Você me surpreendeu, Jordan Cooper, defendendo Rudy assim. E também me defendendo. Neste momento, acho que gosto mais de você do que jamais gostei em toda a minha vida.

Um sorriso ergueu o canto da boca dele.

– Isso parece ser algo bom. É?

A pulsação de Angie disparou. Jordan progredira muito para conquistar a confiança dela. Isso significava o que ela queria que significasse? Depois de tudo que acontecera entre eles, ela ousaria arriscar seu coração com aquele homem?

Angie baixou o olhar. Em seguida, olhou nos olhos dele.

– Pode ser... algo muito bom.

Mesmo antes de ele tocar o rosto dela com a mão, ela já sentira que ele a beijaria. Contudo, Angie não estava preparada para a onda de sensações que atingiu seu corpo quando os lábios dele tocaram os dela. Um gemido escapou da garganta dela quando o calor a percorreu. Ela quisera aquilo, ansiara por aquilo. Que Deus a ajudasse, ela sequer soubera a intensidade desse desejo até aquele momento.

Os lábios dela se entreabriram, a língua sondando. Com um rosnado grave, ele a puxou para si, as mãos a moldando junto a seu peito. Angie segurou a cabeça dele, aprofundando o beijo enquanto as línguas deles faziam uma provocante brincadeira. A umidade molhou a calcinha dela quando a mão de Jordan deslizou por baixo do suéter. Dedos hábeis soltaram a presilha do sutiã de Angie. Ela gemeu quando a mão dele envolveu o seio dela, o polegar acariciando o mamilo com uma leveza que desencadeou espasmos de desejo.

Ela o desejava tanto que mal conseguia aguentar. As coisas, porém, estavam avançando rápido demais, fugindo do controle. E Lucas estava dormindo no segundo andar, podendo acordar a qualquer momento.

Invocando sua força de vontade, ela recuou.

Um olhar questionador surgiu no rosto dele. Então, ele pareceu entender.

– Fica para a próxima?

Angie riu, trêmula.

– Fica. É melhor eu dar uma olhada em Lucas. – Ela parou, pensando. – Ele ficaria muito feliz de acordar e ver Rudy ao lado da cama. Você acha que...?

– Claro. Vou trazer Rudy. Vamos torcer para aquele vira-lata bobo ter aprendido a lição.

Angie estava indo para a escadaria, quando se deu conta de que algo não estava certo.

– Jordan, espere... – Ela se virou e levantou o suéter. – Preciso de uma ajudinha aqui.

Ele riu.

– Não me importo nem um pouco de ajudar nisso – murmurou ele, ao prender o sutiã dela novamente. Ele permitiu que suas mãos deslizassem pelo abdômen dela para envolver a peça rendada. Angie fechou os olhos. Um ronronado escapou de seus lábios quando ele deu um beijo em sua nuca.

– Você vai me encrencar – murmurou ela.

A risada dele fez cócegas na pele dela quando ele a soltou.

– Espero sinceramente que sim. Agora, vá logo. Podemos terminar depois o que começamos.

Assoviando, ele foi na direção da porta dos fundos. Angie subiu a escadaria às pressas, o coração em disparada. Ela estaria fazendo papel de boba ao deixar de lado a cautela e o bom senso para ficar novamente com Jordan?

Se a resposta fosse sim, por que aquilo parecia tão certo? Seria por ele ter enfrentado sua mãe para defendê-la?

Aquilo não significava necessariamente alguma coisa, lembrou Angie a si mesma. Claramente, Jordan queria uma parceira de cama e podia ser muito persuasivo. A perguntar era: ele queria mais?

Ela entrou no quarto de Lucas. Não havia nenhum sinal de que ele tivesse despertado, mas Angie percebeu algo quando estava prestes a sair. Os sapatos dele, que ela tirara e colocara no tapete, não estavam ali, e sua jaqueta também desaparecera do encosto da cadeira.

O pânico cresceu dentro dela. Temendo respirar, ela puxou as cobertas de seu filho. Na cama, havia uma linha de travesseiros e bichinhos de pelúcia muito bem-organizada.

Lucas não estava ali.

CAPÍTULO 10

Ao DESCER a escadaria às pressas, Angie viu Jordan entrar correndo.

– Ele sumiu! – arfou ela. – Lucas sumiu!

Jordan parecia abalado.

– Eu sei. O cachorro também sumiu. Encontrei os rastros deles na neve. – Ele pegou o casaco. – Vou atrás deles. Quer esperar aqui?

– Não, ele pode precisar de mim. Vou com você. – Sem dúvida temendo a perda de seu amado bichinho, Lucas pegara Rudy e fugira. Felizmente, a neve tornava possível rastreá-lo, mas estava escurecendo, e a noite estava gelada. Por quanto tempo uma criança pequena seria capaz de sobreviver naquele clima?

Juntos, eles saíram pela porta dos fundos, sendo atingidos por um forte vento. Finos flocos de neve os alvejaram. Angie pensou em seu garotinho, que estava apenas com uma jaqueta fina. Eles precisavam encontrá-lo antes que ele sofresse de hipotermia.

– Por aqui! – Jordan voltou sua lanterna na direção do celeiro. – Foi aqui que vi as pegadas.

Angie olhou fixamente para o chão. As marcas dos tênis de Lucas e das patas de Rudy já estavam sendo preenchidas pela neve. Quanto tempo fazia desde que eles haviam desaparecido? Tempo demais, pensou ela, com uma dor no coração. Quando ela fora ver seu filho, meia hora antes, fora enganada pela forma debaixo das cobertas. Não percebera a ausência dos tênis e da jaqueta.

Enquanto seguia o facho da lanterna de Jordan, ela sussurrou algumas preces. Eles já tinham passado pelo portão aberto, com Angie correndo para acompanhar as longas passadas de Jordan. De vez em quando, eles paravam para gritar o nome de Lucas e tentar ouvir alguma coisa. A única resposta era o frio assovio do vento.

Subitamente, Jordan parou, murmurando um palavrão. Angie se aproximou, tentando enxergar o rastro na neve.

– O que foi? – perguntou ela.

Jordan baixou a lanterna, focando a luz numa pegada de uma pata mais estreita, menor que a de Rudy.

– Coiotes – disse ele. – Talvez dois. Eles fugiriam de um adulto, mas...

Não havia necessidade de ele concluir a frase. Lucas era pequeno o suficiente para ser visto como presa. E um filhote desajeitado e inexperiente como Rudy não seria páreo para dois coiotes famintos.

Os joelhos dc Angic ameaçaram perder a força. Ela se obrigou a ser forte.

– Você é mais rápido que eu – disse ela a Jordan. – Vá na frente. Eu sigo seu rastro.

Ele tocou o rosto dela.

– Não se preocupe. Vou encontrá-lo.

– Rápido! – Ela o viu dar meia-volta. No instante seguinte, Jordan já desaparecera na escuridão.

De cabeça baixa, Angie o seguiu.

– Lucas! – gritou Jordan, tentando discernir algum sinal de que fora ouvido.

A trilha de Lucas se tornara mais errática, como se ele estivesse se enfraquecendo ou ficando confuso. Ao menos o cachorro estava com ele. As grandes pegadas de Rudy estavam claras e próximas; as dos coiotes, espalhadas, como se os animais os tivessem alcançado e estivessem juntando coragem para atacar. Jordan começou a correr.

E se ele chegasse tarde demais? Céus, e se perdesse aquele precioso garotinho, o único filho de seu irmão? Ele passara a ter carinho por Lucas. Os passeios deles na picape, os momentos juntos na pastagem o tinham levado de volta à sua própria infância, à simples alegria de viver. Ele se flagrara ansioso por ver o menino crescer, por estar presente para ajudá-lo e orientá-lo.

E Angie? A perda a destruiria. Ela culparia a si mesma, como se culpava pela perda de Justin. Mesmo que ela sobrevivesse, emocionalmente e fisicamente, ele nunca mais a veria.

Jordan precisava encarar a realidade. Ele não conseguia mais imaginar sua vida sem eles dois.

– Lucas! *Lucas!*

Com o vento, veio um leve som. Um grito? Não, parecia mais um latido. Guiado por seus ouvidos, Jordan seguiu na direção do som.

– Lucas! Responda! – Ele esperou, rezando pelo som de uma voz infantil. Mas ouviu apenas mais latidos.

Quando ele se aproximou, duas formas escuras se afastaram. Ali, sob o facho da lanterna, ele viu Rudy. De cabeça baixa, feroz, ele estava de guarda, protegendo algo na escuridão atrás de si.

– Calma, garoto. – O filhote rosnou ao ver Jordan se aproximar, mas pareceu reconhecer a voz dele. A cabeça de Rudy se levantou. Sua cauda balançou.

O facho da lanterna de Jordan encontrou Lucas. Ele estava encolhido na base de um grande arbusto, parcialmente protegido pelos galhos.

O menino não estava se mexendo.

Apavorado, Jordan se atirou de joelhos para tomar a criança nos braços. Lucas estava prostrado e frio, mas ainda respirava.

– Lucas! – Jordan o sacudiu suavemente. Então, um pouco mais forte. – Lucas! Acorde!

Lucas despertou. Seus olhos se abriram.

– Cansado... – resmungou ele.

Graças a Deus.

Tirando sua jaqueta de couro, Jordan envolveu o menino com o calor dela.

– Vamos para casa, filho – disse ele.

Casa. Filho. Era estranho como aquelas palavras tinham lhe ocorrido naturalmente.

Rudy acompanhou Jordan pelo caminho de volta. A silhueta de Angie surgiu em meio à neve. Ela cambaleou à frente com um grito ao vê-los.

– Ele está bem, Angie, só com frio. – Mais tarde, ele lhe contaria como os coiotes haviam chegado perto e Rudy protegera seu jovem dono.

Ela abriu o imenso agasalho que vestira. Jordan passou o menino para a mãe. Ela o envolveu com o casaco, aquecendo-o com seu corpo. Àquela altura, Lucas já estava chorando; um bom sinal. Impulsivamente, Jordan os abraçou fortemente. Eles ficaram ali, na neve, agradecendo em silêncio a pequena vida que estava aninhada entre eles. O momento foi tão tocante que Jordan hesitou em encerrá-lo. Contudo, um impaciente latido de Rudy o fez lembrar que eles precisavam voltar para a casa.

Eles seguiram a trilha rumo às luzes distantes da casa. Angie tropeçou. Reequilibrando-se, ela ajustou o peso que carregava.

Jordan estendeu a mão para segurá-la.

– Você está ficando cansada. Eu levo Lucas.

– Estamos bem. – Ela firmou os braços em torno de seu filho. Vivera um pesadelo materno naquela noite. A força dela o deixava maravilhado. Como alguém conseguia criar filhos naquele mundo perigoso, onde tragédias aconteciam sem aviso? Como alguém poderia ter coragem de amar, quando o risco da dor era tão grande?

Ele seria um covarde? Teria sido por isso que, após a perda de Justin, ele se retraíra tanto em seu casamento? Teria sido por isso que ele passara de um relacionamento vazio a outro, suas emoções congeladas em segurança?

Quando eles chegaram à casa, estavam com frio e cansados demais para conversar. Angie levou Lucas às pressas para o segundo andar. Jordan deu ração ao filhote e o levou até o quarto do menino. Ele conseguiu ouvir sons de água e vozes vindos do banheiro de Angie.

Retornando à cozinha, Jordan fez chocolate quente, subiu com uma caneca e bateu levemente na porta do banheiro. Angie a entreabriu. Atrás dela, ele viu Lucas numa banheira de água quente.

O rosto molhado dela se iluminou quando ela viu o chocolate quente.

– Ah, obrigada! Isso vai ajudar a aquecê-lo.

– Como ele está?

– Melhor. Só está esgotado. Espero que ele durma.

– Rudy está no quarto dele. O vira-lata merece uma medalha. Ficou ao lado de Lucas o tempo todo.

Ela abriu um sorriso cansado.

– Viu? Eu disse que valia a pena salvá-lo. Espero que sua mãe se convença disso.

– Se ainda não estiver convencida, vai se convencer.

Jordan voltou ao salão e jogou mais lenha na lareira. Então, acomodou-se no sofá para esperar. Não havia motivo para acreditar que Angie desceria para o primeiro andar. Mas ele queria que ela descesse.

E, se ela descesse, ele queria estar esperando.

* * *

ANGIE FOI em silêncio até o salão. Lucas demorara para dormir, e ela não quisera deixá-lo. Agora, porém, ele estava num sono profundo, com Rudy de guarda ao lado da cama.

A caneca vazia dera a Angie uma desculpa para descer. Contudo, ela achava que não precisaria dela. Provavelmente, Jordan já fora para a cama. E, depois do susto de Lucas, o ardente encontro deles no sofá e a promessa de continuarem depois pareciam apenas uma lembrança distante.

Entretanto, se ele estivesse acordado, ela queria lhe agradecer. Jordan salvara a vida do filho dela naquela noite. Sozinha, ela jamais teria encontrado Lucas a tempo.

No salão, as chamas ardiam na lareira. Um único abajur estava aceso numa mesa de canto. À luz dele, Jordan estava estendido no sofá, adormecido.

Deixando a caneca de lado, Angie o olhou. Ele parecia ter pegado no sono sentado e tombado em seguida. Seu cabelo estava grudado no rosto em cachos molhados; seu maxilar estava com a barba por fazer.

Uma onda de ternura a atingiu. Ela se flagrou ansiando por dar um beijo nos lábios dele, imaginando o sabor dele, sua lenta reação. Tentada, ela se curvou na direção dele, mas parou. Jordan parecia exausto. E se ele não quisesse ser incomodado?

Havia uma manta de lã no encosto de uma cadeira. Angie a pegou e o cobriu com ela. Ela a estava prendendo em torno dos ombros dele, quando Jordan abriu os olhos. Seu olhar estava sonolento e perturbadoramente sensual.

– Oi – murmurou ele. – Como está Lucas?

– Ele demorou para se acalmar, mas está bem. Vai passar o resto da noite dormindo, espero.

– Ótimo. – Ele se sentou, despindo-a com os olhos. Angie sentiu um frio na barriga. Ela já dormira com Jordan uma vez e dissera a si mesma que isso não significara nada. Dessa vez, porém, ela sentia que arriscaria seu coração. As coisas estavam avançando rápido demais? – Sente-se, Angie. Você passou por um inferno hoje. Relaxe e descanse.

– Esse é o melhor conselho que ouvi a noite inteira.

Ele colocou um banco para apoiar os pés dela.

– Melhorou?

Ela assentiu e suspirou.

– Café? Posso fazer para você.

– Não, obrigada. Isso vai me manter acordada.

Uma das escuras sobrancelhas dele se ergueu. O que ele entendera com aquele comentário? Jordan não a pressionaria, Angie sabia disso. Ele tinha orgulho demais para isso. Fosse lá o que acontecesse... ou não acontecesse... seria decisão dela.

Ficando de pé, ele afastou o banco e segurou os pés dela nas mãos. Foi apenas então que Angie se deu conta de que ainda estava com as finas e molhadas sapatilhas que usara para andar pela neve.

Delicadamente, ele tirou os sapatos molhados dela e balançou a cabeça.

– Pobres pés. Parecem pedras de gelo. Espere aqui. Eu já volto.

Ele saiu e retornou um instante depois com um pano, uma toalha e um jarro misterioso. Sentando-se novamente, ele apoiou os pés descalços de Angie na toalha em seu colo. Seus olhos brilhavam maliciosamente.

– Recoste-se e aproveite.

Angie fechou os olhos enquanto Jordan passava uma esponja pelos pés gelados dela e os secava. Ela soltou um gemido sussurrado. O pano estava molhado, quente e macio, a sensação tão doce que quase a levou às lágrimas. Alguém já fizera aquilo para ela em toda a sua vida?

– Você aprendeu isso com o diabo... e aquela massagem nos ombros também, não foi? – brincou ela.

Ele sorriu.

– Claro. Em troca da minha alma.

– Aposto que você faz isso com todas.

– Só com as que estão com os pés congelados. – Ele abriu o jarro. O sedoso creme que ele esfregou na pele dela a fez formigar. Os poderosos dedos dele massagearam as superfícies do pé dela, lançando faíscas de prazer que subiram pelas panturrilhas, para as coxas e...

Angie grunhiu quando o calor cresceu dentro dela.

– Isso é bom demais – murmurou ela. – Você é um homem malicioso, Jordan Cooper.

– Você nem sabe como. – Os dedos dele continuaram com seu lento tormento. Ondas de excitação subiram pelas pernas dela. Angie estremeceu de desejo. Durante quanto tempo ele a provocaria daquele jeito?

– Acho que quero... – sussurrou.

– O quê?

– Saber... como...

Com uma risada rouca, ele se levantou e a ergueu nos braços, levando-a até seu quarto. Jordan parou ao lado da cama e a colocou delicadamente de pé. Seu beijo foi longo, quente e profundo.

Sob as roupas dele, ela sentia os contornos de seu peito largo, seu abdômen musculoso, seu sexo protuberante. A mão dela desceu para baixar o zíper.

– Diga o que você quer, Angie.

Os dedos dela abriram o zíper e encontraram a abertura da cueca dele.

– Isto... – A ponta do dedo dela acariciou toda a extensão do membro dele. Jordan estremeceu.

– Diga. Quero ouvir você dizendo.

– Quero você, Jordan. – Ela já tivera tanta certeza de algo em toda a sua vida? – Quero você dentro de mim.

Ele levou meros segundos para tirar a roupa e colocar a proteção. Então, baixou a calça e a calcinha dela. Jordan segurou o bumbum de Angie, ergueu-a e a deslizou sobre sua ereção.

Angie arfou quando ele a penetrou. Por vontade própria, suas pernas envolveram os quadris dele, prendendo-o junto de si. Um gemido escapou da garganta dela quando os movimentos dele começaram, subindo, penetrando-a com força. Uma tempestade de sensações percorreu o corpo dela. Ela se flagrou querendo se movimentar junto dele, mas a gravidade estava contra ela. Tudo que ela podia fazer era se agarrar nele e aproveitar.

– Jordan... – sussurrou ela.

Como se soubesse do que ela precisava, ele se deitou com ela no colchão, deixando Angie montada nele, seu sexo bem dentro dela.

– Sou todo seu – murmurou.

– *Ah*... – Impulsionada pelo instinto, ela empurrou seu corpo na direção do dele, aprofundando o movimento de Jordan. As sensações dela explodiram, latejando. Seu corpo pulsou, contraindo-se em torno do membro dele enquanto tudo se estilhaçava gloriosamente. Angie desabou sobre ele, sua tensão sendo levada embora numa onda de gratidão.

Ele a puxou para si, beijando-a, aninhando-a em seus braços.

– Você também é um tanto maliciosa – sussurrou ele. – Vou terminar o que começamos.

Com os corpos deles ainda unidos, ele rolou sobre ela. Uma última investida o levou para bem dentro dela. Ele atingiu o orgasmo com um trêmulo grunhido. Angie o segurou com força, sentindo o poderoso corpo dele relaxar em seus braços. Se ao menos eles pudessem permanecer daquele jeito, pensou ela, alheios ao mundo, aquecidos, próximos, em paz. Entretanto, ela sabia que o momento não duraria.

Uma gargalhada trovejou de dentro dele quando Jordan saiu de cima dela e se deitou.

– Céus, Angie, você vai acabar me matando – murmurou ele.

– É melhor eu ir. – Ela se sentou e começou a procurar as roupas.

– Não. – Ele segurou os punhos dela. – Sei que você quer voltar para Lucas, mas temos tempo. Fique um pouco mais.

– E se eu dormir?

– Conheço você, Angie. Enquanto Lucas estiver lá em cima, você não vai pegar no sono. E eu não vou segurar você por muito tempo. Só não quero deixar você ir ainda.

Ele se deitou de lado e a puxou para o espaço quente ao lado de seu corpo. Eles ficaram deitados em silêncio, a respiração dele levantando o cabelo dela. O paraíso, pensou ela. No entanto, Angie não conseguiu se permitir acreditar que aquilo duraria.

– Quanto tempo faz desde a última vez que alguém cuidou de você, Angie?

A pergunta a pegou de surpresa. Ela balançou a cabeça.

– Meus pais morreram quando eu tinha 16 anos. Mesmo quando estavam vivos, eles trabalhavam tanto para nos alimentar que eu ficava basicamente sozinha.

– Então, sua resposta é "muito tempo"?

– Tive Justin, claro – arriscou ela.

– Claro. – Ele a puxou para si. – Ele cuidou de você?

Angie suspirou.

– Você sabe que ele era bom para mim. Mas, por algum motivo, sempre parecia que era eu quem cuidava dele... fazendo com que ele chegasse a tempo aos lugares, lembrando aniversários. Justin era tão meigo, tão encantador. Era como se ele não sentisse necessidade de se responsabilizar...

A voz dela desapareceu quando ela sentiu o silêncio de Jordan e se deu conta do que dissera.

– Desculpe. Que coisa horrível de se dizer. Seu irmão era bondoso e generoso.

– Não peça desculpas por dizer a verdade. Eu também cuidei bastante do meu irmão. O que estou tentando dizer é que você não precisa se esgotar com o trabalho e com preocupações. Sei que você valoriza sua independência, mas consigo cuidar de você e de Lucas facilmente. Quero fazer isso, Angie. Para dizer a verdade, preciso fazer isso.

– Mas você já cuida de nós. Você nos deu este lindo lugar onde morar, boa comida, um carro confiável... – Angie parou de falar quando a realidade a atingiu. – Você disse que *precisa* cuidar de nós? Por que, Jordan?

– Precisa existir um motivo? Lucas é filho do meu irmão. E você é a mãe dele. Se você permitisse, eu poderia oferecer muito mais; viagens pelo mundo, seus próprios investimento para o futuro, até mesmo sua própria casa, se você quiser. E posso abrir portas, apresentar você a...

– Pare. – Angie se sentou, trêmula. – Você não está se esquecendo de alguma coisa?

Ele a olhou fixamente.

– Justin ainda estaria aqui se não fosse por mim. Mas ele morreu porque era meu aniversário e ele queria aparecer para me ver. Como se isso não bastasse, escondi o filho de Justin, sangue do sangue dele, da sua família durante quatro anos.

Angie sentia seu frágil controle desaparecendo. Ela pegou o que conseguiu encontrar de suas roupas.

– Cuidar de mim? Por que você iria querer fazer isso? Você e sua mãe têm todos os motivos para me odiarem! – Ela inspirou fundo, sentindo que estava perigosamente perto das lágrimas. – Às vezes, eu mesma me odeio – sussurrou ela. – E é por isso que não posso aceitar mais nada seu. Nada mesmo. – Ela foi para a porta.

Desta vez, ele não a impediu.

CAPÍTULO 11

JORDAN SOCOU o travesseiro quando os passos de Angie desapareceram. Uma parte dele queria correr atrás dela, mas o que ele poderia dizer? Não havia como convencê-la de que ela estava enganada sem lhe dizer quem fora o *verdadeiro* culpado pela morte de Justin. Ele jamais devia tê-la deixado abordar aquele assunto. Tudo que ele quisera fora mantê-la a seu lado em sua cama. Agora, eles estavam em conflito novamente. E a culpa era toda dele.

Ele afirmara ter cuidado de seu despreocupado irmão, e cuidara de fato. O que não lhe contara fora como ele fracassara, no final. Quando Justin mais precisara dele, ele não estivera presente. Ainda pior, repelira seu irmão, fizera-o partir irritado, magoado, rumo ao desastre.

Angie teria ido para a cama dele naquela noite se soubesse da história toda? Ela sequer teria se aproximado dele?

Jordan ficou olhando fixamente o teto. Com qualquer outra mulher, ele teria deixado o conflito de lado, dado nela um beijo de boa-noite e seguido em frente. Angie, porém, não era uma mulher qualquer. Ela e seu filho haviam se tornado parte crucial da vida dele, despertando um senso protetor que ele sequer soubera que possuía. Ele não queria perdê-los. Não queria perdê-la.

Angie assumira toda a culpa pela morte de Justin. A verdade aliviaria seu fardo. E também mancharia Justin... e ele... aos olhos dela para sempre.

Mas a questão não era *se* ele contaria a Angie, mas quando e como. Jordan vinha vivendo uma mentira fazia quatro longos anos. Cedo ou tarde, essa mentira explodiria na cara dele.

Angie tinha o direito de saber o que fizera o avião de Justin colidir com aquela montanha. Sendo a única pessoa que conhecia a história toda, dependeria de Jordan contar a ela. Mas não ainda. Até que o nome de Lucas estivesse listado como herdeiro de Justin, ele não podia arriscar fazer algo que levasse Angie e seu filho a desaparecerem da vida dele.

Ele precisaria fazer malabarismo com tudo novamente.

Precisava agir antes que algo mais desse errado. Talvez fosse uma boa ideia passar alguns dias em seu apartamento na cidade. Ele poderia aproveitar para pôr em dia o trabalho no escritório. Mais importante que isso, ele poderia deixar os papéis prontos para a mudança na herança, talvez até mesmo convencer sua mãe a assiná-los.

Quanto mais Jordan pensava na ideia, melhor ela parecia. Depois do ardente encontro daquela noite, Angie iria querer passar um tempo longe dele. Aquilo também faria bem a ele. Talvez, sem a distração de desejá-la a cada minuto, ele conseguisse pensar com clareza.

Ao raiar do dia seguinte, ele partiria.

DE VOLTA a seu quarto, Angie largou as roupas na cadeira e vestiu sua camisola. Espiando pela porta de Lucas, ela viu que ele ainda dormia. Aproximando-se, ela deu um beijo em sua testa. Ele respirava sem esforço e não estava quente. Nada de febre. Graças aos céus pelos pequenos milagres, por Rudy... e por Jordan.

Um rubor a percorreu quando ela se recordou de seu comportamento na cama de Jordan. Ela o desejara por inteiro e tomara para si tudo que pudera.

As coisas tinham sido maravilhosas, até Jordan abrir a boca.

Ele falara em cuidar dela. O que diabos quisera dizer com aquilo? Não podia ter sido um pedido de casamento. Jordan nunca a levara a acreditar que ele a amasse.

Mais cedo, quando ela dissera que não seria amante dele, ele considerara essa ideia uma bobagem vitoriana. Contudo, o que mais ele podia ter em mente? Talvez não tivesse sido a intenção dele que seus presentes passassem a impressão de serem um pagamento pelos favores dela na cama, mas certamente fora o que parecera! O carro viera logo após a primeira noite deles juntos. Agora, depois do segundo encontro sexual deles, ele estava se oferecendo para dar viagens caras e abrir contas de investimento para ela. Ele podia chamar aquilo como bem entendesse, mas ela entendia perfeitamente bem o que era. E não queria nada disso!

Aliás, o que ela queria? Queria ser alguém, ganhar seu próprio dinheiro, estudar mais, casar-se com um bom homem que a valorizasse e a respeitasse, que desse a Lucas a chance de crescer num lar de amor com irmãos.

Quanto mais tempo ela permanecesse ali, pela caridade de Jordan, menores seriam suas chances de realizar seus objetivos.

Exausta e confusa, ela voltou a seu quarto e afundou na cama. Precisava de um dia longe do rancho. E de alguém para ouvi-la. No dia seguinte, ela sairia com Lucas para ficar um pouco com Raquel. Uma dose da terna sabedoria de sua prima seria o remédio certo para o atormentado coração dela.

ANGIE ACORDOU na manhã seguinte e encontrou um bilhete dobrado passado por baixo de sua porta.

Fui passar uns dias na cidade. Você tem meu celular. Mantenho contato. J.

Nada mais. Sem detalhes. Sem menção à noite anterior. Sem nenhuma palavra de afeto. Aquilo era tão típico de Jordan!

Jogando o bilhete na lixeira, ela foi acordar seu filho. Graças a Deus, ela tinha seus próprios planos. Talvez até conseguisse não pensar em Jordan por algumas horas.

Depois do café, ela pôs Lucas na cadeirinha do carro e partiu para o centro de Santa Fé. A tempestade da noite anterior passara, deixando uma leve neve que reluzia ao sol da manhã.

Àquela altura, as lojas já estariam com suas decorações de Natal. Lucas adoraria isso. Eles poderiam passear e, depois, comer um hambúrguer com refrigerante. Ela poderia telefonar para sua prima do restaurante. Assim, eles não apareceriam na casa de Raquel sem avisar e com fome.

Ao chegarem, os olhos de Lucas ficaram arregalados de felicidade. No ano anterior, ele fora jovem demais para entender ou se recordar muito do Natal. Agora, veria tudo. E falaria sem parar no caminho de volta.

Depois de passearem por várias lojas, Angie estava ficando cansada. Lucas reclamou quando ela avisou que era hora de voltar ao carro, mas se empolgou quando ela falou que eles iam comer um hambúrguer. Eles estavam voltando, quando ela ouviu uma voz masculina atrás de si.

– Angie Montoya! Que mundo pequeno!

Ela se virou para ver um homem alto, magro e de óculos sorrindo para ela. Constrangedores segundos se passaram até que ela lembrasse quem era. Trevor Wilkins, o velho amigo de Justin que a encurralara na festa de Jordan.

– Tinha esperanças de ver você de novo – disse ele. – Da última vez, tomei uns drinques. Se passei dos limites e a deixei desconfortável, peço desculpas. Você me perdoa?

– Claro. – Angie sorriu. Sim, ele fora irritante de fato.

Ele olhou para Lucas.

– Então, esse é o seu filho. Ele se parece muito com Justin.

– Todo mundo acha. Agora, se nos der licença, estávamos indo almoçar na lanchonete.

– É? – Trevor se animou. – Então, por que não almoçam comigo? Tenho uma mesa reservada no *La Fonda*.

– Ah, é muita bondade sua, mas não quero incomodar. – O *La Fonda* era caro demais para Angie.

– Dê um bom motivo para não irem comigo.

– Você já comeu num restaurante com uma criança de 3 anos?

– Tenho sobrinhos. Vamos, não se preocupe. É só um almoço. Sem compromisso.

Angie suspirou. Trevor fora um bom amigo de Justin, e ela não queria ofendê-lo. Não havia nenhum jeito educado de recusar.

– Certo. Mas não diga que não avisei.

Mal passava do meio-dia, mas o elegante salão da década de 1920 já estava ficando cheio. A mesa de Trevor ficava num canto tranquilo. Com sorte, Lucas se comportaria. Mas ele estava ficando mal-humorado.

O garçom trouxe uma cadeirinha de criança, juntamente com os cardápios.

– Quero hambúrguer – disse Lucas.

Trevor ergueu o olhar de seu cardápio.

– Eles fazem um bom hambúrguer aqui. Mas é bem grande.

– Nesse caso, nós dividimos – disse Angie. – Só carne na metade de Lucas, tudo na minha. Eles fazem assim?

Parecia que sim. O garçom anotou os pedidos deles e se afastou. Angie estava sentada ao lado da parede, com vista para o resto do salão. Trevor estava de frente para ela, de costas para as outras mesas. Por isso, ele não percebeu o casal que entrou no restaurante: o homem lindo e alto de suéter e paletó, a mulher mais velha com seu terninho vermelho e seu impecável cabelo grisalho.

Angie se encolheu na cadeira quando Jordan e sua mãe se sentaram.

* * *

JORDAN VIU Angie imediatamente. Ele abriu o cardápio, esforçando-se para ignorá-la. Não havia motivo para se irritar, disse ele a si mesmo. Angie era uma mulher livre. Mas um encontro com Trevor Wilkins? Vê-la com Lucas na mesa de Trevor o atingira como um chute no estômago.

Ao menos a mãe dele estava de costas para eles. Jordan levara Meredith ali, o restaurante favorito dela, na esperança de amaciá-la para que aceitasse Angie e Lucas. Até então, ela parecera concordar. Contudo, ver Angie com outro homem poderia desencadear uma avalanche de desconfiança.

Não que Trevor fosse uma má pessoa. Talvez ele fosse exatamente do que Angie precisava: decente, estável, confiável... e entediante.

Angie teria telefonado para Trevor quando vira que seu dia estaria livre? Fazia sentido. Porém, se aquilo fosse algum tipo de encontro romântico, por que ela levara Lucas junto? Droga, essas perguntas o estavam enlouquecendo.

Ele não tinha nenhum direito de ficar com ciúme. Angie podia ter dormido com ele, mas eles não tinham nenhum compromisso.

E ele não era do tipo ciumento. Nem mesmo o caso de sua ex-esposa o abalara.

Jordan só se recordava de ter sentido tanto ciúme em um único período de sua vida. Quando seu irmão estava noivo de Angie Montoya. Naquela época, ele deixara suas emoções de lado. E poderia fazer o mesmo agora.

Concentrando-se no cardápio, Jordan se obrigou a conversar de forma agradável com sua mãe. Talvez, se ele a mantivesse distraída, ela não se virasse para ver o que ele via.

LUCAS FEZ cara feia para o prato diante dele.

– Esse não é o meu hambúrguer. Meu hambúrguer vem na caixa de palhaço.

Angie suspirou.

– Esse hambúrguer é especial, Lucas. Viu? Metade é sua e metade é minha. É gostoso. Prove.

– Não. Não gostei.

– Como você sabe? Nem experimentou. – A lógica adulta de Trevor não estava ajudando.

– Eu ganho um brinquedo com o meu hambúrguer. Quero um brinquedo!

As pessoas das mesas próximas estavam olhando à volta.

– Lucas, já chega! – sussurrou Angie. – Se continuar reclamando, vamos embora.

– Quero um brinquedo! – A voz de Lucas ficou estridente. – *Eu... quero... um... BRINQUEDO!*

Com todos do restaurante olhando, Angie pegou seu filho e correu para a saída mais próxima.

– E o que aconteceu depois, querida? – Raquel pôs uma colherada de chantilly no café dela.

– Trevor veio atrás de mim com a minha bolsa. Pedi desculpas a ele na recepção e fui embora.

– Então, Jordan e a mãe dele a viram?

– Todo mundo viu! Nunca senti tanta vergonha na vida.

– E você lá, com Trevor. – Raquel riu. – Nem preciso ver novela, quando tenho minha priminha.

– Não tem graça, Raquel. A mãe de Jordan pode estar achando que Trevor e eu estamos conspirando para tirar tudo da família dela. Deus, eu mal conheço o homem!

– Então, não planeja namorar com ele? Ele parece gostar de você... e fiquei sabendo que ele tem dinheiro.

Angie balançou a cabeça.

– Não importa. Depois de hoje, nem imagino que Trevor vá querer me ver de novo.

– E Jordan?

Angie baixou o olhar.

– Não me diga que aconteceu de novo! *Chica*, o que passou pela sua cabeça?

Angie deu de ombros, resistindo às lágrimas.

– Não sei. Não o entendo. É por isso que estou aqui.

– Você o ama?

– Não sei. Não é fácil amar Jordan.

– Ele ama você?

– Ele nunca disse isso. Só disse que quer cuidar de mim e de Lucas. O que isso significa? O que leva um homem a dizer isso?

Raquel franziu o cenho.

– Culpa.

– Culpa? – Angie sentiu o golpe daquela palavra. – Pela morte de Justin? Mas o acidente não foi culpa de Jordan. Foi minha.

– Isso é o que você sempre imaginou. O que você sabe sobre o acidente? Conte o que você lembra.

Angie se esforçara para enterrar os eventos que haviam levado ao acidente aéreo de Justin. Não seria fácil relembrá-los.

– Justin e Jordan estavam brigados por causa do nosso noivado – começou ela. – Eles mal estavam se falando. De presente de Natal, os pais deles reservaram uma viagem de esqui para eles em Park City, Utah.

– Na esperança de que umas férias agradáveis os fizessem ficar bem de novo – concluiu Raquel.

– Jordan tinha assuntos a resolver e só podia ir no fim de janeiro. Meu aniversário era no dia 23; estava quase chegando. Justin tinha prometido que voltaria para comemorar comigo. A previsão era de tempo bom para a semana inteira. Por isso, eles resolveram poupar tempo e ir com o avião de Justin até o aeroporto de Heber City. Se ao menos...

Angie conteve as lágrimas. Ela pensara tanto em como tudo poderia ter sido diferente. Se eles tivessem pegado um voo comercial para Salt Lake City. Se eles tivessem ido antes ou depois. Se ela não tivesse ficado tão determinada a ter Justin de volta para o seu aniversário.

– Não, querida. – Raquel pôs a mão no braço dela. – Você não pode voltar e mudar tudo. Só me conte o resto da história.

– Não tem muito mais para contar. Na noite do dia 22, Justin pegou um táxi para o aeroporto, sozinho, decolou no avião dele por volta da meia-noite e sofreu o acidente alguns minutos depois. É tudo que sei.

– Então, você não sabe o que causou o acidente?

– O tempo estava bom. O avião era novo, e Justin era qualificado para voar por instrumentos à noite. Não devia ter acontecido nada.

– Por que ele resolveu voltar sozinho, tarde da noite? Você perguntou a Jordan?

– Nenhum de nós quer falar disso. Provavelmente, eles não estavam se dando bem. Ou talvez Jordan simplesmente quisesse ficar mais tempo. Pode ter conhecido alguém... – A xícara tremeu na mão de Angie. – Não cheguei a tocar no assunto... nunca senti vontade.

– E o relatório do acidente? Você pediu para ver?

– Por quê? Justin estava morto. Saber como tinha acontecido não o traria de volta. E a família dele não queria saber de mim.

Levantando-se, Angie foi até a janela. Dali, viu seu filho no pátio, feliz, jogando bolas de neve com Ramon.

Dali a alguns anos, Lucas teria idade suficiente para fazer perguntas sobre a morte de seu pai. Raquel tinha razão. Ela precisava de mais informações.

– Não sei por onde começar – disse ela. – O relatório do acidente deve ter sido arquivado em Utah, não aqui, no Novo México. Mesmo que eu soubesse a quem perguntar, por que me dariam acesso a ele?

– Talvez não deem. Mas aposto que Victor consegue para você.

– Ah... é mesmo! – Angie esquecera que o irmão mais novo de Raquel, Victor, era policial em Santa Fé. Talvez ele tivesse autoridade para solicitar as informações.

– Vou ligar para ele. – Raquel pegou imediatamente seu celular. – Victor? Ouça, Angie está aqui comigo. Ela precisa de um favorzinho. Será que você pode ajudar? Vou colocá-la na linha.

O TELEFONEMA se encerrou com Victor prometendo que retornaria a ligação para Angie quando tivesse mais informações. Uma hora depois, Angie estava na estrada, com Lucas dormindo em sua cadeirinha.

Ela fizera a coisa certa ao investigar as circunstâncias do acidente de Justin? Uma parte dela queria acreditar em Raquel, que aquilo precisava ser feito. Contudo, ela passara quatro anos construindo um muro para se proteger da dor da perda de Justin. Como ela poderia derrubar esse muro e se expor a mais sofrimento?

Ela queria mesmo saber por que Justin decolara na calada da noite e colidira com uma montanha? Queria saber por que Jordan ficara para trás?

Ela seria forte o suficiente para encarar a verdade?

Claro, o relatório do acidente não lhe daria todas as informações. Cedo ou tarde, ela precisaria confrontar Jordan para ouvir a versão dele.

Quando Angie chegou ao rancho, estava esgotada. Mas ela prometera dar algumas sugestões de design a um cliente ao fim do dia. Ligando seu computador, ela foi trabalhar.

Quarenta e cinco minutos depois, seu celular tocou. A pulsação dela disparou. Seria Jordan? Ele lhe daria uma chance de explicar o que ele vira no restaurante?

Contudo, a chamada não era de Jordan. Era de Trevor, falando do almoço.

– Podemos marcar para outra oportunidade – disse ele. – O que acha de um jantar qualquer noite... sem o seu filho?

Angie suspirou.

– Como eu já disse, Trevor, Lucas é o homem da minha vida no momento. Se quiser sair só comigo, pode me convidar daqui a uns 15 anos.

Trevor aceitou bem a rejeição. Depois disso, o telefone de Angie ficou em silêncio na mesa. Um silêncio que pareceu provocá-la. O bilhete de Jordan dissera que ele manteria contato. Contudo, isso fora antes do fiasco no restaurante.

Maldito fosse aquele homem! Por que ele não ligava? Ela precisava ouvir a voz dele. Precisava de uma chance de esclarecer o que aconteceria. No entanto, com o passar das horas, a certeza de que ele não ligaria cresceu. Sim, ela sabia o número dele. Mas telefonar estava fora de questão. Se Jordan não estivesse sozinho, ela não queria saber.

"Você o ama?" A pergunta da Raquel a atormentava. Por diversos motivos, Jordan Cooper era o último homem que ela devia amar. Naquele momento, porém, pensar em ficar longe dele por causa de um mal-entendido idiota a deixou quase frenética.

Ela o amava?

Angie não estava em condições de responder a essa pergunta.

Ela deu janta a Lucas e o pôs na cama no piloto automático. Depois, se acomodou na saleta, assistindo à TV até ficar sonolenta demais para manter os olhos abertos. Então, subiu a escadaria, desabou na cama e adormeceu.

O toque do celular a acordou. O sol já entrava no quarto. Que horas seriam?

Seus dedos encontraram o telefone no criado-mudo. Seria Jordan?

– Alô? – resmungou ela.

– Angie, é Victor.

O coração dela murchou. Ela se sentou.

– Descobriu alguma coisa?

– Recebi o relatório de Utah por fax. O avião ficou bem destruído, como você pode imaginar.

– Sim, imagino. – Angie se sentiu nauseada.

– Apenas uma coisa pareceu ter causado o acidente. Segundo o laudo do legista, quando eles analisaram o sangue do piloto, o nível de álcool estava mais do que o dobro do limite aceitável.

Angie conteve um grunhido.

– Está dizendo que Justin tinha bebido?

– Exatamente. Ele estava bêbado demais até para andar em linha reta. Imagine pilotar um avião.

CAPÍTULO 12

ANGIE CRUZOU os braços como se estivesse tentando evitar que seu corpo desmoronasse.

Durante quase quatro anos, ela se culpara pela morte de Justin. E também deixara que outras pessoas a culpassem. Por que ninguém lhe contara a verdade?

O acidente de Justin acontecera porque ele decolara em plena madrugada completamente bêbado.

Quem mais saberia disso? Jordan, certamente. Ele estivera em Utah quando o acidente acontecera. Mas fazia sentido ele ter guardado a verdade para si, querendo poupar seus pais da dor.

Ele também quisera poupá-la de pensar mal de Justin? Talvez. Ainda assim, Angie preferiria ter ouvido a verdade. Ao menos desse jeito parte da culpa teria sido tirada de seus ombros.

Ela abriu a porta que conectava seu quarto ao de seu filho. Lucas já se levantara. Os cheiros que vinham lá de baixo indicavam que ela o encontraria na cozinha, deleitando-se com as panquecas de Marta.

A foto de Justin sorria para ela do criado-mudo. Enquanto Angie observava aquele amado rosto com seu confiante sorriso, uma fria amargura cresceu dentro dela.

Nos anos após a morte dele, ela começara a esquecer os defeitos de Justin. Quando ela falava dele para Lucas, contava apenas as histórias boas. Agora, porém, ela começara a se recordar do outro lado do caráter dele. Sim, ele fora lindo, encantador, generoso e meigo. Contudo, também fora impulsivo, irresponsável e frustrantemente inconsequente.

Como pôde fazer isso comigo... com Lucas... com todas as pessoas que o amavam?

Virando-se de costas, ela fechou a porta. Um dia, precisaria contar a Lucas a verdade sobre o pai que ele idolatrava. Mas não nos próximos anos. Apenas quando ele tivesse idade suficiente para entender. Jordan, porém, era outra questão.

A maneira como Justin morrera era apenas uma peça do quebra--cabeça. O que ela precisava saber era por que ele decolara bêbado e por que bebera. Apenas Jordan teria essas respostas.

Ela devia confrontá-lo assim que o visse, exigindo saber tudo? Talvez essa não fosse a abordagem mais aconselhável. Jordan poderia se fechar ou lhe dar uma resposta evasiva. Observar e esperar poderia revelar mais sobre os motivos dele e o que ele escondia. Entretanto, estar perto dele já seria difícil o bastante, depois de ela ter se entregado aos braços dele e fugido em seguida. Angie se perguntou se ele pensava o mesmo que ela, se estava se sentindo constrangido e incerto, e se fora por isso que não telefonara.

Ela o amava?

A pergunta a atormentava. Ela não podia negar que tinha sentimentos por Jordan. Contudo, como ela poderia amar um homem que escondera um segredo tão terrível dela? Jordan permitira que sua família a culpasse pela morte de Justin. Permitira que ela culpasse a si mesma... sabendo a verdade.

Mesmo que ela o amasse, como poderia perdoá-lo?

JORDAN APARECEU na tarde de segunda-feira, depois de uma ausência de três dias. Angie e Lucas estavam na saleta, assistindo à TV, quando ele entrou, parecendo cansado, como se mal tivesse dormido.

Alguém o vinha mantendo acordado à noite? Mas por que isso importava? Jordan era um homem livre. Ela não tinha nenhum direito sobre ele.

– Tio Jordan! – Com um grito de felicidade, Lucas se atirou nas pernas de Jordan. Jordan bagunçou o cabelo do menino, mas seu olhar questionador permaneceu fixo em Angie.

– Ensinamos Rudy a pedir – falou Lucas. – Quer ver?

– Daqui a pouco. – Jordan soava distraído. E parecia atormentado. – Trouxe um presente para Rudy por ele ter salvado você. – Jordan mostrou uma pequena sacola. – Pode abrir para ele.

– Uau! – Lucas retirou da sacola uma elegante coleira de couro vermelho com uma identificação prateada. – Tem coisa escrita. Sei ler os números... aprendi na escola. O que é o resto?

Jordan se agachou para ficar na altura de Lucas.

– É o nome de Rudy. E este é o telefone do rancho. Agora, se ele se perder ou fugir, a pessoa que o encontrar pode ligar para nós.

– Rudy não vai fugir. Ele me ama.

– Ama, sim. E essa identificação vai ajudar as pessoas a saberem que ele é seu cachorro. Ah, tem outra coisa. Veja o que você encontra dentro deste bolso.

Lucas pôs a mão no bolso da jaqueta de Jordan. Seus olhos se iluminaram quando ele retirou de lá uma guia de couro trançado, vermelha para combinar com a coleira.

– Agora, você pode passear com Rudy em grande estilo.

– Podemos colocar a coleira nele agora?

– Claro. Vá pegar seu casaco.

– Está bem aqui. – Lucas pegou o casaco pendurado na cadeira. Os olhos de Jordan encontraram os de Angie quando eles dois saíram. *Precisamos conversar*, dizia a expressão deles.

Impelida por uma energia nervosa, Angie se levantou e começou a organizar a saleta. Ela acabara de testemunhar como o vínculo entre Lucas e Jordan estava crescendo. Isso seria bom, ou o precioso filho dela teria seu coração partido?

E o coração dela? Talvez tivesse sido melhor se ela jamais tivesse aceitado ir para o rancho.

Alguns minutos depois, Jordan retornou, sozinho.

– Carlos está cuidando de Lucas. Está sol lá fora. O que achava de sairmos para caminhar?

Eles partiram pela mesma trilha que haviam percorrido com os cavalos. A neve começara a se derreter. Uma revoada de melros atravessava elegantemente o céu azul.

Eles caminharam em silêncio por alguns momentos, as mãos de Jordan nos bolsos, os olhos de Angie fixos no chão. Embora o relatório do acidente tivesse preenchido os pensamentos dela nos últimos dias, ver Jordan fizera com que ela se recordasse de outro problema que havia entre eles, um que precisava ser resolvido.

– Seja lá o que você ache que tenha visto entre mim e Trevor, não foi nada. Esbarramos com ele na rua, e ele nos convidou para almoçar. Depois que Lucas se irritou, nós não nos vimos mais.

Jordan suspirou.

– Você não me deve explicações, Angie. Tem liberdade para sair com quem quiser. Mas, só para você saber, encontrei Trevor no dia seguinte. Ele me contou o que aconteceu.

Angie riu, nervosa.

– Que fiasco... especialmente quando vi você com a sua mãe.

– Infelizmente, minha mãe não achou engraçado.

– Ah... – Angie sentiu uma gelada premonição. – É por isso que você está com essa cara séria?

– Você sabe do meu plano de colocar Lucas como herdeiro de Justin.

– Claro.

– No final de semana, enquanto eu estava na cidade, pedi para o advogado da família preparar a documentação para fazer a alteração. Como minha mãe já tinha conhecido Lucas e parecia aceitá-lo, eu tinha esperanças de que ela assinasse. Ela pareceu pender para esse lado... até ver você com Trevor no restaurante.

– Ah, não! Já até consigo imaginar...

– Consegue? Minha mãe tem uma natureza desconfiada e é muito protetora com a família. A nova teoria dela é de que você e seu "namorado" estão usando Lucas para pôr as mãos na herança de Justin.

– Mas isso está totalmente errado! Se você acha que Lucas devia ser herdeiro de Justin, isso é com você. Quanto a mim, eu não aceitaria nem um centavo do dinheiro de Justin! E, quanto a Trevor...

– Calma, Angie. – Ele pegou as mãos dela. – Não precisa me convencer. Você é uma das almas mais confiáveis que já conheci. Eu disse isso à minha mãe. Mas ela é teimosa e, quando cisma com alguma coisa...

Ele balançou a cabeça, soltando as mãos dela.

– Tem outra coisa. Algo que eu nem devia contar, mas você precisa saber.

– O quê? – Ele finalmente revelaria a verdade da morte de Justin?

– Hoje de manhã, minha mãe me deu um ultimato. Ela disse que assinaria o documento com uma condição: a de que você aceitasse um cheque generoso, abrisse mão de todos os direitos como mãe e a deixasse adotar Lucas.

Angie sentiu o sangue se esvair de seu rosto.

– Não! Jamais vou abrir mão dele! Nem por todo o dinheiro do mundo!

– Foi basicamente o que eu disse a ela... antes de ir embora.

– Por que tudo tem que ser por causa de dinheiro? – Ela estava trêmula. – Diga, já que você é tão inteligente, Jordan Cooper!

– A questão não é dinheiro. É família. E, independentemente da minha mãe gostar disso ou não, você e Lucas se tornaram parte da minha. Vou fazer o que for preciso para ficar com vocês. – Ele a puxou para perto e a beijou com força.

Pega de surpresa, Angie resistiu por uma fração de segundo. Então, sua boca reagiu aos exigentes lábios dele. Seus braços envolveram o pescoço de Jordan, puxando-o para si.

Ela o amava? Aquele homem impossível?

Que Deus a ajudasse, o que ela faria agora?

Ele a soltou, seu olhar preocupado. Haveria notícias piores?

– Andei pensando num jeito de proteger Lucas e garantir o lugar dele. Tem uma coisa que podemos fazer... um recurso alternativo, por assim dizer.

– Diga.

Ele inspirou fundo.

– Você e eu podíamos nos casar, e eu podia adotar Lucas. Ele não seria o herdeiro de Justin, mas seria o meu. No final das contas, daria basicamente no mesmo.

Angie o olhou fixamente, perplexa. Aquilo era o que Jordan considerava um pedido de casamento? O que o fazia pensar que ela aceitaria uma ideia tão fria e calculista?

– Quero que Lucas seja feliz – disse Jordan.

Ainda perplexa, Angie encontrou sua voz.

– Mas você não me ama.

– Eu gosto de você, Angie. Quero o melhor para você e para Lucas. Não é suficiente?

Ao menos ele não mentira. Mas seria suficiente? Como poderia ser?

– E a sua mãe?

– No início, ela ficaria irritada. Mas iria se acostumar à ideia com o tempo. E você teria a melhor vida que o dinheiro pode comprar: roupas, carros, viagens, segurança...

– Como a sua primeira esposa?

O choque veio. Em seguida, os olhos dele ficaram frios.

– Isso foi golpe baixo, Angie.

– Foi? E você não acha que é um golpe baixo me oferecer uma lista de *coisas*, como se tudo que eu quisesse fosse isso? Ao menos Justin me amava!

A expressão dela ficara rígida. Incapaz de continuar olhando para ele, Angie deu meia-volta e correu de volta pelo caminho até a casa.

JORDAN A viu ir embora, fugindo dele.

Droga, a intenção dele ao perguntar se ela queria se casar com ele fora boa. Ele estava louco para fazer a coisa certa por ela e pelo filho de seu irmão. Mas as palavras haviam saído da maneira errada. Se ela o achasse o maior canalha do mundo, ele não poderia culpá-la.

Jordan sabia o que ela quisera ouvir. Quisera que ele dissesse que a amava, palavras que sempre haviam ficado presas na garganta dele. Se amar fosse querer ficar com ela, querer lhe dar carinho e proteção, querer criar uma família com ela e Lucas, então, sim, ele amava Angie.

Contudo, enquanto segredos do passado ainda existissem entre eles, aquelas palavras teriam o som da hipocrisia.

Ele era o único que conhecia toda a história da morte de Justin. Enquanto ele as mantivesse trancadas dentro de si, a brilhante lembrança de Justin permaneceria em segurança. Se elas se libertassem, a verdade percorreria a família dele como um veneno. Ninguém estaria imune: a mãe dele, Angie, nem mesmo Lucas.

Enquanto dirigia de volta para casa, ele ponderara se seria prudente contar seu segredo a Angie e acabara concluindo que ele não poderia correr esse risco.

Anos atrás, ele guardara em sua lembrança um provérbio chinês: *O homem é escravo do que diz e mestre do que guarda para si.* Ele se recordara daquele provérbio naquele dia. Bastava contar a história uma vez para que as consequências se alastrassem como um incêndio, além do controle dele.

Não havia outro jeito. Ele precisaria enterrar a verdade para sempre. Ela deixaria de existir, a não ser nas profundezas negras de seu coração, onde ele escondia sua própria culpa das pessoas que precisavam dele.

Ele não desistira de Angie. Se conseguisse convencê-la a se casar com ele, Jordan daria o melhor de si para ser um marido amoroso e um pai carinhoso.

Contudo, mesmo assim, o segredo jamais o libertaria.

O JANTAR fora uma provação. Lucas mantivera uma animada conversa com Jordan, enquanto Angie mexia em seu frango grelhado. Ela ficara aliviada quando a refeição terminara, podendo fugir para o segundo andar e preparar seu filho para dormir.

– Rudy gostou da coleira e da guia dele? – perguntou ela, colocando xampu no cabelo dele.

– Ele balançou muito o rabo. Podemos morar aqui para sempre, mamãe?

A dor atingiu o coração de Angie. Desde o conflito dela com Jordan, ela estivera ponderando suas opções. Nenhuma delas era boa, mas, depois de tudo que acontecera ali, como ela podia não planejar partir?

– Para sempre é muito tempo, Lucas. Às vezes, as coisas precisam mudar.

– Por quê? – Ele parecia prestes a se debulhar em lágrimas. – Quero que a nossa casa seja aqui. Quero que tio Jordan seja meu novo pai.

Angie sentiu um embargo na garganta.

– Conversamos sobre isso depois – falou ela, colocando-o sobre o tapete do banheiro para secá-lo.

Mais tarde, Lucas se ajoelhou no tapete para fazer suas preces.

– Abençoe minha mãe – disse ele. – Abençoe Rudy. Abençoe tio Jordan para ele querer ser meu pai e para eu morar aqui para sempre. Amém. – Ele olhou para cima com um pequeno sorriso que indicava que tudo estava resolvido. – Boa noite, mamãe.

– Boa noite, garotão. – Angie piscou para conter as lágrimas ao cobri-lo. – Vou deixar Rudy entrar.

O filhote estava esperando do lado de fora da porta. Quando Angie o deixou entrar, ele foi até seu lugar de sempre e se deitou. Precisando de um momento sozinha, ela fechou a porta e saiu para a sacada.

Ela se recostou no parapeito. Ao longe, as montanhas cobertas de neve brilhavam com os últimos raios de sol.

Angie fechou os olhos e encheu os pulmões de ar puro. Seus ouvidos captaram os sons de pardais e o distante uivo de um coiote.

Quando as emoções dela cresceram, uma única lágrima escorreu por seu rosto. Ela tentara não amar aquele lugar, mas fracassara. Ela o amava, assim como Lucas. E amava o homem atormentado que o chamava de lar.

Não que amar Jordan facilitasse as coisas. Se ela não estivesse apaixonada por ele, talvez fosse capaz de suportar um casamento falso pelo bem de Lucas. Contudo, o amor a deixaria exposta a uma mágoa sem tamanho. Ela suportaria aquilo dia após dia, sabendo que Jordan se casara com ela apenas por considerar isso sua responsabilidade?

Mas como ela podia permitir que seus próprios sentimentos importassem, quando a felicidade de Lucas estava em jogo? Ele queria crescer ali, no rancho, com Jordan sendo seu pai. E ela podia fazer isso acontecer. Como ela poderia negar a seu amado filho aquilo pelo que ele rezara?

Angie ouviu o som de botas no azulejo. Antes que ela pudesse se virar, uma suave manta a envolveu por trás.

– Está frio aqui – disse Jordan. – Não quero que você fique resfriada.

Angie se aconchegou naquele calor. Era do feitio de Jordan garantir que ela estivesse bem. Ele era do tipo de homem que cuidava de todos e de tudo à sua volta.

– Se você estiver chateada, eu entendo. Larguei uma bomba em cima de você hoje.

Ela inspirou fundo.

– Andei pensando, Jordan. Lucas adora este lugar e se apegou a você. Ele ficaria arrasado se tivéssemos que ir embora.

– Está pensando melhor na minha proposta? – A tentativa dele de parecer tranquilo foi traída por um embargo em sua voz.

– Ainda não. Mas estou curiosa para saber que tipo de casamento você tem em mente.

– Está perguntando se eu esperaria que você dividisse a cama comigo? Pode apostar que sim. E sem fugir à noite. Vou querer ver você do meu lado de manhã. Todas as manhãs.

– Entendo. – O calor invadiu o corpo dela, subindo para o rosto de Angie.

– Outra coisa. – Ele se postou atrás dela, envolvendo a manta com os braços, puxando-a para si. – Levo muito a sério as juras matrimoniais. Pode ter certeza de que vou ser fiel. E cuidar e proteger você e Lucas até o fim da minha vida.

As palavras dele a fizeram se derreter um pouco. Quando fora a última vez que alguém quisera cuidar dela, protegê-la? Ela se obrigou a permanecer forte.

– E se não conseguirmos fazer isso dar certo? – Tudo que ela queria era dar meia-volta e se perder nos braços dele, mas precisava manter a cabeça no lugar.

– Você teria liberdade para ir embora. Mas eu iria querer manter alguma conexão com Lucas, talvez uma guarda compartilhada.

– Tudo soa tão frio, tão prático.

– Somos pessoas práticas, Angie. E nós dois queremos o melhor para o seu menino. É por isso que acho que isso pode ser bom para nós.

– E a sua mãe? Se você se casar comigo, ela não vai deixá-lo de fora da herança?

Ele balançou a cabeça.

– No momento, sou o único herdeiro. E, sem meu apoio, o rancho precisaria ser vendido. Ela jamais deixaria isso acontecer. Quanto ao que ela sente por você, minha mãe também é prática. Eventualmente, ela superaria isso, mesmo que fosse só pelo neto dela.

Angie fechou os olhos, apoiando-se no calor dele. *Prático*, pensou ela. *Você já pensou em tudo, Jordan. Mas a questão é que você não me ama. Como vou conviver com isso pelo resto da vida?*

Os braços de Jordan a apertaram antes de soltá-la.

– Temos tempo. Pense nisso. Você ouviu minhas condições. Não quero uma resposta sua até que você tenha certeza.

Ela teria certeza algum dia? Angie se virou para ele, seus olhos percorrendo as sombras que moldavam o rosto dele. Ele se parecia tanto com Justin e, ao mesmo tempo, não era nada como ele.

E o acidente de Justin? Jordan planejava lhe contar como acontecera? Ela podia lhe dar uma resposta sem saber?

Angie sentiu a sede no olhar dele e a reação de seu próprio corpo. Ela o queria. Mas não podia tê-lo naquele estado caótico. Ela precisava de um tempo sozinha para clarear a mente e pensar nas coisas, então recuou um passo.

– Eu entendo, Angie. – Ele falou como se tivesse lido os pensamentos dela. – Isso apenas deixaria as coisas mais confusas hoje. Vamos dar um tempo por enquanto, sim?

Ela o olhou, desejando ser abraçada, beijada, reconfortada, mas sabendo que isso apenas dificultaria tudo.

– Sim. É uma ideia sensata. Boa noite, Jordan.

CAPÍTULO 13

ANGIE PASSOU a maior parte da noite rolando na cama, relembrando a proposta de Jordan. *Somos pessoas práticas.* Fora assim que eles os descrevera. Mas ele estava enganado. Ela não era nada prática. Jordan lhe oferecera uma vida de privilégios e confortos materiais. O que ele não lhe oferecera tinham sido as coisas que ela desejava de verdade: honestidade, franqueza e amor.

Abençoe tio Jordan para ele querer ser meu pai e para eu morar aqui para sempre.

A infantil prece de Lucas fora tão simples, tão sincera. Uma palavra dela poderia dar ele o que ele queria. Ele teria uma mãe e um pai, um lar permanente, tudo que o filho de Justin Cooper merecia. Como ela podia lhe negar isso em favor de suas próprias necessidades egoístas? Não seria aquilo que Justin iria querer para Lucas?

Ele estava bêbado demais até para andar em linha reta. Imagine pilotar um avião.

A avassaladora notícia de Victor manchara a lembrança que ela tinha de Justin. Contudo, nada mudaria a certeza de que ele a amara. Angie não tinha essa certeza com Jordan. Ela não sabia o que ele sentia por ela e certamente não sabia por que ele escondera dela a verdade sobre a morte de Justin.

Como ela podia confiar num homem que se fechava e escondia coisas dela? Como poderia passar a vida com um homem assim?

Ela ansiava pelo sono. Porém, ao fechar os olhos, era o rosto de Justin que ela via, fundindo-se sutilmente ao de Jordan. Eles se tornaram um só, perdendo a nitidez, desaparecendo na escuridão até que, finalmente, ela dormiu.

Quando o sonho veio, foi tão vívido que poderia ter sido real. Ela estava com Justin no avião dele, o corpo dela preso no banco ao lado do dele. A noite enluarada estava tranquila, com o céu claro. Entretanto, algo não estava certo. O avião estava balançando loucamente, mergulhando e subindo como se estivesse sendo atingido por ventos fortíssimos. Rígida de medo, ela se segurou na poltrona.

– Justin! – gritou ela para o piloto. – O que houve?

Ele abriu um malicioso sorriso para ela.

– Só estou me divertindo um pouco, meu amor. Você ainda não viu nada!

Ele fez o avião rodopiar. Angie berrou ao se flagrar de cabeça para baixo. Ela nunca gostara de parques de diversões, e aquilo era dez vezes pior, por ser tão perigoso. O ar na cabine cheirava a uísque.

– Por favor, Justin – suplicou ela. – Estou ficando enjoada. Vamos aterrissar e ir para casa.

A gargalhada dele foi digna de um louco.

– Então, vai me dizer o que você fez com meu irmão? Foi tão bom quanto comigo? Talvez melhor?

– Você não sabe o que está... – As palavras dela terminaram num grito quando Justin fez o avião subir vertiginosamente.

Angie sabia o que aconteceria em seguida. Ela assistira do chão, com o coração na garganta, enquanto Justin fazia piruetas em seu avião, subindo até quase desaparecer de vista e, em seguida, girando no ar e descendo num longo mergulho. No instante em que ela temia a colisão com o chão, ele fez o avião subir novamente. Fora aterrorizante assistir àquilo. Agora, ela estava dentro do avião.

– Não faça isso, Justin – implorou ela. – Vou ter um bebê! *Nosso* bebê!

Ele a olhou com repentina sobriedade, mas era tarde demais para se recuperar da manobra. Angie gritou quando o avião girou para trás e começou a descer. Ela conseguiu ver o chão subindo para encontrá-los.

– Suba, Justin! – berrou ela. – Agora!

No último segundo, ele fez o avião se alinhar com o chão e subir novamente. Angie sussurrou uma prece. Justin sabia do bebê. Agora, ele tomaria cuidado. Eles ficariam bem.

Subitamente, a montanha surgiu diante deles, imensa e escura, bloqueando as estrelas. Ela não teve tempo de gritar antes de o mundo explodir, acabando com tudo.

ANGIE ACORDOU encharcada de suor. Por alguns instantes, ela ficou parada, o coração em disparada. Ela tivera um pesadelo; só isso. Estava viva. Seu filho estava em segurança, no quarto ao lado. Justin morrera sozinho, quase quatro anos antes.

O sonho, porém, mudara algo. Angie se deu conta de que já esperara demais. Ela precisava saber a verdade por trás do acidente de Justin... imediatamente.

Ela pegou o roupão. Jordan podia se recusar a responder às perguntas dela. No entanto, Angie já se decidira. Ela não lhe daria descanso até ouvir toda a história.

JORDAN GRUNHIU e abriu os olhos. O pálido rosto de Angie, emoldurado por ondas revoltas de cabelo preto, surgiu diante dele.

– O que foi? – murmurou ele. – Lucas está bem?

– Está ótimo. Mas precisamos conversar.

– Deus, são... – Ele acendeu o abajur e olhou o relógio. – Quase três e meia da manhã, mulher. Não podemos esperar um horário mais civilizado?

Ela balançou a cabeça.

– Já esperei demais. Essa conversa precisa acontecer agora.

Ficando sério ao ouvir o tom dela, Jordan se sentou.

– Posso fazer café.

– Não precisa. – Ela se sentou na beira da cama. – Acabei de ter um sonho... um sonho horrível com o acidente de Justin. Você estava em Park City quando ele morreu. Quero saber o que aconteceu. Tudo. Agora.

Um nó se formou no estômago de Jordan.

– Já faz quase quatro anos. Por que trazer isso à tona agora? Por que está perguntando isso?

– Por causa de nós. Por causa da confiança. Meu primo olhou o relatório do acidente para mim. Sei que Justin estava bêbado quando o acidente aconteceu. O que mais você escondeu de mim, Jordan?

O nó ficou mais apertado.

– Isso importa? Você e os meus pais já estavam sofrendo demais. Eu quis poupar vocês.

– Você não planejava me contar nunca?

– Não.

– É tão ruim assim?

– É passado. Nenhum de nós pode mudar isso. Esqueça e volte para a cama.

– Tarde demais para isso. Só saio daqui depois que você me contar tudo.

Então, finalmente chegara o momento que ele esperara jamais acontecer. Jordan começou a história, sabendo que Angie merecia a verdade... e sabendo que, ao ouvi-la, ela iria embora sem olhar para trás.

– A VIAGEM de esqui foi uma má ideia desde o começo – disse ele. – Quando não estávamos esquiando, tudo que fazíamos era discutir.

– Por minha causa.

Ele suspirou.

– Justin era inconsequente e impulsivo. Honestamente, eu achava que era meu dever protegê-lo de uma decisão ruim.

– Claro. – Jordan nunca escondera sua reprovação.

– Tínhamos planejado voltar no avião na manhã do seu aniversário. Na noite anterior, no quarto, eu exagerei e tivemos a pior briga das nossas vidas. Ele me xingou, disse que eu era um desgraçado intrometido. Berrou que você era a única que o amava de verdade, que o resto da família podia apodrecer no inferno.

Jordan parou para pigarrear.

– Foi demais. Perdi o controle. E fiz uma coisa da qual vou me arrepender até o fim dos meus dias.

A angústia de Jordan pairava como uma cortina negra entre eles. Ele inspirou fundo antes de continuar.

– Aquele Réveillon, quando levei você para casa no meu carro... Eu contei a ele, Angie. Contei... tudo.

Angie o olhou fixamente, horrorizada.

– Como... pôde?

– Quantas vezes você acha que já me perguntei isso? Na época, racionalizei que seria pelo bem dele, que eu o estava ajudando ao tentar separar vocês dois. Mas, agora, não consigo deixar de me perguntar se... – Ele balançou a cabeça.

– Se o quê? Diga.

– Se fiz isso porque queria você para mim.

– Jordan...

– Não diga nada. Sou o rei dos hipócritas, sei disso. Você quer ouvir o resto da história ou não?

– Não quero – sussurrou Angie. – Mas preciso. Continue.

Novamente, ele pigarreou. Quando falou, as palavras soaram inexpressivas, como uma confissão extraída por tortura.

– Justin reagiu me dando um soco tão forte que desmaiei. Quando consegui me levantar, ele já tinha saído. Imaginei que ele tivesse ido fazer algo para se acalmar. Por isso, não fui atrás. Se tivesse, não estaria contando essa história. – Jordan passou os dedos pelo próprio cabelo. – O barman do hotel disse que tinha chamado um táxi para Justin, que, embora bêbado, disse que ia tirar satisfações com uma mulher. Ninguém o viu decolar do aeroporto em Heber, mas alguém relatou o clarão quando o avião bateu na montanha. É tudo que sei.

Ele ficou em silêncio, parecendo totalmente esgotado. Reviver a história da morte de Justin devia ser uma das coisas mais dolorosas que ele já tinha feito. Seu rosto estava murcho, seus punhos, cerrados em cima dos joelhos.

Angie ficou paralisada. Uma parte dela queria tomar Jordan nos braços, confortar tanto ele quanto ela própria. Contudo, uma parte mais forte não tinha nenhuma vontade de tocar ou ser tocada. Estava perplexa demais para sentir.

– A culpa nunca foi sua, Angie. Entre todos os meus pecados, um dos piores foi ter deixado você se culpar.

Angie encontrou sua voz.

– Mas *foi* minha culpa. E sua também. Naquela noite, no seu carro, quando não conseguimos não nos tocar, demos início a essa tragédia.

– Você não pode pensar assim. Foi culpa dos meus pais por terem nos dado aquela viagem de esqui? Foi culpa do taxista por ter deixado Justin no aeroporto?

– Chega. – Angie se sentia esgotada. – Não consigo mais, Jordan. Não posso ficar com você.

Ele sequer tentou impedi-la quando ela se levantou e saiu do recinto. Raquel tivera razão. Tudo que Jordan fizera por ela e seu filho... levá-los até ali, dar-lhe um lar, tentar tornar Lucas o herdeiro de seu irmão, até mesmo o pedido de casamento... fora motivado pela culpa.

Mais culpa do que ela seria capaz de aguentar.

E não apenas a culpa dele. Ela falara sério quando dissera que a culpa também fora dela. Fora ela quem cedera ao beijo de Jordan no carro, tantos anos antes. Fora ela quem se apaixonara por ele agora. Tudo que eles haviam compartilhado desde que ela fora morar no rancho... nada disso teria sido possível se não tivesse sido por aquela única traição, que desencadeara tudo.

Trêmula, ela atravessou o salão e subiu a escadaria. Seria impossível para ela permanecer ali. Ver Jordan todos os dias, lembrar o que ele fizera... não apenas a maneira como ele levara Justin ao limite, mas também o fato de ter escondido isso dela... acabaria por deixá-la louca.

Lucas ficaria muito triste, mas permitir que ele levasse Rudy aliviaria as coisas. E Raquel tinha um quarto de hóspedes no qual eles podiam ficar por um tempo, enquanto ela procurava uma casa nova. Não seria fácil, mas, de alguma forma, ela criaria uma vida boa para si e seu filho.

Jordan iria querer continuar vendo Lucas, claro, e Lucas também iria querer isso. Ela precisaria conviver com isso. Contudo, toda vez que o visse, ela se lembraria dos motivos que a tinham feito ir embora. E enterraria a recordação dos braços dele, de abraçá-lo enquanto ele perdia o controle dentro dela.

Vestindo o jeans e um suéter, ela começou a fazer as malas.

JORDAN ACORDOU ao raiar do dia, encheu uma caneca de café quente e saiu para o celeiro. Não havia nem sinal de Angie. Mas era melhor assim. Depois da noite anterior, um encontro cara a cara seria doloroso para ambos.

Ela iria embora. Ele sabia disso e não queria estar por perto quando acontecesse.

Depois de terminar seu café, ele montou em seu cavalo e rumou para as colinas atrás do rancho. O sol logo subiria para esquentar o mundo e iluminar o dia.

Jordan não sentiu nenhuma luz ao fazer o cavalo trotar. Foi apenas naquele momento que ele se deu conta da esperança que tivera de se casar com Angie e criar o filho dela. Nas últimas semanas, eles haviam acrescentado o elemento família à vida dele. Ele ansiara por voltar para casa, por ouvir o grito de felicidade de Lucas quando o garoto vinha correndo para encontrá-lo. Sentira um calor de expectativa ao pensar em Angie em sua cama, seu corpo quente nos braços dele.

Agora, tudo terminara. O escândalo fora revelado, e Angie reagira exatamente como ele esperara. Ele fizera algo imperdoável ao contar a Justin sobre aquele momento roubado em seu carro. Provavelmente, Angie o odiaria para sempre. Mas ao menos ele não tinha mais nada a esconder. O segredo que o mantivera prisioneiro já não existia mais.

Ironicamente, ele estava livre.

Parando no alto de uma colina, ele olhou para o rancho. O carro de Marta estava estacionado atrás da cozinha. A não ser pelos cavalos no estábulo, não havia mais nenhum sinal de atividade.

Ele daria bastante tempo a Angie; para ir embora, para pensar em tudo, ou fosse lá o que ela fosse fazer. Estar presente poderia tentá-lo a falar demais.

E o que ele diria?

Que a amava?

Que sua vida seria triste sem ela?

Isso adiantaria?

Ele foi na direção da floresta, pensando em Angie e como quisera compartilhar manhãs como aquela com ela. Agora, isso jamais aconteceria.

Durante mais uma hora, ele cavalgou pela base das montanhas. Então, sem encontrar paz, voltou para casa.

Marta o estava esperando quando ele entrou. Se seus olhos escuros fossem balas, Jordan já estaria morto.

– Foram embora – disse ela. – Botaram tudo no carro e foram depois do café. Levaram até o cachorro. O que você fez com ela?

– Ela não contou?

– Não quis falar. Mas o menino estava chorando. Como pôde deixar aquela mulher ir embora?

Jordan olhou fixamente para sua governanta, surpreso.

– Achei que você não gostasse dela.

– No início, não. Mas vi que ela era uma boa mãe e que fazia você feliz. Sei que você é meu chefe, mas preciso dizer isso. Você foi um idiota por deixá-la ir!

As palavras o atingiram como um tapa.

– Acredite, a ideia não foi minha. Ela não disse nada?

– Sobre você, não. Só disse que deixou uma carta. Ali. – Ela apontou na direção do escritório de Jordan.

Com os pés pesados, Jordan percorreu o corredor. Fosse lá o que Angie tivesse escrito, não seria agradável de ler.

A carta estava na mesa dele, num envelope lacrado. Ao rasgá-lo, ele desdobrou a folha e começou a ler.

Querido Jordan,

Quando você ler isto, Lucas e eu já vamos ter partido. Peço desculpas por levar o carro. Assim que eu passar o financiamento dele para o meu nome, mando o dinheiro para você.

Como se ele se importasse com aquela droga de carro! Resistindo à tentação de esmagar a carta na mão, Jordan continuou lendo.

Agradeço por tudo que você fez por nós. E por ter me contado como o acidente aconteceu. Levar Lucas do rancho foi uma das decisões mais difíceis da minha vida. Mas você e eu jamais poderíamos ser felizes juntos. Lembrar que nossos atos levaram à morte de Justin acabaria conosco e deixaria apenas amargura.

Sei que não adianta tentar me esconder de você. Você tem como nos encontrar em qualquer lugar. E não tenho coragem de negar seu direito de ver Lucas. Quando nos estabelecermos, você pode passar algum tempo com ele. Ele vai gostar disso. Mas, por favor, não espere mais nada de mim. Vou me esforçar muito para construir uma nova vida... sem você.

Atenciosamente,

Angie

Atenciosamente?! Jordan soltou um palavrão. Sequer uma palavra de afeto dela. Nada sobre o que eles haviam significado um para o outro. Jordan amassou a carta de Angie e a enfiou na lixeira. Um instante depois, ainda de cara feia, ele a pegou de volta, alisou-a e a colocou em sua mesa. Marta tinha razão. Ele jamais devia ter permitido que ela fosse embora. Devia ter se ajoelhado, implorado, chantageado, ameaçado, feito o que fosse necessário para mantê-la ali.

Ele precisava dela. Ele a amava.

Mas se dera conta disso tarde demais.

CAPÍTULO 14

ANGIE NÃO planejara contar a sua prima a história por trás do acidente de Justin. Contudo, a delicada persistência de Raquel era capaz de arrancar segredos até mesmo de uma pedra. As duas estavam sentadas à mesa, tomando chocolate, enquanto seus filhos brincavam com o cachorro no pátio.

– Mas como você pode se culpar, querida? – perguntou Raquel. – E como pode culpar Jordan? Algum de vocês obrigou Justin a se embebedar? Vocês o levaram ao aeroporto e o empurraram para dentro daquele avião?

Angie balançou a cabeça.

– Mas e se eu pudesse ter evitado que isso acontecesse? Se eu não tivesse esperado tanto para contar a ele que estava grávida, talvez...

Raquel baixou sua caneca com força.

– Ouça sua prima, apesar de você não querer. Sempre achei Justin um garoto meigo, mas mimado. Ele fazia o que queria, e você estava sempre inventando desculpas por ele. E continua inventando desculpas.

– Mas ele ficou tão chateado quando Jordan contou o que tínhamos feito...

– Está vendo o que eu disse? Sim, Jordan devia ter guardado aquela história para ele mesmo. Ele cometeu um erro. Mas não sabia a loucura que Justin faria. Ninguém podia imaginar.

Angie engoliu para vencer o embargo em sua garganta.

– Está dizendo que devo perdoar Jordan?

– Perdoar? – Raquel tirou um lenço de papel da caixa. – Depende. Você acha que ele guardou esse segredo por motivos egoístas, por não querer assumir responsabilidade pelo que fez?

– Não – respondeu Angie, sem hesitar. Jordan era o último homem do mundo que fugiria de responsabilidades. – Acho que ele queria poupar os pais e evitar que a memória de Justin fosse manchada.

– Se ele tivesse contado a verdade aos pais, você acha que eles o teriam culpado?

Angie fez um som de desdém.

– Claro que não. Eles teriam me culpado.

Raquel assentiu.

– Certo. Então, resumindo, para proteger os pais dele e você, Jordan carregou esse fardo horrível sozinho durante anos, não contando a ninguém por não querer que mais ninguém sentisse a dor que ele sentia. Aí, ele contou a você e, em vez de reconfortá-lo, você fugiu. Não acha que ele já foi castigado o suficiente?

Angie sentiu as lágrimas se libertando dentro dela. Desta vez, não conseguiu contê-las. Suas palavras saíram em soluços entrecortados. Ela se sentira tão magoada, tão prejudicada pelos atos de Jordan! Como poderia ter imaginado que o julgaria? Como ela poderia esperar que ele a perdoasse?

– É tarde demais. Jordan é um homem muito orgulhoso. Depois de tudo que eu disse a ele...

– Tome, *chica*. – Raquel pôs um lenço novo na mão dela. – Pode chorar. Deixe tudo sair.

Angie tocou seus olhos molhados com o lenço.

– O pior de tudo é que eu o amo, Raquel. Amo demais. E, agora, ele nunca mais vai me aceitar de volta.

– Mamãe?

Angie ergueu o olhar. Uma figura pequena e melancólica estava na porta da cozinha.

– Está tudo bem, mamãe? – perguntou Lucas.

Angie piscou para conter aquelas lágrimas de fúria.

– Vai ficar tudo bem, querido. Vá brincar.

Lançando um olhar preocupado para sua mãe, Lucas se virou e voltou ao pátio.

* * *

Jordan entrou na pista do rancho com a cabeça latejando depois de uma emocionante hora com sua mãe. A decisão de contar a ela a respeito do voo embriagado de Justin fora dolorosa. Porém, agora que a história era conhecida e podia se espalhar, ele quisera que ela ouvisse da boca dele.

Ele a poupara da parte sobre o beijo em Angie em seu carro. Isso era algo particular, pessoal. Fora o bastante dizer que ele e Justin haviam tido uma briga feia em Park City e que Justin saíra irritado para se embebedar.

Meredith recebera a notícia com sua costumeira calma glacial. Mas Jordan sabia que ela estava sofrendo. Justin fora o filho favorito dela. Ela nunca escondera isso.

– Como ele pôde fazer isso se nós o amávamos tanto? – Jordan detectara um leve tremor na voz dela.

– Não foi a intenção dele, mãe. Ele estava descontrolado.

– E você sempre soube disso.

– Achei que seria melhor guardar isso para mim. Eu estava errado?

– Isso importa agora? Seu irmão se foi, e nada o trará de volta.

Numa rara ação, Jordan se levantara, fora até a poltrona de sua mãe e pusera a mão no ombro dela. Meredith nunca fora fisicamente afetiva com seus filhos, mas ela o surpreendera inclinando a cabeça para apoiar o rosto na mão dele.

– Justin era como seu pai – dissera ela. – Talvez tenha sido por isso que eu o tenha amado tanto. Você se parece mais comigo, mantém tudo sob controle. Sempre contei com você para isso.

Pela primeira vez, Jordan se dera conta de que era verdade.

– Imagino que você tenha contado a Angelina – dissera ela, quando ele se afastara.

– Sim. Ela reagiu muito mal. Mas ao menos sabe que o acidente não foi culpa dela. Estava na hora de você saber também, mãe. Ela assumiu toda a culpa pelo que aconteceu.

– Eu sei. Depois de vê-la com aquele homem no La Fonda, pedi ao meu advogado para verificar o passado dela. Ele não encontrou nada que sugerisse que ela não fosse completamente honesta, trabalhadora e uma boa mãe. Eu ainda tinha mais dúvidas, mas, da última vez que você esteve aqui, depois de ter me largado, pensei muito. Como você poderia defendê-la com tanto ardor se ela não fosse digna disso? Não costumo admitir que estou errada, mas temo que eu a tenha julgado mal. Gostaria muito de pedir desculpas a ela pessoalmente.

– Infelizmente, isso não vai ser fácil. Ela foi embora. Pegou Lucas e o cachorro e partiu do rancho ontem de manhã.

– E você não a impediu? O que passou pela sua cabeça?

– Angie não era uma prisioneira. Ela tinha todo o direito de ir embora... e levar o filho com ela.

Meredith lançara para ele um olhar que Jordan não via desde sua infância.

– Ora, pelo amor de Deus, vá atrás deles! Você quer um pouco de amor na vida, ou prefere virar um pé no saco ranzinza e controlador como eu?

Agora, ao engolir duas aspirinas, Jordan se recordou do surpreendente conselho de sua mãe. Meredith Cooper não era burra. O que ela lhe dissera fora preciso. Mas o que ele fizera – não apenas com Justin, mas também com Angie, escondendo a verdade dela durante todo aquele tempo – era imperdoável. Agora que ela sabia disso, como ele poderia ter esperanças de reconquistá-la?

Ao menos Angie estava disposta a permitir que ele visse Lucas. Se ele a pressionasse demais, talvez até mesmo isso lhe fosse tirado. Seria melhor deixar aquilo de lado.

Ele ainda planejava fazer do menino o herdeiro de Justin. Agora que a mãe dele fora tranquilizada, isso deveria ser relativamente fácil. E ele abriria um fundo para pagar a educação de Lucas e tudo mais de que ele precisasse. Angie, porém, já não fazia mais parte do pacote. Ela afirmara que não poderia ficar com ele. E fim de papo.

Ao entrar em seu escritório, ele observou o vazio silencioso.

Os livros e todo o resto tinham sido deixados em perfeita ordem. Mas, droga, ele sentia falta do animado caos de Angie, Lucas e aquele cachorro maluco. Sentia falta das risadas. Sentia falta do calor. O que ele faria sem eles?

Seus pensamentos foram interrompidos pelo som do telefone sobre a mesa. Estranho, a maioria das pessoas teria ligado para o celular dele. Ele levantou o fone.

– Alô?

– Tio Jordan? – O coração dele disparou ao ouvir a voz infantil.

– Lucas! Como você descobriu esse número?

– Está na coleira de Rudy. Tentei ligar antes, mas você não atendeu.

– Onde você está? Está tudo bem?

– Estamos na casa de Raquel. Mamãe estava chorando. Ela disse a Raquel que ama você. Acho que ela quer voltar. Eu também quero.

Jordan se obrigou a respirar.

– Foi sua mãe que mandou você me ligar?

– Não.

– Onde ela está?

– Na cozinha. Ela não está me ouvindo.

– Então, ela não sabe que você ligou. – Céus, e agora?

– Você pode vir nos buscar?

– Ainda não sei. Ouça, Lucas, desligue o telefone e não diga nada. Vou ver o que posso fazer.

– Promete?

– Eu disse que vou ver. – Quando ele desligou, Jordan já estava tendo dúvidas. Ele sabia onde a prima de Angie morava. Contudo, ele não podia simplesmente aparecer lá e fazer papel de idiota, podia?

E se a história de Lucas fosse apenas a fantasia de uma criança?

E se Angie não o quisesse de verdade?

Entretanto, enquanto pensava em suas desculpas, Jordan já estava pegando as chaves e saindo pela porta, indo até o carro.

Angie estava à mesa da cozinha, olhando os imóveis para alugar no jornal de Santa Fé, quando a campainha tocou.

– Eu atendo! – Raquel atravessou rapidamente a cozinha e desapareceu no salão. Angie ouviu vozes baixas. Provavelmente, um vendedor. Ela voltou a circular os anúncios dos poucos lugares que aceitavam animais.

Momentos depois, Raquel apareceu na porta da cozinha, um misterioso brilho nos olhos. Um estranho calafrio subiu pela nuca de Angie.

– Quem era? – perguntou ela.

– Ninguém importante, querida. Por quê? Achou que pudesse ser Jordan?

O nome fez o coração dela se apertar.

– Pare de brincar comigo, Raquel. Ele nem sabe que estamos aqui.

– E se *fosse* Jordan? O que você faria?

Angie deu de ombros, fingindo indiferença.

– Isso importa?

– Importa se você o ama. E você disse que amava.

Angie ergueu o olhar do jornal.

– Quer parar com isso? Eu o amo, *sim*. E sei que cometi um erro. Mas Jordan é um homem orgulhoso. Ele não me aceitaria de volta nem se eu implorasse de joelhos.

– Você o perdoaria?

Lágrimas se acumularam nos olhos de Angie.

– O que está tentando fazer? Você está me fazendo chorar de novo. É claro que o perdoaria. Já perdoei. Mas é tarde demais. Então, pode me deixar em paz.

O que havia de errado com Raquel? Ela estava sorrindo!

O rangido da porta do pátio se abrindo interrompeu os pensamentos de Angie. Lucas e Rudy haviam entrado na cozinha. Subitamente, a cabeça do cachorro se ergueu. Latindo de alegria, ele disparou pela cozinha, entrando no salão com Lucas em seu encalço.

– Tio Jordan! – Lucas se atirou na alta silhueta que entrara no campo de visão dela, tentando se proteger da saudação de Rudy. – Você veio!

Perplexa, Angie levou as mãos ao rosto, que ardia. Ela teve uma vaga impressão de ver Raquel levando Lucas e seu cachorro para fora do cômodo e fechando a porta.

– Angie. – Ele estava atrás dela, as mãos apoiadas nos ombros dela. Seu toque fez um calafrio percorrer o corpo de Angie. – Se quiser que eu vá embora, é só falar.

Ela balançou a cabeça, obrigando as palavras a passarem pelo nó em sua garganta.

– Não vá – sussurrou ela.

– Eu não vou. Só se você e Lucas forem comigo. – Fazendo-a se levantar delicadamente, ele a puxou para si. Seus braços a aninharam junto de seu corpo.

– Desculpe – murmurou ela, junto ao peito dele. – Eu não tinha o direito de julgar o que você fez no passado.

– E eu não tinha o direito de esconder segredos da mulher que eu amo. Não vai haver mais nenhum, eu prometo.

Angie recuou ligeiramente. Sua pulsação trovejou quando ela o olhou.

– Eu ouvi o que acho que ouvi?

A risada dele foi marcada por uma franca emoção.

– Eu a amo, Angelina Montoya – disse ele. – Amo cada centímetro teimoso, espevitado e lindo. E só vou embora desta casa quando você prometer que vai voltar... de vez.

Angie sentiu um embargo na garganta.

– Tem certeza de que é isso que você quer? Uma vida de caos? Porque é o que você vai ter.

Ele riu novamente, um som glorioso para os ouvidos dela.

– Quero o pacote completo: você, Lucas, aquele cachorro idiota e todos os bebês que eu puder dar a você. – Os braços dele a apertaram. – Provavelmente, eu devia pedir sua mão em casamento, mas, se bem me lembro, já fiz isso. Que tal me dar uma resposta, moça?

– Você precisa perguntar?

– Estou perguntando.

– Então, é sim. Mil vezes sim. – Ela o puxou para si num longo e profundo beijo, quando a porta da cozinha se abriu e dois enxeridos entraram.

– Não conseguimos mais esperar – falou Raquel, abraçando os dois.

Lucas puxou a perna da calça de Jordan.

– Tio Jordan, posso chamar você de papai agora?

Uma família fora formada.

EPÍLOGO

– AQUI ESTÁ sua menininha, sra. Cooper. – A enfermeira entregou a Angie um embrulho cor-de-rosa. Repleta de amor, Angie aninhou sua recém-nascida junto a si, enchendo-se de calor e do doce cheiro do bebê. A mão dela afastou a manta para revelar o rosto rosado e os sedosos cachos pretos.

– Ela é igualzinha a você – disse Jordan.

– Nem tanto. Olhe essa covinha no rosto dela e o redemoinho em cima. Ela é uma Cooper, pode apostar. Provavelmente, vai ser tão determinada quanto o pai.

– Minhas duas meninas lindas. Vou ficar louco de orgulho. – Jordan passou a ponta do dedo pelo cabelo do bebê e se curvou sobre a cama para dar um terno beijo em sua esposa. Ele se revelara um pai firme, mas amoroso para Lucas, e Angie não tinha dúvidas de que ele seria do mesmo jeito com sua filha.

– Quer segurá-la? – perguntou Angie. – Ela não vai quebrar, sabia?

– Ei, eu a segurei na sala de parto e me saí muito bem. Pode me dar minha menina. – Ele passou as mãos por baixo do bebê e a apoiou no ombro. Ela se aninhou junto dele. Ele tinha um talento natural.

O primeiro ano de casamento deles fora um tempo de adaptação, mas o profundo amor deles facilitara tudo. Angie insistira em continuar com sua empresa de web design e fizera alguns cursos em uma faculdade a distância. Um dia, ela esperava se tornar professora. Contudo, aqueles preciosos anos da infância de seus filhos seriam passados em casa com eles.

Lucas fora listado como herdeiro de Justin. E também fora adotado por Jordan. Um dia, ele seria o chefe da crescente família Cooper e um homem muito rico. Por ora, contudo, nada era mais importante que ter uma mãe e um pai que o amavam... e se amavam.

– Onde ela está? Quero ver minha neta! – A porta do quarto do hospital se abriu, e Meredith entrou com Lucas a segui-la. Ser avó transformara a mãe de Jordan. Ela paparicava Lucas demais e ficara louca de alegria com o bebê.

– Primeiro, o irmão mais velho – disse Jordan, sentando-se para que Lucas pudesse ver e tocar no bebê. – Olhe ela aqui, filho, sua irmãzinha.

Com um dedo hesitante, Lucas tocou a bochecha do bebê. Seus olhos se iluminaram quando sua boca se esticou num sorriso.

– Ela é macia – disse ele. – Qual é o nome dela?

– Selena – falou Angie. – Selena Meredith Cooper, em homenagem às duas avós.

– Oh! Oh, meu Deus! – Lágrimas haviam surgido nos olhos de Meredith e estavam escorrendo por seu rosto. – Quero segurá-la. – Ela praticamente roubou o bebê, aninhando-a em seus ávidos braços. – Minha anjinha – cantarolou ela. – Mal posso esperar para levar você às compras!

Angie sentiu a mão de Jordan se fechando em torno da dela. Os Cooper eram um clã de poderosas personalidades. Naquela família, a vida jamais seria entediante.

Um leve toque, praticamente imperceptível, roçou no rosto dela. Angie virou a cabeça. Não havia ninguém ali, mas ela sentiu uma presença terna no quarto. Ela não tinha como saber ao certo, claro, mas algo lhe disse que, se Justin estivesse mesmo ali, ele estava sorrindo.

Lançamentos do mês:

PAIXÃO 490 – UM PRÍNCIPE ARROGANTE – Jennifer Hayward
Minissérie Romances & Reinados 1 de 3

Uma última noite com Sofia Ramirez foi tudo que o Príncipe Nikandros Constantinides quis antes de voltar a Akathinia. Ao descobrir que não deixou Sofia sozinha, Nik terá que cancelar o casamento político e legitimizar seu novo reinado... com sua esposa e filho!

COLEÇÃO PAIXÕES CLÁSSICAS 001 – POSSUÍDA PELA PAIXÃO – Kate Walker

Guido Corsentino está determinado a reconquistar sua esposa! Por fora, Amber é perfeita e intocável, mas Guido conhece seu interior apaixonado, e sabe conseguir o que quer dela. Mas Amber já o recusou uma vez, então ele vai protegê-la das consequências de suas ações... na cama!

DESEJO 258 – MOMENTOS DE SEDUÇÃO

Uma noite quente – Kristi Gold

O Sheikh Rayad Rostam dedicou toda a sua vida a proteger seu país... e a vingar a morte prematura de sua esposa. Por isso, a atração repentina pela aventureira correspondente internacional Sunny McAdams é inesperada, indesejada – e inegável.

Amor inesquecível – Elizabeth Lane

Por três anos, Angie Montoya escondeu seu filho da família de seu falecido noivo... até que o irmão dele os encontrou. Jordan Cooper quer o sobrinho em segurança e, para isso, exige que Angie se mude para seu rancho em Santa Fé. Mas como ela pode aceitar dividir um lar com o único homem cujo o beijo ela nunca esqueceu?

JESSICA 285 – CONSEQUÊNCIAS & PERDÃO

Consequências do desejo – Michelle Smart

Catalina sempre obedeceu às regras. A não ser por uma única noite de paixão com o bilionário francês Nathanial Giroud. E isso mudou sua vida para sempre. Para proteger a pequena vida que cresce dentro de si, ela fará qualquer coisa, até mesmo desafiar o homem que ela deseja desesperadamente!

Nove meses para o perdão – Maisey Yates

Ódio é tudo o que Elle St. James sente pelo homem que uma vez considerou ser sua família. Apollo Savas destruiu a empresa de seu pai, mas ela tem a última carta do jogo! Depois de uma noite proibida, serão nove meses o suficiente para Elle perdoar o grego?

COLEÇÃO CASA REAL DE NIROLI 2 DE 4

Seduzida pelo príncipe – Carol Marinelli

Luca Fierezza transformou Niroli no paraíso dos ricos e famosos – e fez de si mesmo um bilionário. Megan Donvan foi presa por trabalhar no cassino de Luca, e o novo chefe será também seu novo herói! Agora, ela está à mercê de seu perdão... e de sua paixão!

A princesa e o magnata – Natasha Oakley

O bilionário sombrio Domenic Vincini deseja as riquezas abundantes da ilha de Niroli, incluindo a joia da coroa, a princesa Isabella Fierezza. Mas, se ceder à tentação, Isabella estará entregando a si mesma – e seu reino – ao seu pior inimigo...

Próximos lançamentos:

PAIXÃO 491 – UMA PRINCESA EM APUROS – Jennifer Hayward
Minissérie Romances & Reinados 2 de 3

Quando Aleksandra é revelada como a filha secreta do antigo rei de Akathinia, ela se vê subitamente em um mundo que não entende. Aristos foi ordenado a proteger a nova princesa, e a não tocar nela. Mas ele irá descobrir que o mais difícil será protegê-la do seu próprio desejo!

COLEÇÃO PAIXÕES CLÁSSICAS 002 – O CHAMADO DO DESEJO – Julia James

O magnata grego Nikos Theakis comprou o bebê da viúva Ann Turner por um milhão de dólares, e ambos achavam que estavam fazendo o melhor que podiam. Apesar de ter aceito o dinheiro, Ann quase se destruiu no processo. Agora que a pequena Ari precisa dela, Nikos está oferecendo um acordo muito diferente... um mês em sua ilha, à mercê de suas vontades!

DESEJO 259 – A FAMÍLIA MONTORO 1 DE 3

Os negócios do chefe – Janice Maynard

A missão do diplomata Alex Ramon está em perigo. Ele precisa convencer os Montoro a abandonar sua vida no exílio americano e voltar ao trono de Alma. Mas tudo pode se complicar quando sua assistente Maria Ferro começa a flertar com um dos príncipes em potencial. Agora Alex precisa decidir o que é mais importante: a sua missão ou ter Maria em sua cama?

Grávida do rei – Katherine Garbera

Rafe Montoro precisa escapar da pressão para se tornar rei de sua terra natal, e uma noite com a bartender Emily Fielding é exatamente o que tinha em mente - até ela aparecer grávida algumas semanas depois! Emily não quer prejudicar a ascensão de Rafe ao trono, mas tudo indica que ele terá de escolher entre o amor e a pátria...

JESSICA 286 – ENCONTROS COM O DESTINO – Lynne Graham

Para celebrar o amor

O empresário italiano Vito queria passar o fim de ano na casa de campo de um amigo enquanto espera que um escândalo familiar saia da imprensa. O que ele não imaginou era que alguém pudesse interromper o seu descanso!

Para festejar a paixão

Apollo fez da solteirice sua carreira, mas quando a herança do pai exige que ele se case e tenha filhos, é obrigado a fazer o impensável. A situação financeira de Pixie não permite que ela recuse o pedido de casamento de Apollo! Mas o que começou como um acordo comercial pode virar muito mais!

COLEÇÃO CASA REAL DE NIROLI 3 DE 4

Fruto do amor – Susan Stephens

Nico Fierezza nunca dependeu de seu nome real para nada, mas agora está sendo convocado para assumir o trono! Carrie Evans trabalha para Nico e está apaixonada por ele há anos, mas foi descartada sem piedade após uma noite de paixão. Grávida, Carrie só pensa em proteger o futuro de seu bebê, mas isso incluirá se casar com Nico?

A princesa proibida – Robyn Donald

Maximillian Fierezza é o último herdeiro adequado para o trono de Niroli. Mas o encanto proibido que sente por Rosa Fierezza pode colocar sua posição em risco. A Casa Real de Niroli é cheia de segredos, e um escândalo pode deixar Rosa e Max livres para viverem seu amor...